LE MASQUE
Collection de romans d'aventures
créée par
ALBERT PIGASSE

———

UN MEURTRE EST-IL FACILE?

CW00606814

Agatha Christie

UN MEURTRE EST-IL FACILE?

Traduction nouvelle de Gérard de Chergé

Librairie des Champs-Élysées

Ce roman a paru sous le titre original :

MURDER IS EASY

*Dédié à
Rosalind et Susan,
les deux premières
critiques de ce livre.*

1

UNE VOISINE DE COMPARTIMENT

L'Angleterre !

L'Angleterre, après tant d'années !

Comment y serait la vie ?

Cette question, Luke Fitzwilliam se l'était posée en descendant la passerelle d'accès au quai. Il l'avait plus ou moins reléguée au fond de son esprit tout au long des formalités douanières. Et elle revint soudain au premier plan lorsqu'il se trouva enfin dans le train de Londres.

Passer des congés en Angleterre, c'était une chose. Plein d'argent à jeter par les fenêtres – au début, tout au moins ! – de vieux amis à revoir, des rencontres avec des collègues en vacances tout comme lui – bref, la belle insouciance de qui se dit : « Il n'y en a pas pour longtemps. Autant s'en fourrer jusque-là ! Il va bientôt falloir reprendre ses cliques et ses claques. »

Seulement cette fois, plus question de repartir. Fini, les nuits étouffantes ; fini, le soleil aveuglant et la luxuriante beauté de la végétation tropicale ; fini, les soirées solitaires à lire et relire de vieux numéros du *Times*.

De retour au pays, voilà qu'il l'était désormais pour de bon – et qui plus est doté d'une retraite honorable.

d'une petite fortune personnelle et de loisirs illimités. À quoi allait-il bien pouvoir occuper son temps ?

L'Angleterre ! L'Angleterre un jour de juin, sous un ciel grisâtre et par temps de bise plutôt frisquet. Tout sauf accueillante, la mère patrie, par une journée pareille ! Et les gens ! Bonté divine, les gens ! Des multitudes de visages aussi gris que le ciel – des visages soucieux, tourmentés. Et les maisons, donc ! Il en poussait un peu partout, comme des champignons. Affreux bungalows ! Écœurantes bicoques ! Prétentiardes cages à lapins disséminées dans la campagne !

S'arrachant à la contemplation du paysage qui défilait par la vitre de son compartiment, Luke Fitzwilliam s'installa confortablement pour lire les journaux qu'il venait d'acheter : le *Times*, le *Daily Clarion* et *Punch*.

Il commença par le *Daily Clarion*, lequel était tout entier consacré au Derby d'Epsom.

« Dommage que le bateau ne soit pas arrivé hier, pensa Luke. La dernière fois que j'ai assisté au Derby, je n'avais pas dix-neuf ans. »

Ayant pris part au sweepstake de son club, il regarda ce que le chroniqueur hippique du *Clarion* pensait de son cheval. Las ! celui-ci était dédaigneusement écarté d'une phrase : *Quant aux autres, Jujube II, Mark's Mile, Santony et Jerry Boy, ils n'ont guère de chances de se qualifier pour un placé. Comme outsider possible, nous vous signalons...*

Mais Luke ne s'intéressait nullement à l'outsider possible. Il passa à la cote. Jujube II n'avait droit qu'à un modeste quarante contre un.

Il jeta un coup d'œil à sa montre. 4 heures moins le quart. « Bof ! Les jeux sont faits, maintenant », se dit-il. Il aurait dû miser sur Clarigold, le second favori...

Puis, ouvrant le *Times*, il se plongea dans des sujets plus sérieux.

Pas pour longtemps cependant, car, dans le coin opposé, un colonel d'allure belliqueuse, furieux de ce qu'il venait de lire, éprouva le besoin de lui faire partager son indignation. Il fallut à la digne culotte de peau une bonne demi-heure avant qu'elle ne se lasse d'exposer ses vues sur « ces satanés agitateurs communistes, monsieur ! »

Une fois calmé, le colonel finit par s'endormir la bouche ouverte. Peu après, le train ralentit et s'immobilisa. Luke regarda par la vitre. Ils se trouvaient dans une vaste gare, apparemment déserte, aux quais nombreux. Luke avisa un kiosque à journaux où une affichette proclamait : RÉSULTATS DU DERBY. Il ouvrit la portière, sauta sur le quai et courut vers le kiosque. Un instant plus tard, il contemplait d'un œil hébété quelques lignes imprimées en caractères baveux dans les nouvelles de dernière heure :

Résultats du Derby

JUJUBE II
MAZEPPA
CLARIGOLD

Luke sourit jusqu'aux oreilles. Cent livres sterling à claquer ! Brave vieux Jujube II, méprisé par tous les pronostiqueurs !

Toujours hilare, il plia son journal, fit demi-tour et se retrouva... face au vide. Dans l'excitation provoquée par la victoire de Jujube II, son train s'était éclipsé sans qu'il s'en aperçoive.

— Quand diable ce train est-il reparti ? demanda-t-il à un porteur d'allure désabusée.

— Quel train ? répondit celui-ci. Y a pas eu de train depuis le 15 h 14.

– Et l'express du bateau ? Il était ici à l'instant. Je le sais, j'étais dedans.

– L'express, il est direct jusqu'à Londres, répliqua le porteur sur un ton compassé.

– Il s'est bel et bien arrêté ici, lui assura Luke. J'en suis même descendu.

– Il est direct jusqu'à Londres, répéta le porteur, inébranlable.

– Il s'est arrêté à ce quai, et j'en suis descendu, je vous dis !

Contraint de se rendre à l'évidence, le porteur changea son fusil d'épaule.

– Z'auriez pas dû faire ça, dit-il, réprobateur. Y s'arrête pas à c'te gare.

– Il s'y est pourtant arrêté !

– C'est rapport au signal, c'est pour ça. Le signal, il était au rouge. C'est pas c'qu'on appelle un « arrêt ».

– Je suis moins versé que vous dans ces distinctions subtiles, dit Luke. Ma question est la suivante : Et maintenant, qu'est-ce que je fais ?

Le porteur – individu à l'esprit peu véloce – répéta d'un ton désapprobateur :

– Z'auriez pas dû descendre.

– Nous sommes d'accord, dit Luke. Mais le mal est fait, et nul jamais n'y pourra rien changer... N'y pensons plus... Les larmes les plus amères ne feront pas revivre le passé morose, etc., etc., j'en passe et des meilleures. Ce que je voudrais savoir, c'est ce que vous, fort de votre expérience dans le domaine des transports en commun, vous me conseillez de faire à présent ?

– Vous m'demandez quoi faire ?

– C'est en effet l'idée ! dit Luke. Je présume qu'il y a des trains qui s'arrêtent ici – qui s'y arrêtent vraiment, officiellement ?

– Sûr, dit le porteur. Z'avez qu'à prendre le 16 h 25.

– Si le 16 h 25 va à Londres, c'est le 16 h 25 qu'il me faut !

Rassuré, Luke fit les cent pas sur le quai. Un vaste panneau l'informa qu'il se trouvait à la gare de jonction de Fenny Clayton, avec correspondance pour Wychwood-under-Ashe. Un train ahanant, composé d'un unique wagon poussé par une antique locomotive qui lâchait des petits ronds de fumée, vint bientôt s'immobiliser sur une voie secondaire. Six ou sept voyageurs en descendirent, empruntèrent une passerelle et vinrent rejoindre Luke sur son quai. Le porteur mélancolique s'anima comme par enchantement et entreprit de mettre en branle un immense chariot rempli de cageots et de paniers, tandis qu'un autre se joignait à lui en faisant tinter des bidons de lait. Fenny Clayton renaissait à la vie.

Enfin, avec une incommensurable majesté, le train de Londres entra en gare. Les voitures de troisième classe étaient bondées. Quant aux compartiments de première, il n'y en avait que trois, avec un ou deux passagers dans chacun. Luke les examina tour à tour. Dans le premier, un individu d'allure militaire fumait un cigare. Luke estima qu'il avait eu son compte de colonels de l'Armée des Indes pour la journée. Il passa au suivant : il était occupé par une jeune femme à l'air aussi éminemment convenable que totalement épuisé – une gouvernante, sans doute –, flanquée d'un gamin en bas âge du genre remuant. Luke passa vite au troisième. La portière était ouverte et il n'y avait là qu'une seule passagère, une vieille demoiselle. Elle ressemblait un peu à une des tantes de Luke, sa tante Mildred, celle qui l'avait courageusement autorisé, lorsqu'il avait dix ans, à apprivoiser une couleuvre. Indéniablement, la tante Mildred avait été une tante selon son cœur. Luke monta et s'assit.

Après cinq minutes d'intense activité de la part des camions laitiers, des chariots à bagages et autres foyers d'agitation, le train s'ébranla. Luke déplia alors son journal et se plongea dans les rubriques susceptibles d'intéresser un homme qui a déjà lu son quotidien du matin.

Il ne caressait guère l'espoir de pouvoir lire longtemps. Il se doutait bien, doté qu'il était de nombreuses tantes, que cette charmante vieille demoiselle n'avait nulle intention de voyager en silence dans son coin jusqu'à Londres.

Et il avait raison : une vitre mal fermée, un parapluie qui tombe... il n'en fallut pas plus pour que la vieille demoiselle lui vante les mérites de leur train.

— Seulement une heure dix ! C'est très bien, vous savez, vraiment très bien. Beaucoup mieux que celui du matin, qui met une heure quarante.

Elle enchaîna :

— Remarquez, presque tout le monde prend celui du matin. Quand c'est un jour de soldes, comprenez-vous, ce serait stupide de ne monter à Londres que l'après-midi. Je comptais y aller ce matin, mais Wonky Pooh avait disparu – c'est mon chat, un persan, une vraie beauté, bien qu'il se soit fait mal à l'oreille, il y a quelque temps – et il va de soi que je ne pouvais pas partir avant de l'avoir retrouvé !

— Non, bien sûr que non, marmonna Luke, les yeux ostensiblement fixés sur son journal.

Peine perdue. Le flux de paroles reprit aussitôt :

— Alors j'ai fait contre mauvaise fortune bon cœur et me suis rabattue sur le train de l'après-midi, ce qui dans un sens est une bénédiction parce qu'il est moins encombré que l'autre... même si ce n'est pas un pro-

10

blème, quand on voyage en première classe. Bien entendu, c'est une chose que je ne fais pas, d'habitude. Avec les impôts, les dividendes qui diminuent, les gages des domestiques qui augmentent et tout ce qui s'ensuit, je considère ça comme une *extravagance*. Mais j'étais vraiment bouleversée. Voyez-vous, je vais en ville pour une affaire très importante, et je voulais pouvoir réfléchir en toute tranquillité à ce que j'allais dire au juste, vous comprenez ?... (Luke réprima un sourire.) Et quand on voyage avec des gens que l'on connaît... il faut bien se montrer aimable, n'est-ce pas ?... alors je me suis dit que, pour une fois, la dépense était *tout à fait* pardonnable... ce qui ne m'empêche pas de penser que, de nos jours, il y a trop de gâchis : on ne fait plus d'économies, on ne pense pas à l'avenir. Dommage que les secondes classes aient été supprimées... cela faisait *la* petite différence, juste ce qu'il fallait.

» Naturellement, poursuivit-elle aussitôt, après avoir jeté un rapide coup d'œil au visage hâlé de Luke, je sais bien que les militaires en permission voyagent en première. Je veux dire... les officiers, c'est bien le moins...

Luke soutint le regard inquisiteur de ses yeux pétillants de malice. Et il capitula sans plus attendre. De toute façon, il lui aurait fallu en arriver là tôt ou tard.

— Je ne suis pas militaire, dit-il.

— Oh ! excusez-moi. Je ne voulais pas... Je pensais... – vous êtes si bronzé – que vous reveniez d'Extrême-Orient, en permission.

— Je reviens d'Extrême-Orient, confirma Luke. Mais pas en permission.

Prenant les devants, il lui évita des recherches plus poussées :

– Je suis policier.

– Policier ? Ça, par exemple, c'est très intéressant ! J'ai une amie très chère... Son fils vient d'entrer dans le corps de police de Palestine.

Luke prit un nouveau raccourci.

– Moi, c'était le détroit de Mayang, dit-il.

– Ça, par exemple... très intéressant ! Et quelle coïncidence extraordinaire !... que vous voyagiez dans ce compartiment, veux-je dire. Parce que, voyez-vous, cette affaire qui m'amène en ville... enfin bref, figurez-vous que c'est justement à Scotland Yard que je vais !

– Vraiment ? dit Luke.

« Va-t-elle bientôt s'arrêter comme un pendule en bout de course, se demanda-t-il, ou est-ce que ça va durer comme ça jusqu'à Londres ? » En fait, ça ne le dérangeait pas tellement, car il avait eu beaucoup d'affection pour sa tante Mildred, et il se rappelait le jour où elle s'était fendue à point nommé d'un billet de cinq livres. En outre, il y avait quelque chose de très charmant, de très anglais chez les vieilles demoiselles telles que sa compagne de voyage et sa tante Mildred. On n'en trouvait pas l'équivalent dans le détroit de Mayang. On pouvait les ranger dans la même catégorie que le plum-pudding de Noël, les parties de cricket villageoises et les feux de bois dans la cheminée. Toutes choses qu'on apprécie grandement quand, perdu à l'autre bout du monde, on en est privé. (Toutes choses aussi dont on se lasse assez vite à l'usage mais, répétons-le, Luke n'avait débarqué en Angleterre que trois ou quatre heures plus tôt.)

La vieille demoiselle poursuivait son joyeux babil :

– Oui, je comptais monter à Londres, ce matin... et puis, comme je vous l'ai dit, j'étais très inquiète pour Wonky Pooh. À votre avis, il ne sera pas trop tard, n'est-ce pas ? Je veux dire... ils n'ont pas d'horaires spéciaux, à Scotland Yard ?

– Je ne pense pas qu'ils ferment à 4 heures ni rien de ce genre, dit Luke.

– Non, c'est bien votre avis ? Après tout, on peut avoir besoin de leur signaler un crime à n'importe quelle heure du jour ou de la nuit, n'est-ce pas ?

– Exactement, dit Luke.

La vieille demoiselle demeura silencieuse un moment. Elle avait l'air soucieux.

– J'estime qu'il vaut toujours mieux s'adresser au Bon Dieu qu'à ses saints, reprit-elle enfin. John Reed est un excellent garçon – c'est notre constable, à Wychwood – un homme très poli, très sympathique, mais... comment dire ?... je n'ai pas l'impression qu'il soit de taille à s'occuper d'une affaire grave. Il sait y faire avec les gens qui ont un peu trop bu, ou qui ne respectent pas la limitation de vitesse ou qui oublient d'allumer leurs phares à la nuit tombée... ou encore avec les étourdis qui n'ont pas pris de permis pour leur chien... ou peut-être même avec les cambrioleurs. Mais je ne pense pas – j'en suis presque sûre – qu'il soit capable de s'occuper de *meurtres* !

Luke haussa les sourcils :

– De meurtres ?

La vieille demoiselle acquiesça avec vigueur :

– Oui, de meurtres. Vous êtes surpris, à ce que je vois. Je l'ai été moi aussi, au début... Je n'arrivais pas à y croire. Je pensais que je me faisais des idées.

– Et vous êtes sûre que ce n'était pas le cas ? demanda gentiment Luke.

– Oh, certaine ! répondit-elle en hochant la tête, catégorique. J'aurais pu me tromper la première fois, mais pas la deuxième, ni la troisième, ni la quatrième. À partir de ce moment-là, on *sait* à quoi s'en tenir.

– Vous voulez dire qu'il y a eu... euh... plusieurs meurtres ?

– Un grand nombre, j'en ai peur, répliqua-t-elle de sa petite voix douce.

Elle poursuivit :

– C'est pourquoi j'ai jugé préférable d'aller droit à Scotland Yard et de tout leur raconter. Et vous, vous ne pensez pas que c'est la meilleure chose à faire ?

Luke la regarda, pensif.

– Ma foi, si. Vous avez raison, dit-il enfin.

« Ils sauront bien se débrouiller, songea-t-il. Ils doivent avoir une demi-douzaine de vieilles mémés par semaine qui viennent leur casser les oreilles avec tous les meurtres commis dans leurs paisibles petits villages ! Si ça se trouve, il existe peut-être même un service spécialisé dans l'accueil de ces exquises petites vieilles ! »

Il voyait déjà le commissaire bienveillant, ou le sémillant inspecteur, murmurant avec tact :

– Merci, chère mademoiselle, nous vous sommes très reconnaissants, mais si, mais si... Maintenant, rentrez chez vous, laissez-nous faire et ne vous inquiétez plus.

Ce tableau lui arracha un petit sourire.

« Je me demande d'où leur viennent ces lubies ? Une existence mortellement ennuyeuse, sans doute... un désir inconscient de drame. Il paraît que certaines vieilles personnes s'imaginent que tout le monde veut leur faire boire le bouillon de 11 heures. »

La douce voix ténue le tira de ses méditations :

– Je me rappelle avoir lu un jour... il s'agissait de l'affaire Abercrombie, je crois... oui, cet individu qui a empoisonné tout un tas de gens avant qu'on ait seulement l'idée de le soupçonner... Voyons, où voulais-je en venir ? Ah ! oui : on a prétendu qu'il était doté d'un

14

regard – un regard spécial – et que, quand il le posait sur quelqu'un, eh bien ! la personne en question tombait malade très peu de temps après. Quand j'ai lu ça dans les journaux, je n'y ai pas vraiment cru... et pourtant c'est vrai !

– Qu'est-ce qui est vrai ?

– Qu'il existe, ce regard spécial...

Luke la regarda, les yeux ronds. Elle tremblait un peu, et ses petites joues roses avaient perdu de leur couleur.

– Je l'ai constaté d'abord à propos d'Amy Gibbs, et *elle* est morte. Ensuite, ç'a été Carter. Et puis Tommy Pierce. Et cette fois – hier – le phénomène s'est reproduit avec le Dr Humbleby... lui qui est un si *brave* homme... un homme vraiment bien. Carter, lui, il buvait, et Tommy Pierce était un sale gosse malfaisant et d'une insolence épouvantable, qui persécutait les plus petits, qui leur tordait le bras et qui les rouait de coups. Eux, je ne les ai pas beaucoup regrettés, mais le Dr Humbleby, c'est autre chose. Il *faut* le sauver. Et le pire c'est que si j'allais le trouver pour lui raconter ça, il ne me croirait pas ! Il me rirait au nez ! Et John Reed ne me croirait pas, lui non plus. Mais à Scotland Yard, ce sera différent. Parce que là-bas, ils ont l'*habitude* du crime, évidemment.

Elle jeta un coup d'œil par la vitre :

– Oh ! Seigneur, nous arrivons...

Quelque peu fébrile, elle ouvrit son sac, le referma, attrapa son parapluie...

– Merci... merci infiniment, dit-elle à Luke, qui lui ramassait pour la seconde fois son parapluie. Ç'a été un tel *soulagement* de bavarder avec vous... Vous avez été trop gentil... Je suis heureuse que vous approuviez ma démarche.

– Je suis sûr qu'ils seront de bon conseil à Scotland Yard, répondit gentiment Luke.

– Je vous suis vraiment très reconnaissante, dit-elle en farfouillant dans son sac. Ma carte... oh ! allons bon, je n'en ai qu'une !... Il faut que je la garde... pour Scotland Yard...

– Bien sûr, bien sûr...

– Je m'appelle Pinkerton.

– Un nom tout à fait approprié à la situation, miss Pinkerton, dit Luke en souriant.

Devant l'air un peu déconcerté de la vieille demoiselle, il se hâta d'ajouter :

– Et moi, je m'appelle Luke Fitzwilliam.

Comme le train s'immobilisait à quai, il proposa :

– Voulez-vous que j'aille vous chercher un taxi ?

Miss Pinkerton parut choquée à cette idée :

– Oh ! non, merci. Je vais prendre le métro. Il me mettra à Trafalgar Square et, de là, j'irai jusqu'à Whitehall à pied.

– Eh bien... bonne chance, dit Luke.

Miss Pinkerton lui serra la main avec effusion.

– Vous êtes trop gentil, répéta-t-elle. Vous savez, au début, j'étais persuadée que vous ne croyiez pas un mot de ce que je disais.

Luke eut la bonne grâce de rougir :

– Ma foi... tant de meurtres ! Difficile de commettre toute une série d'assassinats et de s'en tirer sans problèmes, vous ne croyez pas ?

Miss Pinkerton secoua la tête :

– Non, non, mon garçon, répondit-elle avec conviction. Détrompez-vous. Tant qu'on ne vous soupçonne pas, c'est très facile de tuer. Et, en l'occurrence, la personne en question est bien la dernière que l'on songerait à soupçonner !

– En tout cas, bonne chance, répéta Luke.

Miss Pinkerton se perdit dans la foule. Luke se mit en quête de ses bagages.

« Un peu toquée sur les bords ? songeait-il. Non, je n'ai pas l'impression. Une imagination un peu trop vive, sans plus. J'espère qu'ils l'enverront promener gentiment. Elle est adorable, dans son genre. »

2

NOTICE NÉCROLOGIQUE

Jimmy Lorrimer était l'un de ses meilleurs amis. C'est donc tout naturellement chez lui que Luke s'installa dès son arrivée à Londres. C'est avec Jimmy qu'il sortit gaiement le soir même, en quête de distractions. C'est le café de Jimmy qu'il buvait le lendemain matin, le crâne douloureux, et c'est la voix de Jimmy qu'il n'entendit pas, occupé qu'il était à relire pour la énième fois un minuscule entrefilet dans le journal du matin.

— Excuse-moi, Jimmy, dit-il, revenant brusquement à la réalité.

— Tu étais plongé dans quoi ? La situation politique ?

Luke eut un sourire forcé :

— Pas de danger ! Non, c'est plutôt bizarre... une vieille demoiselle avec qui j'ai voyagé hier s'est fait renverser par une voiture.

— Encore une qui s'imagine qu'on peut traverser à l'orange ! Comment sais-tu que c'est elle ?

— Rien ne le prouve, bien sûr. Mais c'est le même nom : Pinkerton... Elle s'est fait écraser en traversant Whitehall. La voiture ne s'est pas arrêtée.

– Sale histoire, dit Jimmy.

– Oui, pauvre petite vieille. Ça me fait de la peine. Elle me rappelait ma tante Mildred.

– Il n'y coupera pas, ton chauffard. Qu'est-ce que je te parie qu'il sera inculpé d'homicide involontaire ? Plus ça va, plus j'ai les jetons de conduire, je t'assure !

– Qu'est-ce que tu as comme bagnole en ce moment ?

– Une Ford V8. Crois-moi, mon vieux...

La conversation prit un tour hautement technique. Soudain, Jimmy s'interrompit :

– Mais enfin, qu'est-ce que tu fredonnes comme ça ?

Luke chantonnait à mi-voix :

– *Fiddle de dee, fiddle de dee, the fly has married the bumble bee.*

Il s'excusa :

– Une comptine du temps que j'étais gosse. Une de ces chansons idiotes qui ne veulent rien dire. Dieu sait pourquoi cette ânerie me trotte dans la tête.

Une bonne semaine plus tard, Luke, qui parcourait négligemment la « une » du *Times*, poussa soudain une exclamation de surprise.

– Eh bien, ça, alors !

Jimmy Lorrimer leva la tête.

– Qu'est-ce qui t'arrive ?

Luke ne répondit pas. Il avait les yeux rivés sur son journal.

Jimmy répéta sa question.

Luke leva la tête et regarda son ami avec une expression si étrange que Jimmy en fut déconcerté.

– Qu'est-ce qui se passe, Luke ? On dirait que tu as vu un fantôme.

Luke demeura silencieux un moment. Il lâcha son

journal, se dirigea à grands pas vers la fenêtre, puis revint à son point de départ. Jimmy l'observait, de plus en plus surpris.

Luke se laissa choir dans un fauteuil et se pencha vers lui :

— Jimmy, mon vieux, tu te souviens que je t'ai parlé d'une vieille fille avec qui j'avais voyagé... le jour où je suis arrivé en Angleterre ?

— Celle qui te rappelait ta tante Mildred ? Et qui s'est fait écrabouiller par une voiture ?

— Tout juste. Écoute, Jimmy. Cette petite vieille m'avait débité une interminable histoire à dormir debout, le tout pour m'expliquer qu'elle fonçait signaler à Scotland Yard une série de meurtres. En résumé, il y avait un assassin qui se promenait en liberté dans son village et qui s'était livré à quelques exécutions sommaires.

— Tu ne m'avais pas dit qu'elle était timbrée.

— Je ne crois pas qu'elle l'était.

— Oh ! Dis donc, mon vieux ! Un assassin qui vous fait ça au prix de gros...

— Je n'ai jamais cru qu'elle était dérangée ! répliqua Luke, agacé. Je me suis simplement dit qu'elle lâchait un peu trop la bride à son imagination, comme ça arrive à des tas de petites vieilles.

— Ouais, c'est bien possible. Mais je pense quand même qu'elle devait avoir un grain.

— Je me fiche de ce que *tu* penses, Jimmy. Pour l'instant, *c'est moi* qui raconte, vu ?

— Bon ! Bon ! Vas-y, je t'écoute.

— Elle m'a donné des détails précis, le nom d'une ou deux des victimes, et puis elle m'a expliqué que, si elle était tellement secouée, c'était parce qu'elle savait *qui* allait y passer la prochaine fois.

— Et alors ? demanda Jimmy, encourageant.

– Il arrive parfois qu'on retienne un nom sans trop savoir pourquoi. En l'occurrence, ce nom-là m'est resté parce que je l'ai associé à une comptine idiote qu'on me chantait quand j'étais gosse : *Fiddle de dee, fiddle de dee, the fly has married the bumble bee.*

– D'une grande qualité poétique, en effet, mais quel rapport ?

– Le rapport, tête de lard, c'est que cet homme s'appelait Humbleby... le Dr Humbleby. D'après ma petite vieille, ce Dr Humbleby devait être le prochain, et ça la bouleversait parce que c'était «un si brave homme». *Humbleby, bumble bee...* J'ai retenu le nom à cause de la comptine susmentionnée.

– Et alors ? s'enquit Jimmy.

– Et alors, regarde ça.

Luke passa le journal à son ami en lui montrant du doigt une notice nécrologique.

HUMBLEBY. Décès subit, le 13 juin, à son domicile de Sandgate (Wychwood-under-Ashe), du Dr John Edward Humbleby, époux de Jessie Rose Humbleby. Obsèques vendredi. Ni fleurs ni couronnes.

– Tu vois, Jimmy ? Même nom, même village, et il est médecin. Qu'est-ce que tu dis de ça ?

Jimmy ne répondit pas tout de suite.

– Si tu veux mon avis, ce n'est qu'une coïncidence, dit-il d'une voix grave, un brin hésitante. Une coïncidence bizarre, d'accord, mais sans plus.

Luke se mit à arpenter la pièce de long en large :

– Tu crois, Jimmy ? Tu crois vraiment ? Tu crois que ça n'est que ça ?

– Qu'est-ce que tu veux que ce soit d'autre ? demanda Jimmy.

Luke se tourna brusquement vers lui :

– Et si tout ce que m'a dit cette adorable radoteuse

était *vrai* ? Et si son histoire à dormir debout était la vérité pure et simple ?

– Allons, donc, mon vieux ! Ce serait un peu gros à avaler. Ça n'arrive pas, des trucs pareils !

– Et l'affaire Abercrombie, qu'est-ce que tu en fais ? Est-ce qu'il n'est pas censé avoir trucidé une tripotée de gens ?

– Plus encore qu'on ne l'a jamais dit, reconnut Jimmy. Le coroner local était cousin d'un de mes copains. Ce qui fait que j'ai appris par lui pas mal de détails. Abercrombie a d'abord été arrêté pour avoir collé de l'arsenic au vétérinaire du pays ; puis on a déterré sa femme, qui en était farcie, et il est à peu près certain que son beau-frère a connu le même sort... Et la liste n'est pas close, tant s'en faut ! Mon copain m'a dit que, d'après les estimations officieuses, Abercrombie aurait liquidé au moins quinze personnes. *Quinze !*

– Précisément. Donc, ces choses-là arrivent bel et bien !

– D'accord, mais pas souvent.

– Qu'est-ce que tu en sais ? Elles arrivent peut-être beaucoup plus souvent que tu ne l'imagines.

– Écoutez-moi notre policier des tropiques ! Tu ne pourrais pas oublier que tu es flic, maintenant que tu es redevenu simple citoyen ?

– Flic un jour, flic toujours, rétorqua Luke. Maintenant écoute, Jimmy : supposons qu'avant qu'Abercrombie ait poussé la témérité jusqu'à commettre ses meurtres quasiment sous le nez de la police, une vieille fille bavarde ait deviné ce qu'il allait faire et qu'elle ait filé raconter tout ça aux autorités concernées. Tu crois qu'on l'aurait écoutée ?

Jimmy sourit :

– Pas de danger !

– Exactement. On lui aurait répliqué qu'elle avait une araignée au plafond. Comme tu l'as dit, *toi*. Ou alors : « Trop d'imagination. Pas assez de preuves. » Comme je l'ai dit, *moi. Et nous aurions eu tort tous les deux, Jimmy.*

Lorrimer réfléchit un instant :

– Comment vois-tu la situation, au juste ?

– La voilà, la situation, répondit lentement Luke. On m'a raconté une histoire – une histoire improbable mais pas impossible. Un indice, la mort du Dr Humbleby, tend à la confirmer. Sans oublier un autre fait significatif : miss Pinkerton allait à Scotland Yard avec son improbable histoire. *Mais elle n'est jamais arrivée à destination.* Elle a été écrabouillée par une voiture qui ne s'est pas arrêtée.

– Rien ne prouve qu'elle n'y soit pas allée, objecta Jimmy. Elle a pu être tuée après sa visite, et pas avant.

– Peut-être, oui... mais je ne pense pas.

– Pure supposition. Et qui revient à dire que... que tu y crois... à ce mélodrame.

Luke secoua la tête avec vigueur :

– Non, je n'ai jamais dit ça. Tout ce que je dis, c'est qu'une enquête s'impose.

– En d'autres termes, c'est *toi* qui vas aller à Scotland Yard.

– Non, je n'en suis pas encore là... tant s'en faut. Comme tu le dis si bien, la mort de ce Dr Humbleby n'est peut-être qu'une simple coïncidence.

– Dans ce cas, puis-je te demander ce que tu mijotes ?

– Je mijote d'aller creuser l'affaire sur place.

– Rien que ça !

– C'est la seule chose raisonnable à faire, tu ne crois pas ?

Jimmy le considéra d'un œil stupéfait :

— Tu es vraiment *sérieux*, Luke ?

— Absolument.

— Suppose que cette histoire ne repose sur rien ?

— C'est ce qui pourrait arriver de mieux.

— Oui, évidemment..., admit Jimmy en fronçant les sourcils. Mais tu es persuadé du contraire, hein ?

— Très cher, je n'ai pas d'a priori.

Jimmy demeura silencieux une bonne minute.

— Tu as un plan ? s'enquit-il enfin. Il va bien te falloir un *prétexte* pour débarquer là-bas à l'improviste.

— Oui, sans doute.

— Il n'y a pas de « sans doute » qui tienne ! Tu te rends compte de ce que c'est qu'un petit village anglais ? On y renifle un étranger à des kilomètres !

— Il va falloir que je débarque sous un déguisement, dit Luke avec un sourire subit. Qu'est-ce que tu me suggères ? Peintre ? Délicat : je ne sais pas dessiner, encore moins manier le pinceau.

— Tu pourrais être un peintre moderne. Dans ce cas, ça n'aurait aucune importance, fit observer Jimmy.

Mais Luke poursuivait son idée :

— Écrivain ? Est-ce que les écrivains vont s'installer dans des auberges perdues au fin fond de la campagne pour écrire ? Ce n'est pas impossible. Pêcheur à la ligne, peut-être... mais il faudrait s'assurer qu'il y a une rivière à proximité. Convalescent à qui on a prescrit l'air de la campagne ? Je n'ai pas la tête de l'emploi et, de toute façon, tout le monde va dans des maisons de repos aujourd'hui. Et si je cherchais une propriété à acheter dans la région ? Non, ce n'est pas bien fameux. Bon sang, Jimmy, il doit quand même y avoir *une* raison plausible pour qu'un étranger bien portant descende dans un village anglais ?

— Minute... passe-moi le journal, dit Jimmy.

Il y jeta un bref coup d'œil et annonça triomphalement :

– C'est bien ce que je pensais ! Luke, mon gros père, je vais t'arranger ça ! Simple comme bonjour !

– Quoi ?

– Je savais bien que ça me disait quelque chose ! poursuivit Jimmy avec une fierté bien légitime. Wychwood-under-Ashe... Ben voyons ! C'est bien ça !

– Aurais-tu, par hasard, un copain qui connaît le coroner du coin ?

– Pas cette fois. Mais j'ai mieux. Comme tu sais – mon père étant issu d'une famille de treize enfants –, dame nature m'a abondamment pourvu de tantes et de cousins. Écoute un peu ça : *j'ai une cousine à Wychwood-under-Ashe !*

– Jimmy, tu es un as !

– Pas mal, hein ? fit Jimmy, toujours modeste.

– Parle-moi d'elle.

– Elle s'appelle Bridget Conway. Depuis deux ans, elle est secrétaire particulière de lord Whitfield.

– Le propriétaire de ces dégoûtantes feuilles de chou hebdomadaires ?

– Tout juste. Et il n'est pas très ragoûtant lui non plus ! Et d'un prétentieux, avec ça ! Il est né à Wychwood-under-Ashe, et, comme il fait partie de ces snobs qui te rebattent les oreilles de leurs origines modestes et qui tirent vanité d'être « arrivés » par eux-mêmes, il est retourné dans son village natal, où il a acheté l'unique grande baraque de la région – qui, soit dit en passant, appartenait à l'origine à la famille de Bridget – et il s'emploie à transformer l'endroit en « propriété modèle ».

– Et ta cousine est sa secrétaire ?

– *Était*, rectifia Jimmy d'un air sombre. Depuis, elle a eu de l'avancement ! Elle est devenue sa fiancée !

– Ah ? fit Luke, déconcerté.

– C'est un beau parti, remarque, dit Jimmy. Il roule sur l'or. Et comme elle s'est fait plaquer par un type, Bridget ne croit plus à l'amour. A mon avis, ça marchera très bien. Elle saura sûrement lui tenir la dragée haute, et il lui mangera dans la main.

– Et moi, dans tout ça ?

– Tu vas séjourner chez eux, répondit sans hésiter Jimmy. Fais-toi passer pour un autre cousin : Bridget en a tellement qu'un de plus, un de moins... Je réglerai ça avec elle. On a toujours été copains, tous les deux. Quant à la raison de ta visite... la sorcellerie, mon petit père !

– La sorcellerie ?

– Le folklore, les superstitions locales... tout le bataclan. Wychwood-under-Ashe s'est taillé une certaine réputation dans ce domaine. C'est un des derniers endroits où a eu lieu un sabbat – on y brûlait encore les sorcières au siècle dernier – et qui conserve toutes sortes de traditions. Tu écris un livre, vu ? Un ouvrage établissant un parallèle entre les coutumes du détroit de Mayang et le bon vieux folklore anglais : points communs, etc. Tu vois le genre. Promène-toi avec un bloc-notes et interroge le doyen du village sur les superstitions et les coutumes du pays. On est habitué aux curieux, là-bas, et le fait que tu résides à Ashe Manor te tiendra lieu de carte de visite.

– Et lord Whitfield ?

– Tu n'auras pas de problème de ce côté-là. Il est totalement inculte et naïf comme pas deux : il gobe même ce qu'il lit dans ses propres journaux ! De toute manière, Bridget veillera au grain. Tu peux te fier à Bridget. Je réponds d'elle.

Luke respira un bon coup :

– Jimmy, vieille branche, ça m'a tout l'air de devoir

être enfantin. Au risque de me répéter, tu es un as ! Si tu arrives à combiner ça avec ta cousine...

— C'est dans la poche. Laisse-moi faire.

— Je ne sais comment te remercier.

— Si tu débusques un maniaque homicide, répliqua Jimmy, tout ce que je te demande, c'est de me convier à la mise à mort !... Mais qu'est-ce qui t'arrive ? ajouta-t-il vivement.

— Je pensais à une réflexion que m'a faite ma vieille demoiselle, murmura Luke. Comme je lui faisais observer que c'était un peu gros de croire qu'on pouvait commettre un tas de meurtres et s'en sortir, et elle m'a répondu que je me trompais, que c'était très facile de tuer...

Il s'arrêta, puis ajouta lentement :

— Je me demande si c'est vrai, Jimmy ? Je me demande si c'est vraiment...

— Si c'est vraiment quoi ?

— *Facile de tuer...*

3

SORCIÈRE SANS BALAI

Le soleil brillait lorsque Luke, parvenu au sommet de la colline, amorça la descente vers le petit village de Wychwood-under-Ashe dans la Standard Swallow qu'il avait achetée d'occasion. Il s'arrêta un moment au bord de la route et coupa le moteur.

C'était une journée d'été, chaude et ensoleillée. À ses pieds s'étendait le village, singulièrement épargné par le progrès. Paisible et candide dans la pleine lumière, Wychwood ne se composait guère que d'une grand-rue qui s'étirait en longueur sous la corniche d'Ashe Ridge.

Tout, alentour, semblait étrangement hors du monde et du temps. « Je dois être fou à lier, pensa Luke. Cette histoire n'a ni queue ni tête. »

Était-il sérieusement venu ici traquer un meurtrier sur la foi des bavardages décousus d'une vieille fille... et d'une notice nécrologique sur laquelle il était tombé par hasard ?

Il secoua la tête.

– Ça n'arrive évidemment pas, des trucs comme ça, murmura-t-il. Ou bien est-ce que je me trompe ? Luke, mon garçon, à toi de voir si tu es le plus grand jobard que la terre ait jamais porté ou si ton flair de policier t'a lancé sur la bonne piste !

Il redémarra, passa la première et descendit à petite allure la route sinueuse qui le fit déboucher dans la grand-rue du village.

Wychwood, nous l'avons vu, se composait en gros d'une rue principale. Il y avait des boutiques, des petites maisons de style néo-antique, coquettes et aristocratiques avec leurs perrons blancs et leurs heurtoirs bien astiqués, et des cottages pittoresques, nichés parmi les fleurs. Il y avait, un peu à l'écart, une auberge, le *Bells and Motley*. Il y avait une demeure majestueuse – que Luke prit sur le moment pour Ashe Manor, sa destination – et qui se dressait derrière le pré communal, et la mare aux canards. En s'approchant, il vit un écriteau de bois indiquant qu'il s'agissait du Musée et de la Bibliothèque. Plus loin, véritable anachronisme, se trouvait un grand bâtiment blanc, moderne, dont l'austérité contrastait avec la joyeuse fantaisie de l'ensemble. Une salle des fêtes et un foyer pour les jeunes, se dit Luke.

C'est là qu'il s'arrêta pour demander son chemin.

On lui répondit qu'il trouverait Ashe Manor environ huit cents mètres plus loin. Il verrait des grilles sur sa droite.

Luke se remit en route. Il repéra sans mal les grilles de fer forgé : elles étaient aussi tarabiscotées que flambant neuves. Il les franchit, aperçut de la brique rouge à travers les arbres et découvrit avec stupéfaction, à un détour de l'allée, l'épouvantable laideur et l'incongruité du « château fort » qui s'offrait à ses yeux.

Tandis qu'il contemplait cette vision de cauchemar, le soleil se cacha. Et Luke prit soudain conscience de la masse menaçante d'Ashe Ridge qui surplombait le village. Une brusque rafale de vent balaya les feuilles à l'instant précis où une jeune femme apparaissait à l'angle de la demeure crénelée.

Sa chevelure noire, soulevée par la bourrasque, se dressait sur sa tête, ce qui rappela à Luke un tableau qu'il avait vu autrefois. « La Sorcière », de Nevinson. Ce long visage, pâle et délicat, ces cheveux noirs voguant vers les étoiles... Il l'imaginait très bien à cheval sur un balai, s'envolant vers la lune...

Elle marcha droit sur lui.

— Vous devez être Luke Fitzwilliam. Moi, je suis Bridget Conway.

Il prit la main qu'elle lui tendait. Il la voyait maintenant telle qu'elle était, et non plus telle qu'il l'avait un instant imaginée. Grande, mince, avec un long visage fin aux joues légèrement creuses... avec des sourcils noirs, ironiques... des cheveux noirs et des yeux noirs. Belle et émouvante. Délicate comme une gravure, pensa-t-il.

Durant son voyage de retour en Angleterre, Luke avait eu une image sans cesse présente à l'esprit : l'image d'une jeune fille anglaise, empourprée par le

28

soleil, flattant l'encolure d'un cheval, se baissant pour désherber une plate-bande, tendant les mains à la chaleur d'un feu de bois. Une vision gracieuse, réconfortante...

Là, il n'aurait su dire si Bridget Conway lui plaisait ou pas, mais cette image secrète vacilla, se brouilla... devint soudain absurde, dénuée de sens...

– Comment allez-vous ? Pardonnez-moi de m'imposer ainsi, dit-il. Jimmy prétend que vous n'y voyez pas d'inconvénient.

– Oh ! Pas du tout. Nous en sommes ravis, au contraire.

Elle sourit tout à coup, d'un grand et large sourire.

– Jimmy et moi, nous sommes comme les deux doigts de la main. Et si vous écrivez un ouvrage sur le folklore, Wychwood est l'endroit rêvé. Le pays regorge de légendes et de coins pittoresques.

– Épatant ! dit Luke.

Ils se dirigèrent ensemble vers la maison. Luke y jeta un nouveau coup d'œil. Il distinguait maintenant, sous l'abondance des ornementations qui l'étouffaient, les vestiges d'une sobre demeure du début du XVIIIe siècle. D'après Jimmy, se souvint-il, la propriété avait appartenu à l'origine à la famille de Bridget. « À l'époque où elle n'était pas encore défigurée », pensa-t-il tristement.

Il regarda Bridget, son profil, ses longues et belles mains... Elle devait avoir vingt-huit ou vingt-neuf ans, se dit-il. Elle était intelligente. Et elle faisait partie de ces gens dont on ne peut rien savoir à moins qu'ils n'en décident autrement...

À l'intérieur, la maison était confortable et de bon goût – le bon goût d'un décorateur hors pair. Bridget Conway conduisit Luke dans une pièce meublée de bibliothèques. Il y avait de grands fauteuils et une table où deux personnes prenaient le thé, près de la fenêtre.

– Gordon, dit-elle, je vous présente Luke, une espèce de cousin d'un cousin à moi.

Lord Whitfield était un petit homme au crâne dégarni. Il avait le visage poupin, la lippe boudeuse et les yeux en boutons de bottine. Sa tenue de campagne, négligée, ne l'avantageait guère, sa silhouette se résumant, pour l'essentiel, à un ventre proéminent.

Il accueillit Luke avec amabilité :

– Heureux de vous connaître... très heureux. Vous revenez d'Extrême-Orient, c'est ça ? Intéressantes, ces régions. Vous écrivez un livre, à ce que m'a dit Bridget. D'aucuns prétendent qu'on écrit trop de livres de nos jours. Moi, je dis non : il y a toujours de la place pour un bon bouquin !

– Ma tante, Mrs Anstruther, dit Bridget.

Luke serra la main d'une femme entre deux âges, à l'expression plutôt stupide.

Mrs Anstruther, comme Luke ne devait pas tarder à l'apprendre, était corps et âme vouée au jardinage. Elle ne parlait de rien d'autre et avait l'esprit absorbé en permanence par la question de savoir si telle ou telle plante rare avait des chances de s'épanouir là où elle comptait la mettre.

– Vous savez, Gordon, dit-elle une fois les présentations faites, une rocaille trouverait idéalement sa place derrière la roseraie, et vous pourriez alors aménager un merveilleux jardin aquatique dans le vallonnement du ruisseau.

Lord Whitfield s'étira dans son fauteuil.

– Voyez ça avec Bridget, dit-il d'un ton accommodant. Je trouve que les plantes de rocaille sont des petites crevures rikiki, mais peu importe.

– Elles ne sont pas assez tape à l'œil pour vous, Gordon, intervint Bridget.

Elle servit une tasse de thé à Luke.

– C'est vrai, répliqua lord Whitfield, placide. Des petits bouts de fleurs rabougries qu'on voit à peine ! J'estime qu'on n'en a pas pour son argent. Moi, ce que j'aime, ce sont les belles plantes de serre ou les bons vieux parterres de géraniums écarlates.

Mrs Anstruther possédait au plus haut degré l'art de poursuivre son idée sans se laisser distraire par celles des autres.

– Je crois que cette nouvelle variété d'hélianthèmes s'adapterait parfaitement à notre climat, déclara-t-elle en se replongeant dans ses catalogues.

Renfonçant sa silhouette courtaude dans son fauteuil, lord Whitfield, tout en sirotant son thé, examina Luke d'un air bienveillant.

– Ainsi, murmura-t-il, vous écrivez des livres...

Un peu nerveux, Luke allait se lancer dans de grandes explications lorsqu'il comprit que lord Whitfield n'attendait pas vraiment de réponse.

– J'ai souvent songé, reprit Sa Seigneurie d'un ton suffisant, à écrire un livre moi-même.

– Ah oui ? dit Luke.

– Je *pourrais* le faire, notez bien ! Et cela donnerait un livre passionnant. J'ai rencontré dans ma vie des *tas* de gens intéressants. L'ennui, c'est que je n'ai pas le *temps*. Je suis un homme très occupé.

– Je le crois volontiers.

– Vous n'imaginez pas le fardeau de responsabilités qui pèsent sur mes épaules, poursuivit lord Whitfield. Je m'intéresse personnellement à chacune de mes publications. Je considère que j'ai la charge de former l'opinion. La semaine prochaine, des millions de gens vont penser et réagir exactement comme j'ai voulu qu'ils pensent et réagissent. C'est très impressionnant, quand on y songe. Ça implique une grosse responsabilité. Bah ! que voulez-vous ! Je ne crains pas les responsabilités. Elles ne me font pas peur. Je suis capable de les endosser.

Lord Whitfield bomba le torse, s'efforça de rentrer le ventre et regarda Luke avec bonhomie.

– Vous êtes un grand homme, Gordon ! commenta Bridget Conway d'un ton léger. Reprenez donc un peu de thé.

– Je *suis* un grand homme, en effet, répondit lord Whitfield en toute simplicité. Mais non, je ne veux plus de thé.

Puis, descendant de son Olympe pour se mettre au niveau du commun des mortels, il demanda aimablement à son invité :

– Vous connaissez des gens dans la région ?

Luke secoua la tête. Puis, sentant d'instinct que plus tôt il s'attellerait à sa tâche, mieux cela vaudrait, il ajouta :

– Enfin si, il y a quelqu'un que j'ai promis d'aller voir : un ami d'amis. Il s'appelle Humbleby. Il est médecin.

– Oh ! fit lord Whitfield en se redressant à grand-peine. Le Dr Humbleby ? Dommage.

– Qu'est-ce qui est dommage ?

– Il est mort il y a huit jours, répondit lord Whitfield.

– Ça alors ! s'exclama Luke. Vous me voyez consterné.

– Je ne pense pas qu'il vous aurait plu, dit lord Whitfield. C'était un vieil imbécile imbu de lui-même, assommant et brouillon.

– Entendez par là, intervint Bridget, qu'il n'était pas d'accord avec Gordon.

– Problème d'adduction d'eau, expliqua lord Whitfield. Je peux vous assurer, Mr Fitzwilliam, que je suis un homme soucieux du bien public. J'ai à cœur la prospérité de ce village. Je suis né ici. Oui, né dans ce petit village...

Dépité, Luke constata qu'ils abandonnaient le thème Dr Humbleby pour revenir au thème lord Whitfield.

– Je n'en ai pas honte et je me moque qu'on le sache, poursuivit le grand homme. Je n'ai bénéficié d'aucun des avantages que vous avez reçus de la nature. Mon père tenait une cordonnerie... oui, une vulgaire cordonnerie ! Et dans ma jeunesse, j'ai travaillé dans cette boutique. Je me suis élevé à la force du poignet, Fitzwilliam ; j'étais décidé à sortir du ruisseau – et je *suis* sorti du ruisseau ! La persévérance, le travail acharné et l'aide de Dieu : voilà ce qui m'a permis de réussir – voilà ce qui a fait de moi ce que je suis aujourd'hui.

Pour son plus grand profit, Luke eut droit à l'exposé exhaustif de la carrière de lord Whitfield, lequel conclut, triomphant :

– Et je consens bien volontiers à ce que le monde entier sache comment j'en suis arrivé là ! Je n'ai pas honte de mes origines – non, monsieur – et je suis revenu vivre ici, dans mon village natal. Savez-vous ce qui se trouve à la place de la vieille boutique de mon père ? Un superbe bâtiment construit et financé par *moi* : un Foyer, un Club des Jeunes, tout ce qu'il y a de plus classe et dans le vent. J'ai fait appel au meilleur architecte du pays ! Je dois avouer que son truc est un peu trop dépouillé pour mon goût – ça ressemble plutôt à un hospice ou à une prison –, mais tout le monde jure ses grands dieux que c'est bien, alors ça doit l'être.

– Consolez-vous, dit Bridget. Pour ce qui est de cette maison-ci, c'est vous qui avez eu le dernier mot.

Lord Whitfield émit un petit gloussement satisfait :

– Oui, ils voulaient tous m'en remontrer ! Maintenir l'esprit originel du bâtiment... J'ai dit : non, c'est moi qui vais *vivre* ici et je veux en avoir pour *mon* argent. Chaque fois qu'un architecte refusait de suivre mes directives, je le sacquais et j'en prenais un autre. Le dernier que j'ai eu a très bien compris mes idées.

– Il a bassement encouragé vos pires fantaisies, oui ! remarqua Bridget.

– Elle aurait voulu qu'on laisse la maison en l'état, dit lord Whitfield en lui tapotant le bras. Ça ne sert à rien de vivre dans le passé, ma chère. Nos bons vieux rois George n'y connaissaient pas grand-chose. Je ne voulais pas d'une simple bicoque de brique rouge. J'ai toujours eu envie d'un château... et aujourd'hui, j'en ai un ! Comme je sais que je n'ai pas le goût très chic, j'ai donné carte blanche à une firme réputée pour l'intérieur, et je dois reconnaître qu'ils ne se sont pas trop mal débrouillés – même si c'est un peu terne par endroits.

– En tout cas, commenta Luke qui ne voyait pas trop quoi dire, c'est une grande chose de savoir ce qu'on veut.

– Et je l'obtiens généralement, repartit l'autre avec un petit rire.

– Vous avez bien failli ne pas avoir gain de cause pour l'adduction d'eau, lui rappela Bridget.

– Oh, ça ! dit lord Whitfield. Humbleby était un imbécile. Les hommes d'un certain âge ont tendance à se buter. Pas moyen de leur faire entendre raison.

– Le Dr Humbleby était quelqu'un qui ne mâchait pas ses mots, n'est-ce pas ? hasarda Luke. Ça a dû lui valoir pas mal d'ennemis, j'imagine ?

— N-non, je ne dirais pas ça, marmonna lord Whit-field en se frottant le nez. Hein, Bridget ?

— Tout le monde l'aimait bien, je crois, répondit Bridget. Je ne l'ai vu qu'une fois, quand il est venu soigner ma cheville, mais je l'ai trouvé charmant.

— Oui, il était assez bien vu dans l'ensemble, admit lord Whitfield. Mais je connais quand même une ou deux personnes qui avaient une dent contre lui. Encore son sale caractère !

— Une ou deux personnes d'ici ?

Lord Whitfield acquiesça d'un signe de tête.

— Les querelles de chapelles ne manquent pas dans un endroit pareil, dit-il.

— Oui, je m'en doute.

Luke hésita sur la manière de poursuivre.

— Quel genre de gens vivent ici ? demanda-t-il enfin.

La question n'était pas très brillante, mais la réponse ne se fit pas attendre.

— Des veuves, surtout, dit Bridget. Des filles, des femmes et des sœurs de pasteurs. Ou de médecins. Environ six femmes pour un homme.

— Mais des hommes, il y en a bien quelques-uns ? risqua Luke.

— Oh ! oui. Il y a Mr Abbot, l'avoué, et le jeune Dr Thomas – l'associé du Dr Humbleby –, et Mr Wake, le pasteur, et... qui d'autre, Gordon ? Ah ! Mr Ells-worthy, qui tient la boutique d'antiquités et qui est si, si, si, oh mais *si* charmant ! Et le major Horton et ses bouledogues.

— Mes amis m'ont parlé d'une autre personne habi-tant ici, reprit Luke. Une vieille demoiselle délicieuse mais très bavarde.

— La description peut s'appliquer à la moitié du village ! s'écria Bridget en riant.

– Comment s'appelle-t-elle, déjà ?... Ah ! j'y suis : Pinkerton.

– Décidément, vous jouez de malchance ! répondit lord Whitfield avec un petit rire en saccades. Elle est morte aussi. Écrasée par une voiture à Londres, l'autre jour. Tuée sur le coup.

– On meurt beaucoup, dans le secteur, dites-moi ! remarqua Luke d'un ton léger.

Lord Whitfield se rebiffa aussitôt :

– Pas du tout ! C'est un des endroits les plus sains d'Angleterre. Les accidents, ça ne compte pas ! Ce sont des choses qui peuvent arriver à n'importe qui.

Mais Bridget Conway murmura d'une voix songeuse :

– Tout de même, Gordon, il y a eu beaucoup de morts depuis un an. On n'arrête pas d'enterrer les gens !

– Absurde, ma chère !

– La mort du Dr Humbleby, c'était aussi un accident ? demanda Luke.

Lord Whitfield secoua la tête :

– Oh ! non. Il est mort de septicémie aiguë. Voilà bien les médecins ! Il s'était égratigné le doigt avec un clou rouillé ou quelque chose dans ce goût-là... il ne s'en est pas soucié et la plaie s'est infectée. Il a été emporté en trois jours.

– Les médecins sont souvent négligents quand il s'agit d'eux-mêmes, dit Bridget. Et, pour peu qu'ils n'y prennent pas garde, ils sont très exposés aux infections. En tout cas, c'est bien triste. Sa femme est effondrée.

– Rien ne sert de se révolter contre la volonté divine, déclara lord Whitfield avec componction.

« Mais était-ce vraiment la volonté divine ? » se

demandait Luke un peu plus tard, tandis qu'il se changeait pour le dîner. Septicémie ? Possible. Une mort bien subite, malgré tout.

Les paroles de Bridget Conway lui revinrent alors en écho :

– *Il y a eu beaucoup de morts, depuis un an.*

4

LUKE SE MET AU TRAVAIL

Lorsqu'il descendit prendre son petit déjeuner, le lendemain matin, Luke avait soigneusement établi son plan d'action et était prêt à le mettre à exécution sans délai.

La tante férue de jardinage n'était pas dans les parages, mais lord Whitfield mangeait des rognons et buvait du café, tandis que Bridget Conway, qui avait terminé son repas, se tenait devant la fenêtre, le regard perdu au dehors.

Les bonjours échangés, Luke s'attabla devant une pleine assiettée d'œufs au bacon et expliqua :

– Je dois me mettre au travail. Le plus difficile, c'est d'inciter les gens à parler. Entendons-nous bien : pas les gens comme vous et... euh... Bridget. (Il s'était souvenu juste à temps de ne pas dire « miss Conway ».) Vous, je vous devine disposé à me dire tout ce que vous savez ; l'ennui, c'est que vous, vous ne *pouvez* pas me renseigner sur ce qui m'intéresse, c'est-à-dire les superstitions locales. Vous n'imaginez pas le nombre de superstitions qui survivent encore dans les endroits reculés. Tenez, il y a un village dans le

Devonshire... Le pasteur a dû faire enlever les vieux menhirs en granite qui se dressaient près de l'église car, chaque fois qu'il y avait un décès, ses ouailles s'obstinaient à défiler en procession autour des mégalithes pour obéir à je ne sais quel rituel ancien. C'est extraordinaire, cette persistance des vieux rites païens !

— Vous avez raison, dit lord Whitfield. L'instruction, voilà ce dont les gens ont besoin. Est-ce que je vous ai dit que j'ai fondé ici une très belle bibliothèque ? C'était le manoir du village... je l'ai acheté pour une bouchée de pain... maintenant, c'est une des plus belles bibliothèques...

La conversation ayant une fâcheuse tendance à revenir sur les faits et gestes de lord Whitfield, Luke s'empressa de corriger le tir.

— Remarquable ! s'exclama-t-il avec chaleur. Beau travail ! De toute évidence, vous avez compris sur quoi était fondé l'obscurantisme qui sévit ici. Notez que, pour ma part, ce sont précisément ces témoignages d'ignorance qui m'intéressent : les anciennes coutumes, les contes de bonnes femmes, les traces de vieux rituels tels que...

Suivit, presque mot pour mot, une page entière d'un ouvrage que Luke avait lu pour l'occasion.

— Les décès représentent une précieuse source d'information, conclut-il. Les rites et les coutumes funéraires persistent toujours plus longtemps que les autres. Sans compter que, Dieu sait pourquoi, les gens de la campagne adorent parler de leurs morts.

— Ils raffolent des enterrements, approuva Bridget, toujours postée devant la fenêtre.

— J'envisageais de commencer par là, reprit Luke. Si j'arrivais à dresser une liste des défunts récents et à me mettre en rapport avec des membres de leurs familles, je suis convaincu que je ne tarderais pas à obtenir des résultats. Qui est le mieux placé pour me fournir ces renseignements ? Le pasteur ?

— Cela intéresserait certainement Mr Wake, dit Bridget. C'est un vieil ecclésiastique charmant, féru d'histoire ancienne. Il pourrait vous être très utile.

Saisi d'appréhension, Luke se prit à espérer que le pasteur n'en savait pas suffisamment sur le sujet pour percer à jour ses véritables intentions.

— Parfait ! s'exclama-t-il avec entrain. Vous ne vous souvenez pas, par hasard, des personnes qui sont mortes dans le courant de l'année ?

— Attendez voir..., murmura Bridget. Carter, pour commencer. C'était le patron du *Seven Stars*, un pub mal famé qui se trouve près de la rivière.

— Un vulgaire ivrogne, intervint lord Whitfield. Un de ces voyous socialistes et grossiers. Bon débarras !

— Et Mrs Rose, la blanchisseuse, poursuivit Bridget. Et le petit Tommy Pierce... un sale gosse, celui-là. Ah ! et aussi la petite Amy Machin-chose.

Elle avait prononcé ce dernier nom d'une voix légèrement changée.

— Amy ? répéta Luke.

— Amy Gibbs. Elle a été femme de chambre ici avant d'aller chez miss Waynflete. Dans son cas, il y a eu enquête du coroner.

— Pourquoi ?

— Cette idiote a confondu deux flacons dans l'obscurité ! dit lord Whitfield.

— Elle a avalé de la peinture pour chapeaux en croyant que c'était du sirop contre la toux, expliqua Bridget.

Luke haussa les sourcils.

— C'est tragique, dites-moi !

— Le bruit a couru qu'elle l'avait fait exprès, ajouta Bridget. À la suite d'une dispute d'amoureux.

Elle avait parlé lentement – presque à contrecœur.

Il y eut un silence. Luke perçut d'instinct l'existence d'un non-dit qui alourdissait l'atmosphère.

« Amy Gibbs ? songea-t-il. Oui, c'est l'un des noms qu'a mentionnés miss Pinkerton. »

Elle avait également parlé d'un petit garçon – Tommy quelque chose – qu'elle tenait manifestement en piètre estime (opinion partagée, semblait-il, par Bridget !). Et il était presque sûr... oui... que le nom de Carter avait été prononcé aussi.

Se levant, il dit d'un ton léger :

– À parler comme ça, je me fais l'effet d'un vampire ! En réalité, je ne suis pas uniquement porté sur les cimetières... Les coutumes matrimoniales m'intéressent aussi, mais elles sont plus difficiles à placer avec naturel dans la conversation.

– Je l'imagine sans peine, dit Bridget avec un léger frémissement des lèvres.

– Le mauvais œil, les maléfices, voilà d'autres sujets passionnants ! poursuivit Luke avec un enthousiasme feint. Ce sont des phénomènes qu'on rencontre fréquemment dans les vieux villages. Vous n'avez jamais entendu de rumeurs de ce genre par ici ?

Lord Whitfield secoua lentement la tête.

– Nous sommes mal placés pour entendre parler de ces choses-là..., répondit Bridget Conway.

Luke lui laissa à peine le temps de finir sa phrase :

– Pas de doute, pour trouver ce que je cherche, il va falloir que je descende de quelques degrés dans l'échelle sociale. Je vais commencer par le presbytère, voir ce que je peux dénicher de ce côté-là. Ensuite, j'irai peut-être au... *Seven Stars,* c'est bien ça ? Et Tommy, le gamin insupportable ? Il n'a pas laissé de parents éplorés ?

– Mrs Pierce tient une papeterie-tabac dans la grand-rue.

– Ça, c'est tout bonnement providentiel ! dit Luke. Bon, eh bien, j'y vais.

D'un mouvement vif et gracieux, Bridget s'écarta de la fenêtre.

– Je vous accompagne, si ça ne vous ennuie pas.

– Bien sûr que non !

Il avait prononcé ces mots avec autant de chaleur que possible, mais il se demanda si elle avait remarqué qu'il avait été un instant pris de court.

Il aurait en effet préféré – et de loin – s'entretenir avec le vieux pasteur féru d'histoire sans la présence, à ses côtés, d'une jeune femme à l'intelligence en alerte.

« Bah ! pensa-t-il. À moi de jouer mon rôle de manière convaincante. »

– Attendez-moi une minute, Luke, le temps que je change de chaussures, ajouta Bridget.

Luke... Son prénom, prononcé avec tant de naturel, lui fit étrangement chaud au cœur. Et pourtant, comment aurait-elle pu l'appeler autrement ? Dans la mesure où elle avait accepté le cousinage imaginé par Jimmy, elle pouvait difficilement lui donner du « Mr Fitzwilliam ». Il se demanda soudain, mal à l'aise : « Que pense-t-elle de tout ça ? Que diable peut-elle bien en penser ? »

Bizarre, que cette question ne l'ait pas tracassé plus tôt. Jusqu'alors, la cousine de Jimmy n'avait été pour lui qu'une abstraction commode... un mannequin. Il n'avait pas tenté de se la représenter et s'en était remis à l'affirmation de son ami : « Je réponds de Bridget. »

Il l'avait imaginée – pour autant qu'il l'eût imaginée – comme une petite secrétaire blonde, suffisamment maligne pour mettre le grappin sur un homme riche.

Au lieu de quoi elle avait du caractère, de la cervelle, une intelligence froide et lucide, et il aurait été bien incapable de dire ce qu'elle pensait de lui. *Elle ne doit pas être facile à rouler*, songea-t-il.

– Voilà, je suis prête.

Elle l'avait rejoint si discrètement qu'il ne l'avait pas entendue approcher. Elle ne portait ni chapeau ni résille. Lorsqu'ils sortirent, le vent, qui soufflait à l'angle du monstrueux castel, souleva ses longs cheveux noirs et les fit virevolter avec une soudaine frénésie autour de son visage.

– Vous avez besoin de moi pour vous montrer le chemin, fit-elle en souriant.

– C'est très gentil à vous, répondit-il, cérémonieux.

Était-ce un effet de son imagination, ou avait-il vu passer sur les lèvres de Bridget l'ombre fugitive d'un sourire ironique ?

Tournant la tête vers les murs crénelés, il dit d'un ton irrité :

– Quelle abomination ! Personne n'a pu l'empêcher de faire ça ?

– « La demeure d'un Anglais est son château »... au sens littéral dans le cas de Gordon ! Il l'adore.

Conscient du mauvais goût de sa remarque mais incapable de tenir sa langue, Luke dit :

– C'est votre ancienne propriété, je crois ? Est-ce que vous « adorez » la voir dans cet état ?

Elle tourna alors son regard vers lui – un regard direct, vaguement amusé.

– Je m'en veux de détruire le tableau pathétique que vous vous faites de la situation, susurra-t-elle, mais je suis partie d'ici à l'âge de deux ans et demi. Comme vous voyez, la bonne vieille nostalgie du foyer n'est pas de mise en l'occurrence. Je n'ai aucun souvenir de ce qu'était cette maison.

– Vous avez raison, dit Luke. Pardonnez-moi d'être tombé dans le mélo.

– La vérité est rarement romantique, répondit-elle avec un rire.

Mais l'amertume qu'exprimait sa voix le fit tressaillir. Il rougit sous son hâle, puis comprit soudain que l'amertume en question n'était pas dirigée contre lui. C'était son dédain à elle, son amertume à elle. Luke garda prudemment le silence. Ce qui ne l'empêcha pas de se poser moult questions sur Bridget Conway...

Il ne leur fallut pas cinq minutes pour arriver au presbytère attenant à l'église. Ils trouvèrent le pasteur dans son cabinet de travail.

Alfred Wake était un petit vieillard aux épaules voûtées, aux yeux bleus très doux, à l'air courtois mais distrait. Il parut tout à la fois heureux et un tantinet surpris de cette visite.

– Mr Fitzwilliam séjourne au manoir, dit Bridget, et il voudrait vous consulter au sujet d'un livre qu'il est en train d'écrire.

Mr Wake tourna vers Luke le regard interrogateur de ses yeux bienveillants, et le jeune homme se lança dans de grandes explications.

Il était nerveux. Doublement nerveux. Primo, parce que l'ecclésiastique avait sans aucun doute une connaissance beaucoup plus approfondie des rites et coutumes folkloriques et magiques que celle qu'il venait d'acquérir en consultant à la hâte une série d'ouvrages pris au hasard. Secundo, parce que Bridget Conway écoutait la conversation.

Luke constata avec soulagement que Mr Wake s'intéressait surtout aux vestiges romains. Le pasteur avoua ne pas y connaître grand-chose en matière de sorcellerie et de folklore médiéval. Il relata certains épisodes liés à l'histoire de Wychwood, proposa à Luke de l'emmener sur la colline, à l'endroit où – disait-on – les sorcières tenaient jadis leurs sabbats, mais se déclara navré de n'avoir aucune information personnelle à y ajouter.

Fort soulagé intérieurement, Luke afficha la plus vive déception avant de se plonger dans son enquête sur les superstitions attachées au culte des morts.

Mr Wake secoua benoîtement la tête :

– Je crains d'être la personne la plus mal renseignée sur la question. Mes ouailles se gardent bien d'évoquer devant moi toute pratique non orthodoxe !

– Oui, évidemment.

– Je suis néanmoins persuadé que les superstitions demeurent vivaces. Ces communautés villageoises sont encore très arriérées.

 Luke se jeta à l'eau :

– J'ai demandé à miss Conway de me donner les noms des récents défunts – du moins, ceux dont elle se souvenait. Je pense arriver à quelque chose par ce biais-là. Vous pourriez sans doute me fournir une liste complète, pour me permettre de faire un premier tri ?

– Oui... oui, sans problème. Giles, notre sacristain – un brave garçon, hélas atteint de surdité – pourrait vous aider dans cette tâche. Voyons... Des décès, nous en avons eu beaucoup... oui, beaucoup. Un printemps de giboulées après un hiver rigoureux... à quoi il convient d'ajouter bon nombre d'accidents... nous avons connu un véritable cycle de malchance.

– Parfois, dit Luke, on attribue un cycle de malchance à la présence d'une personne précise.

– Oui, oui. La vieille histoire de Jonas... Mais, à ma connaissance, nous n'avons pas eu d'étrangers ici – du moins, personne qui sorte de l'ordinaire – et je n'ai entendu aucune rumeur dans ce sens... Mais remarquez, là encore, peut-être s'abstiendrait-on d'en parler devant moi. Voyons voir... tout récemment, nous avons perdu le Dr Humbleby et la malheureuse Lavinia Pinkerton – un excellent homme, le Dr Humbleby...

– Mr Fitzwilliam connaît des amis à lui, intervint Bridget.

– Vraiment ? C'est bien triste. Sa perte sera durement ressentie. Il avait beaucoup d'amis.

– Et sûrement beaucoup d'ennemis aussi, dit Luke. Je ne fais que répéter ce que m'en ont dit mes amis, s'empressa-t-il d'ajouter.

Mr Wake soupira :

– Il avait son franc-parler et manquait parfois... d'un peu de tact, dirons-nous. (Il secoua la tête.) Il n'en faut souvent guère plus pour que les gens prennent la mouche. Mais il était très aimé des plus humbles.

– Pour moi, dit Luke d'un ton dégagé, l'une des choses les plus dures à avaler dans la vie, c'est le fait que toute mort profite à quelqu'un – et pas seulement sur le plan financier.

Le pasteur hocha la tête d'un air pensif :

– Je vois ce que vous voulez dire, oui. Nous lisons dans sa notice nécrologique que tel défunt est regretté de tous, mais ce n'est que très rarement vrai, je le crains. Dans le cas du Dr Humbleby, on ne peut nier que sa mort sera d'un grand profit pour son associé, le Dr Thomas.

– Comment cela ?

– Thomas est, je crois, un garçon très compétent – le Dr Humbleby le disait lui-même, d'ailleurs – mais il n'était pas très bien intégré dans la population. Il était éclipsé par Humbleby, qui possédait un charisme indéniable. À côté, Thomas paraissait un peu terne. Le courant ne passait pas bien entre ses malades et lui. Pour ne rien arranger, il s'en tracassait, ce qui le rendait encore plus nerveux et renfermé. À dire le vrai, j'ai déjà constaté une étonnante transformation. Davantage d'assurance... de personnalité. Il a acquis de la confiance en soi. Humbleby et lui n'étaient pas toujours d'accord, je crois. Thomas est partisan de la nouveauté, tandis que Humbleby préférait s'en tenir aux méthodes anciennes. Ils se sont heurtés plus d'une fois – à ce propos comme à propos d'un sujet d'ordre plus... familial... Mais gardons-nous de nous laisser aller aux commérages...

– C'est pourtant justement ce que Mr Fitzwilliam voudrait entendre... des commérages ! dit Bridget d'une voix douce mais très distincte.

Luke lui jeta un regard troublé.

Sceptique, Mr Wake secoua la tête et poursuivit, avec un petit sourire d'excuse :

– On apprend malheureusement à s'intéresser de trop près aux affaires de ses voisins. Rose Humbleby est une très jolie jeune fille. Rien d'étonnant à ce que Geoffrey Thomas en soit tombé amoureux. Mais le point de vue de Humbleby était tout aussi compréhensible : sa fille était jeune, et elle n'avait guère de chances de rencontrer d'autres hommes en restant enfermée ici.

– Il s'est opposé au mariage ? dit Luke.

– Formellement. En donnant comme raison qu'ils étaient beaucoup trop jeunes. Bien entendu, les jeunes gens n'aiment pas s'entendre dire ça ! Un froid s'était établi entre les deux hommes. Mais je suis sûr que le Dr Thomas a été profondément peiné par la mort inopinée de son associé.

– Une septicémie, m'a dit lord Whitfield ?

– Oui... une petite égratignure qui s'est infectée. Les médecins courent de grands risques dans l'exercice de leur profession, Mr Fitzwilliam.

46

– Sans aucun doute, convint Luke.

Mr Wake tressaillit soudain :

– Avec tout ça, je me suis bien éloigné de notre sujet. Une vieille commère, voilà ce que je suis ! Nous parlions de la survivance des coutumes funéraires païennes... et des personnes qui sont mortes récemment à Wychwood. Il y a eu Lavinia Pinkerton, l'une de nos paroissiennes les plus dévouées. Et puis cette pauvre Amy Gibbs... là, vous découvrirez peut-être quelque chose d'intéressant pour vous, Mr Fitzwilliam : on a émis l'hypothèse d'un suicide, or certains rites insolites sont liés à ce type de décès. Amy avait une tante – une femme pas très estimable, je le crains, et pas très attachée à sa nièce, mais une intarissable bavarde.

– Ce qui peut se révéler précieux, dit Luke.

– Puis il y a eu Tommy Pierce. Il a fait partie de la chorale, à une époque : des aigus magnifiques, une voix merveilleuse... angélique... mais, en dehors de cela, il n'avait rien de très angélique. Nous avons dû finir par nous débarrasser de lui, tant il donnait le mauvais exemple aux autres garçons. Pauvre gosse, personne ne l'aimait beaucoup. Il s'est fait renvoyer du bureau de poste où nous lui avions trouvé un emploi de télégraphiste. Il a ensuite travaillé quelque temps au cabinet de Mr Abbot, mais, là encore, on l'a congédié très vite : il avait fourré son nez dans des documents confidentiels, je crois. Après ça, il a été garçon jardinier à Ashe Manor – n'est-ce pas, miss Conway ? – jusqu'au jour où lord Whitfield l'a renvoyé à cause d'une grossière impertinence. J'en ai été navré pour sa mère – brave femme très méritante et qui se tue à la tâche. Miss Waynflete a alors eu la bonté de l'employer comme laveur de carreaux à la bibliothèque. Au début, lord Whitfield s'y est opposé, et puis, du jour au lendemain, il a cédé... ce qui s'est révélé bien regrettable.

– Pourquoi ?

– Parce que c'est comme ça que le petit s'est tué. Il lavait les carreaux du dernier étage de la bibliothèque – l'ancien manoir, vous savez –, et en voulant faire l'idiot – danser sur le rebord de la fenêtre, une bêtise de ce genre – il a perdu l'équilibre, ou a été saisi de vertige, et il est tombé. Vilaine affaire ! Il est mort quelques heures après son transport à l'hôpital, sans avoir repris connaissance.

– Quelqu'un l'a vu tomber ? s'enquit Luke avec intérêt.

– Non. Il travaillait à l'arrière du bâtiment, côté jardin... pas sur la façade. On estime qu'il a dû rester inanimé une demi-heure environ avant qu'on ne le découvre.

– Et qui l'a découvert ?

– Miss Pinkerton, cette demoiselle dont je vous parlais tout à l'heure et qui a malheureusement trouvé la mort l'autre jour dans un accident de la circulation... Pauvre femme, elle en avait été toute bouleversée, vous l'imaginez sans peine ! Obtenir l'autorisation de venir prélever quelques boutures et trouver le gamin là... par terre...

– Ça a dû lui faire un choc terrible, dit Luke, songeur.

« Un choc encore plus grand que *vous* ne le pensez », ajouta-t-il à part soi.

– Une jeune vie fauchée net, c'est bien triste, dit le vieil homme en secouant la tête. Les défauts de Tommy tenaient peut-être à un trop-plein d'énergie.

– C'était un sale garnement et une petite brute ! s'emporta Bridget. Vous le savez très bien, Mr Wake.

Il n'arrêtait pas de torturer les chats et les chiens errants et de martyriser ses petits camarades.

– Je sais... je sais, répondit Mr Wake en dodelinant tristement de la tête. Cependant, chère miss Conway, dans certains cas, la cruauté n'est pas innée mais plutôt le fait d'une imagination trop lente à mûrir. C'est pourquoi, si vous admettez qu'un adulte puisse avoir la mentalité d'un enfant, vous comprendrez qu'un fou puisse très bien se montrer sournois et cruel sans même en avoir conscience. Un manque de maturité : voilà, j'en suis convaincu, la racine de la cruauté et de la brutalité aveugle du monde d'aujourd'hui. Il nous faut rejeter la puérilité...

Il secoua encore une fois la tête et écarta les mains.

– Oui, vous avez raison, acquiesça Bridget d'une voix sourde. Je comprends ce que vous voulez dire. Un homme qui a l'âge mental d'un enfant, il n'y a rien de plus effrayant...

Luke la regarda avec curiosité. Il était persuadé qu'elle songeait à une personne précise mais, bien que lord Whitfield fût sous certains aspects d'une extrême puérilité, ce n'était pas à lui qu'elle pensait. Lord Whitfield était un tantinet ridicule, mais certainement pas effrayant.

Luke Fitzwilliam aurait donné n'importe quoi pour savoir à qui pensait Bridget.

5

VISITE À MISS WAYNFLETE

Mr Wake murmura encore quelques noms d'une voix songeuse :

– Voyons... la pauvre Mrs Rose, le vieux Bell, le petit Elkin, Harry Carter... Remarquez, tous n'étaient pas mes ouailles. Mrs Rose et Carter n'appartenaient pas à l'église anglicane. Et la vague de froid que nous avons eue en mars a fini par emporter le vieux Ben Stanbury... à l'âge de quatre-vingt-douze ans.

– Amy Gibbs est morte en avril, dit Bridget.

– Oui, pauvre petite... Triste méprise.

Luke s'aperçut soudain que Bridget l'observait. Elle baissa aussitôt les yeux.

« Il y a là quelque chose qui m'échappe, pensa-t-il, agacé. Quelque chose qui est en rapport avec cette Amy Gibbs. »

Quand, ayant pris congé du pasteur, ils se retrouvèrent dehors, il demanda :

– Cette Amy Gibbs, c'était *qui* au juste ? Et ça évoque *quoi* pour vous ?

Bridget mit une bonne minute à répondre.

– C'était la femme de chambre la plus incompétente que j'aie jamais connue, dit-elle enfin d'un ton légèrement contraint.

– C'est pour ça qu'on l'a mise à la porte ?

– Non. Elle restait dehors jusqu'à point d'heure à batifoler avec je ne sais quel garçon. Gordon a des idées très puritaines et très vieux jeu. Pour lui, le péché ne commence qu'à 11 heures du soir, mais, passé cette heure-là, Satan se déchaîne. Il avait donc sermonné la petite, qui lui avait répondu avec impertinence !

– C'était une jolie fille ? demanda Luke.

– Une très jolie fille.

– C'est elle qui a avalé de la peinture à la place de sirop contre la toux ?

– Oui.

– C'est plutôt stupide, non ? hasarda Luke.

– Complètement stupide.

– Et elle était idiote ?

– Non, elle était même plutôt futée.

Luke lui lança un regard en coin. Elle l'intriguait. Elle lui répondait d'un ton uni, sans insistance ni beaucoup d'intérêt. Il sentait néanmoins derrière ses paroles quelque chose d'inexprimé.

À cet instant, Bridget s'arrêta pour bavarder avec un homme de belle stature, qui ôta son chapeau d'un geste large et la salua avec jovialité.

Après avoir échangé quelques mots avec lui, Bridget fit les présentations :

– Mon cousin, Mr Fitzwilliam, qui séjourne au manoir ; il est venu ici pour écrire un livre. Luke, voici Mr Abbot.

Luke dévisagea Mr Abbot avec intérêt. C'était l'avoué qui avait employé Tommy Pierce.

Luke avait un préjugé quelque peu irraisonné contre les hommes de loi en général – fondé sur le fait que les politiciens se recrutaient en grand nombre dans leurs rangs. De plus, la prudente habitude qu'ils avaient de ne jamais se compromettre l'agaçait. Mais Mr Abbot ne correspondait pas du tout à l'image traditionnelle de l'avoué : il n'était ni maigre, ni réservé, ni bouche cousue. C'était un grand gaillard au teint fleuri, vêtu de tweed, aux manières chaleureuses et à la jovialité contagieuse. Il avait des ridules aux coins des yeux, et un regard plus perçant qu'il n'y paraissait au premier abord.

– Vous écrivez un livre, alors ? Un roman ?

– Un ouvrage sur les traditions populaires, dit Bridget.

– Vous ne pouviez pas mieux tomber, dit l'avoué. Le coin est particulièrement intéressant.

– C'est ce que j'ai cru comprendre, dit Luke. D'ailleurs, vous pourriez peut-être m'aider un peu. Vous devez avoir connaissance de faits étranges... ou de survivance d'anciennes coutumes...

– Ma foi, je n'en sais trop rien. Peut-être... ça se pourrait...

– On croit beaucoup aux fantômes, par ici ?

– Pour ça, je n'en ai aucune idée... vraiment, je ne peux pas dire.

– Pas de maisons hantées ?

– Non. Je n'en ai jamais entendu parler.

– Il y a les croyances concernant les enfants, bien sûr, reprit Luke. Un petit garçon qui meurt – de mort violente, j'entends – est condamné à errer pour l'éternité. Mais pas une petite fille. C'est intéressant, ça !

– Très, dit Mr Abbot. Je ne l'avais jamais entendu dire.

Et pour cause : Luke venait de l'inventer.

– Prenez le cas de ce gamin... Tommy quelque chose... qui a travaillé quelque temps à votre cabinet... D'après ce que je crois savoir, les gens d'ici sont persuadés qu'il erre comme une âme en peine...

Le visage rougeaud de Mr Abbot vira au pourpre :

– Tommy Pierce ? Un bon à rien, un sale gosse fouineur et indiscret.

– Il semble que les revenants soient toujours malveillants. Les bons citoyens respectueux de la loi viennent rarement troubler ce monde après l'avoir quitté.

– Qui l'a vu... ? Qu'est-ce que c'est que cette histoire ?

– Ces choses-là sont difficiles à mettre en évidence, répondit Luke. Les gens n'en parlent pas volontiers. C'est dans l'air, si on peut dire.

– Oui... oui, sans doute.

Luke changea adroitement de sujet :

– Le mieux placé pour me renseigner, ce serait sans doute le médecin local. Les toubibs doivent en entendre de toutes les couleurs chez les malades des « classes laborieuses » qu'il leur arrive de soigner. Toutes sortes de superstitions et de sortilèges : philtres d'amour et tout le tremblement.

– Mettez-vous en rapport avec Thomas. Un brave type, ce Thomas, tout à fait à la page. Pas comme ce pauvre Humbleby.

– Il était un peu passéiste, non ?

– Une vraie tête de mule. Réactionnaire comme ça n'est pas permis !

– Vous avez eu une sérieuse prise de bec avec lui au sujet de l'adduction d'eau, n'est-ce pas ? demanda Bridget.

De nouveau, une vive rougeur empourpra le visage d'Abbot.

– Humbleby s'opposait mordicus au progrès, dit-il d'un ton cassant. Il s'était déchaîné contre ce projet ! Et il avait une façon plutôt grossière de l'exprimer. Il ne mâchait pas ses mots. J'aurais pu le traîner en justice pour certaines des choses qu'il m'a dites !

– Mais les hommes de loi n'intentent guère de procès, n'est-ce pas ? susurra Bridget. Ils ne sont pas fous !

Abbot partit d'un grand rire sonore. Sa colère était retombée aussi vite qu'elle était montée.

– Bien envoyé, miss Bridget ! Et vous n'avez pas tout à fait tort. Pour en faire partie, nous ne connaissons que trop bien la justice, ha ! ha ! Bon, il faut que j'y aille. Faites appel à moi si vous pensez que je peux vous être utile d'une façon quelconque, monsieur... euh...

– Fitzwilliam, dit Luke. Merci, je n'y manquerai pas.

Ils se remirent en route.

– Si je comprends bien, commenta Bridget, votre méthode, ça consiste à dire n'importe quoi et à voir ce que ça donne.

– Vous voulez dire que ma méthode n'est pas rigoureusement honnête ?

– C'est ce que j'ai cru remarquer.

Un peu mal à l'aise, il hésita sur la réponse. Mais avant qu'il ait pu parler, Bridget reprit :

– Si vous désirez en apprendre davantage sur Amy Gibbs, je peux vous emmener chez quelqu'un qui est en mesure de vous aider.

– Qui ça ?

– Miss Waynflete. Amy est partie travailler chez elle après avoir quitté Ashe Manor. C'est là qu'elle est morte.

– Ah ! je vois..., dit-il, un peu déconcerté. Eh bien... merci beaucoup.

– Elle habite à deux pas.

Ils traversaient la place du village. Bridget lui désigna le grand manoir de style classique que Luke avait remarqué la veille.

– Voilà Wych Hall. C'est aujourd'hui une bibliothèque.

Accolée au manoir, il y avait une maisonnette qui, par contraste, faisait plutôt penser à une maison de poupée. Les marches du perron étaient d'un blanc éblouissant, le heurtoir brillait et, aux fenêtres, les rideaux étaient également d'un blanc irréprochable.

Bridget poussa la barrière et se dirigea vers le perron.

Au même instant, la porte s'ouvrit et une femme d'un certain âge apparut sur le seuil.

C'était – estima Luke – le type même de la vieille fille de province. Maigre, elle portait un tailleur en tweed et un corsage de soie grise orné d'une broche de topaze. Son chapeau, un feutre banal, trônait crâne- ①
ment sur ses cheveux à la mise en pli impeccable. Elle avait un visage agréable et un regard intelligent derrière son pince-nez. Elle fit penser Luke à ces frin- gantes chèvres noires qu'on rencontre en Grèce. Il y avait dans ses yeux le même mélange de surprise et de candeur interrogative.

– Bonjour, miss Waynflete, dit Bridget. Je vous pré- sente Mr Fitzwilliam. (Luke s'inclina.) Il écrit un livre sur les morts, les coutumes villageoises et les choses macabres en général.

– Par exemple ! s'écria miss Waynflete. *Comme* c'est intéressant !

Et elle adressa à Luke un sourire radieux qui lui rappela miss Pinkerton.

– J'ai pensé, dit Bridget (de nouveau il remarqua dans sa voix une curieuse intonation) que vous pour- riez lui parler d'Amy.

– Ah ! fit miss Waynflete. D'Amy ? Oui... Amy Gibbs.

Son expression s'était enrichie d'une connotation supplémentaire. Pensive, elle semblait le jauger.

Puis, comme si elle avait enfin pris une décision, elle fit demi-tour.

– Entrez, dit-elle. Je sortirai plus tard. Non, non, ajouta-t-elle en réponse aux protestations de Luke. Je n'ai rien d'urgent à faire. Seulement des courses sans importance.

Le petit salon, divinement bien tenu, fleurait bon la lavande. Sur la cheminée, des figurines de Dresde – bergers et bergères – minaudaient mignardement. Sur les murs, des aquarelles encadrées avaient pour pendant deux broderies sur canevas et trois ouvrages de tapisserie à l'aiguille. Il y avait des photographies – de neveux et nièces, selon toute probabilité –, quelques beaux meubles – un secrétaire Chippendale, des petites tables en bois de citronnier – et un canapé de style victorien, aussi hideux qu'inconfortable.

Tout en invitant ses visiteurs à s'asseoir, miss Waynflete se confondit en excuses :

– Je n'ai pas de cigarettes, je ne fume pas, mais je vous en prie, fumez si vous en avez envie.

Luke déclina l'offre mais Bridget s'empressa d'allumer une cigarette.

Assise bien droite dans un fauteuil aux bras sculptés, miss Waynflete observa son hôte un moment avant de baisser les yeux, apparemment satisfaite :

– Vous voulez savoir ce qui est arrivé à cette pauvre petite Amy ? C'est une bien triste affaire, qui m'a plongée dans le plus grand désarroi. Quelle tragique méprise !

– N'a-t-on pas parlé de... suicide ? demanda Luke.

Miss Waynflete secoua la tête :

– Non, non, *ça*, je n'y crois pas un instant. Ce n'était pas du tout le genre d'Amy.

– C'était quoi, son genre ? demanda carrément Luke. J'aimerais savoir ce que vous en pensez.

– Ma foi, évidemment, c'était *tout* sauf une bonne domestique, répondit miss Waynflete. Mais de nos jours, on peut déjà s'estimer heureux d'en trouver une. Elle était très négligente dans son travail et ne songeait qu'à sortir – mais, que voulez-vous, elle était jeune et les filles sont comme ça aujourd'hui. Elles n'ont pas

56

l'air de se rendre compte que leur temps appartient à leur employeur.

Comme Luke arborait l'air compatissant qui convenait, miss Waynflete entreprit de développer son sujet :

– Ce n'était pas une fille selon mon cœur – un peu trop *effrontée* pour mon goût – mais je ne voudrais pas l'accabler maintenant qu'elle est morte. Ce serait manquer de charité chrétienne... même si, à mon sens, ce n'est pas là une raison valable de taire la vérité.

Luke acquiesça. Miss Waynflete, il s'en rendait bien compte, différait de miss Pinkerton en ce sens qu'elle avait un esprit plus logique et davantage de suite dans les idées.

– Elle aimait qu'on l'admire, enchaîna miss Waynflete. Et elle avait tendance à se hausser du col. Mr Ellsworthy – le propriétaire de la boutique d'antiquités, parfait homme du monde au demeurant – manie un peu le pinceau, et il avait esquissé quelques portraits d'Amy... ce qui, à mon avis, a donné des *idées* à la petite. Elle a commencé à se disputer avec son fiancé, Jim Harvey. Il travaille au garage comme mécanicien, et il était très amoureux d'elle.

Miss Waynflete marqua une pause avant de poursuivre :

– Jamais je n'oublierai cette épouvantable nuit. Depuis quelque temps, Amy n'était pas dans son assiette : mauvaise toux, fatigue générale (avec les bas de pacotille que les jeunes filles portent aujourd'hui, et leurs souliers aux semelles à peine plus épaisses qu'une feuille de papier, pas étonnant qu'elles s'enrhument !) – bref, elle était allée voir le médecin cet après-midi-là.

– Le Dr Humbleby ou le Dr Thomas ? s'enquit vivement Luke.

– Le Dr Thomas. Et elle est revenue avec un flacon

de sirop qu'il lui avait donné. Quelque chose d'inoffensif, un médicament courant, je pense. Elle s'est couchée tôt, et il devait être environ 1 heure du matin quand le *bruit* a commencé... un horrible râle, une sorte de cri étranglé. Je me suis levée pour aller voir ce qui se passait, mais sa porte était fermée à clef de l'intérieur. Je l'ai appelée, en vain. La cuisinière était avec moi, et nous étions toutes les deux terriblement inquiètes. En désespoir de cause, nous sommes sorties sur le perron ; par bonheur, Reed – notre constable – faisait justement sa ronde à ce moment-là et nous l'avons appelé à la rescousse. Il a réussi à grimper sur le toit de l'appentis, derrière la maison, et, comme la fenêtre de la chambre était ouverte, il a pu entrer par là et déverrouiller la porte. Pauvre fille, c'était atroce ! On n'a rien pu faire : elle est morte à l'hôpital quelques heures plus tard.

– Et c'était dû à quoi ? À de la peinture pour chapeaux ?

– Oui. Un empoisonnement à l'acide oxalique, pour reprendre l'expression des enquêteurs. Le flacon de peinture était à peu près de la même taille que le flacon de sirop contre la toux. On a retrouvé le second sur son lavabo et la peinture pour chapeaux sur sa table de chevet. Elle a dû prendre le mauvais flacon dans le noir et le mettre à portée de sa main pour le cas où elle aurait une quinte de toux. C'est l'hypothèse qui a été retenue lors de l'enquête.

Miss Waynflete se tut. Ses yeux d'une redoutable alacrité, semblables à ceux d'une chèvre, sondèrent Luke, qui crut y lire comme un avertissement muet. Il eut l'impression qu'elle lui avait caché une partie de l'histoire – et l'impression, plus forte encore, que, pour une raison quelconque, elle tenait à ce qu'il s'en rende bien compte.

Il y eut un silence – un long silence gêné. Luke se fit l'effet d'un comédien qui ne connaîtrait pas son texte.

– Et vous ne croyez pas à la théorie du suicide ? demanda-t-il à tout hasard.

– Absolument pas ! répondit sans hésiter miss Waynflete. Si cette fille avait décidé d'en finir, elle se serait probablement procuré du poison. Là, c'était un vieux flacon qu'elle devait avoir depuis des années. Et puis, je vous le répète, ce n'était pas le genre de fille à *ça*.

– Alors, vous pensez... quoi ? demanda carrément Luke.

– Je pense que c'est une bien triste affaire.

Elle serra les lèvres et le regarda sans ciller.

Luke cherchait désespérément ce qu'il pouvait bien dire pour répondre à ce qu'on attendait de lui lorsqu'une diversion se produisit : un grattement à la porte, suivi d'un miaulement plaintif.

Miss Waynflete sauta sur ses pieds pour aller ouvrir la porte, livrant passage à un magnifique persan orange. L'animal s'arrêta un instant, regarda le visiteur d'un air réprobateur, puis, d'un bond, se jucha sur le bras du fauteuil de la maîtresse de maison.

Miss Waynflete s'adressa à lui en roucoulant :

– Alors, Wonky Pooh ? Où était passé mon Wonky Pooh ce matin ?

Ce nom éveilla un écho dans la mémoire de Luke. Où avait-il entendu parler d'un chat persan baptisé Wonky Pooh ?

– C'est un chat superbe, dit-il. Vous l'avez depuis longtemps ?

Miss Waynflete secoua la tête :

– Oh ! non. Il appartenait à une de mes vieilles amies, miss Pinkerton, qui s'est fait écraser par une de ces abominables automobiles. Bien entendu, je ne pouvais pas laisser Wonky Pooh à des inconnus. Lavinia en aurait été bouleversée. Elle l'adorait littéralement... il faut avouer qu'il est très beau, n'est-ce pas ?

Luke admira le chat avec toute la gravité requise.

— Faites attention à ses oreilles, dit miss Waynflete. Elles le font souffrir depuis quelque temps.

Luke caressa l'animal avec précaution.

Bridget se leva.

— Il faut que nous prenions congé, dit-elle.

Miss Waynflete serra la main de Luke.

— Peut-être aurons-nous bientôt l'occasion de nous revoir.

— Je l'espère bien ! dit Luke avec entrain.

Il lui sembla que la vieille demoiselle était intriguée et un peu déçue. Elle lança un coup d'œil à Bridget – un coup d'œil furtif, où perçait l'ombre d'une interrogation. Luke eut l'impression qu'il existait entre les deux femmes une connivence d'où il était exclu. Il en fut contrarié mais se promit d'élucider la question sans délai.

Miss Waynflete sortit avec eux sur le perron. Luke s'attarda quelques instants à contempler la coquette place du village et la mare aux canards, d'une fraîcheur intacte.

— Merveilleusement préservé, cet endroit, dit-il.

Le visage de miss Waynflete s'éclaira.

— Oui, n'est-ce pas ? dit-elle avec chaleur. Il est resté tel que je l'ai connu dans mon enfance. Nous habitions alors le manoir, figurez-vous. Mais quand mon frère en a hérité, il n'a pas eu envie d'y vivre – en fait, il n'en avait pas les moyens – et on l'a mis en vente. Un entrepreneur avait fait une offre ; je crois qu'il comptait « promouvoir la région », pour reprendre son expression. Heureusement, lord Whitfield s'est porté acquéreur à son tour, sauvant ainsi la propriété. Il a transformé la maison en musée-bibliothèque, mais en la laissant quasiment en l'état. Deux fois par semaine, je fais office de bibliothécaire – à titre bénévole, *bien sûr* – et vous ne pouvez pas imaginer le plaisir que j'ai à me retrouver dans la maison de mon enfance en sachant qu'elle ne sera pas saccagée. À dire vrai, le cadre est parfait : il faudra que vous veniez visiter un jour notre petit musée, Mr Fitzwilliam. On y expose de très intéressantes productions locales.

– Je n'y manquerai pas, miss Waynflete.

– Lord Whitfield a fait énormément pour Wychwood, dit encore miss Waynflete. Cela me navre toujours de voir la triste ingratitude de certains.

Elle pinça les lèvres. Par discrétion, Luke s'abstint de poser des questions. Il prit de nouveau congé.

– Vous voulez poursuivre vos investigations, ou vous préférez que nous rentrions en longeant la rivière ? s'enquit Bridget lorsqu'ils eurent franchi la barrière. C'est une jolie promenade.

Luke n'avait pas la moindre envie de poursuivre son enquête avec une Bridget Conway pendue à ses basques et qui écoutait tout ce qu'il disait.

– Rentrer par la rivière, bien sûr ! s'empressa-t-il donc de répondre.

Ils descendirent la grand-rue. L'une des dernières maisons arborait une enseigne ornée du mot « Antiquités » en lettres gothiques dorées. Luke s'arrêta devant l'une des vitrines pour en scruter les profondeurs ombreuses.

– Pas mal, ce plat en faïence, dit-il. Il plairait beaucoup à une de mes tantes. Je me demande combien il vaut.

– Voulez-vous que nous entrions voir ?

– Ça ne vous ennuie pas ? J'aime bien fouiner chez les antiquaires. On y fait parfois des affaires.

– Je doute que vous en fassiez ici, répliqua Bridget. Ellsworthy connaît très exactement la valeur de sa marchandise.

La porte était ouverte. Dans le hall étaient exposés des fauteuils, des canapés et des commodes ainsi que des objets en porcelaine et en étain. Deux pièces bourrées d'objets divers se faisaient face de part et d'autre du hall.

Luke entra à gauche et s'empara du plat en faïence. Du fond de la pièce, où elle était assise devant un bureau de chêne Queen Anne, une silhouette assez floue vint à leur rencontre.

– Ah ! chère miss Conway, quel plaisir de vous voir !

– Bonjour, Mr Ellsworthy.

Mr Ellsworthy était un jeune homme d'une sophistication extrême et tout entier vêtu d'un camaïeu de beiges et de bruns. Il avait le visage long et pâle, la bouche féminine, de longs cheveux noirs d'artiste et une démarche maniérée.

Dès que Bridget lui eut présenté Luke, l'antiquaire reporta aussitôt son attention sur lui :

– Authentique céramique anglaise à l'ancienne. Exquis, n'est-ce pas ? Je les adore, vous savez, tous mes petits bibelots ; ça me fend le cœur de les vendre. Mon rêve a toujours été de vivre à la campagne et d'avoir une petite boutique à moi. Wychwood est un endroit di-vin – plein d'atmosphère, si vous voyez ce que je veux dire.

– Artiste jusques aux tréfonds ! fit mine de s'émerveiller Bridget.

Ellsworthy pivota vers elle en agitant ses longues mains blanches :

– Oh non ! Pas cette horrible expression, miss Conway ! Non, non, je vous en supplie ! Ne me traitez pas d'esthète, ne me confondez pas avec la bohème industrieuse, vous me rendriez ma-lade. Croyez-moi, je vous en conjure, je n'ai en magasin ni lainages tissés à la main ni étains martelés. Je suis un marchand, c'est tout, rien qu'un marchand.

– Vous avez pourtant bien un côté artiste ? intervint Luke. Je veux dire... vous peignez bien des aquarelles ?

– Allons bon, qui a pu vous dire une chose pareille ? s'écria Mr Ellsworthy en joignant les mains. Ce village est décidément *trop* merveilleux : il est im-pos-sible d'y garder un secret ! C'est ce qui me plaît ici, d'ailleurs : ça vous change de l'inhumaine philosophie des grandes villes ! Les ragots, la malveillance, le scandale... tout cela est tellement délicieux quand on le prend du bon côté !

Luke se borna à répondre à la question de Mr Ellsworthy sans prêter attention à la suite de son discours.

– Miss Waynflete nous a dit que vous aviez fait plusieurs portraits d'une jeune fille... Amy Gibbs.

– Amy ? répéta Mr Ellsworthy.

Il recula d'un pas, manquant renverser une chope à bière. Il la remit soigneusement d'aplomb, puis :

– J'ai fait des portraits d'Amy ? Ma foi, c'est bien possible.

Il semblait quelque peu secoué.

– Elle était jolie fille, dit Bridget.

Mr Ellsworthy avait recouvré son assurance :

– Bof, vous trouvez ? Elle m'a toujours paru incroyablement commune. Si vous vous intéressez aux faïences, poursuivit-il en s'adressant à Luke, j'ai là un couple d'oiseaux exquis, n'est-ce pas ?

Luke feignit un grand intérêt pour les oiseaux en question, puis demanda le prix du plat.

Ellsworthy cita un chiffre.

– Merci, dit Luke. Mais, réflexion faite, je ne vais pas vous en priver.

– Si vous saviez à quel point je suis soulagé quand je rate une vente ! C'est idiot de ma part, non ? Bon, écoutez, je suis prêt à vous le laisser pour une guinée de moins. Cet objet vous plaît, je le vois bien... et c'est ce qui importe. Et puis après tout, ce que je tiens, c'est une boutique, n'est-ce pas ?

– Non, merci infiniment, dit Luke.

Mr Ellsworthy les raccompagna jusqu'à la porte en agitant les mains – des mains très déplaisantes, pensa Luke : la chair en était si blanche qu'elle semblait presque verdâtre.

– Pas très net, votre Mr Ellsworthy, dit-il à Bridget lorsqu'ils se retrouvèrent dans la rue.

– Sa mentalité ne l'est en effet pas très – et ses mœurs encore bien moins, renchérit Bridget.

– Qu'est-il venu faire dans un endroit pareil, en réalité ?

– Je crois qu'il donne dans la magie noire. Pas exactement les messes noires, mais quelque chose d'approchant. La réputation de la région y est pour beaucoup.

– Bonté divine ! gémit Luke. Mais alors c'est le genre de type dont j'ai besoin ! J'aurais dû l'entreprendre sur le sujet.

– Vous croyez ? dit Bridget. C'est vrai que c'est son rayon, après tout !

– Je repasserai le voir un de ces jours, marmonna Luke, mal à l'aise.

Bridget ne répliqua pas. Ils étaient maintenant sortis du village. Elle s'engagea dans un sentier et ils arrivèrent bientôt à la rivière.

Là, ils croisèrent un petit homme à la moustache en brosse et aux yeux globuleux. Il était escorté de trois bouledogues qu'il admonestait tour à tour d'une voix rauque.

— Néron, ici tout de suite ! Nelly, lâche ça ! Lâche ça ! j'ai dit ! Auguste... AUGUSTE, j'ai dit de...

Il s'interrompit en apercevant Bridget, souleva son chapeau, dévisagea Luke avec une curiosité aussi manifeste que dévorante et passa son chemin en reprenant ses rauques objurgations.

— Le major Horton et ses bouledogues ? hasarda Luke.

— Tout juste.

— Au fond, nous avons vu ce matin pratiquement toutes les notabilités de Wychwood, si je ne m'abuse ?

— Pratiquement.

— Je me fais l'effet d'une bête curieuse, dit Luke. Je suppose que, dans un village anglais, un étranger se renifle à des kilomètres, ajouta-t-il d'un air piteux, se remémorant la réflexion de Jimmy Lorrimer.

— Le major Horton n'a jamais su camoufler sa curiosité, dit Bridget. Quand il vous a vu, ses yeux ont failli lui en sortir de la tête.

— En tout cas, ce qu'il ne sait pas camoufler non plus, c'est qu'il a été major, ironisa Luke.

— Si on s'asseyait un moment au bord de l'eau ? Nous avons tout le temps, proposa soudain Bridget.

Un tronc d'arbre leur offrit un siège approprié.

— Oui, reprit Bridget, le major Horton a l'allure très martiale – très service-service. Difficile d'imaginer qu'il était encore, il y a de ça un an, le mari le plus soumis de la terre !

— Comment ? Ce type-là ?

— Oui. Il avait la femme la plus désagréable que j'aie jamais rencontrée. En plus, c'était elle qui avait l'argent et elle ne se gênait pas pour le souligner en public.

– Pauvre créature... Horton, j'entends.

– Il était plein d'égards pour elle : homme du monde quoi qu'il arrive. Je n'en reviens pas qu'il n'ait jamais songé à la couper en rondelles.

– Elle n'avait pas bonne presse, j'imagine ?

– Tout le monde la détestait. Elle snobait Gordon, me traitait de haut et, d'une manière générale, se montrait désagréable où qu'elle aille.

– Mais je suppose que la Providence, dans son infinie miséricorde, vous l'a enlevée ?

– Oui, il y a environ un an. Gastrite aiguë. Elle a fait vivre un enfer à son mari, au Dr Thomas et à ses deux infirmières, mais elle a quand même fini par mourir... Les bouledogues ont illico repris du poil de la bête.

– Intelligentes créatures !

Il y eut un silence. Bridget arrachait rêveusement des brins d'herbe. Sourcils froncés, Luke regardait la rive opposée sans la voir. Une fois de plus, le caractère irréel de sa mission le taraudait. Quelle était la part de réalité ? La part d'imagination ? Et d'abord, n'était-il pas malsain de considérer toute nouvelle personne rencontrée comme un meurtrier en puissance ? Cet a priori avait quelque chose de dégradant.

« Bon sang, pensa-t-il, je suis resté trop longtemps dans la police ! »

Il sursauta soudain, brusquement arraché à ses préoccupations. De sa voix froide et claire, Bridget venait de lui poser une question :

– Mr Fitzwilliam, pourquoi au juste êtes-vous venu ici ?

6

PEINTURE POUR CHAPEAUX

Paralysé par la question inattendue de Bridget, Luke, qui allumait une cigarette à cet instant précis, suspendit son geste. Il demeura figé jusqu'à ce que l'allumette se consume en lui brûlant les doigts.

– Bon Dieu ! s'exclama-t-il en secouant la main. Euh... excusez-moi.

Il eut un sourire piteux :

– Vous m'avez causé un sacré choc.

– Vraiment ?

– Bah ! soupira-t-il, c'est vrai que toute personne dotée d'un minimum de jugeote devait finir par voir clair dans mon jeu ! Vous n'avez pas cru un instant que j'écrivais un ouvrage sur le folklore local, j'imagine ?

– Pas après vous avoir vu.

– Vous y aviez cru jusque-là ?

– Oui.

– N'empêche, l'histoire n'était pas fameuse, dit Luke d'un ton critique. Évidemment, n'importe qui peut avoir envie d'écrire un bouquin, mais le fait de venir ici en me faisant passer pour un cousin... C'est ça qui vous a mis la puce à l'oreille, je suppose ?

Bridget secoua la tête :

– Non. J'avais une explication pour ça – du moins, je le croyais. Je m'étais figuré que vous étiez fauché – c'est le cas de beaucoup de nos amis, à Jimmy et moi – et je pensais qu'il vous avait suggéré ce cousinage pour... eh bien, pour ménager votre fierté.

– Mais quand je suis arrivé, je vous ai fait l'effet

de nager dans l'opulence et cette explication a été réduite à néant ?

Bridget eut un sourire furtif.

– Oh ! non, dit-elle, ce n'est pas ça. Simplement, vous ne correspondiez pas au personnage.

– Pas assez de cervelle pour écrire un livre ? N'ayez aucun égard pour mon amour-propre. Je préfère savoir.

– Vous pourriez écrire un livre, mais pas un livre là-dessus... pas sur les superstitions... le culte du passé... ces trucs-là... Vous n'êtes pas du genre à vous soucier du passé, ni même de l'avenir sans doute... seul le présent compte pour vous.

– Hum ! je vois, dit-il avec une expression désabusée. Bon sang, vous m'avez flanqué une de ces frousses, depuis mon arrivée. Vous avez l'air d'une intelligence confondante...

– Désolée, ironisa-t-elle. Vous vous attendiez à quoi ?

– Ma foi, je ne m'étais pas posé la question.

– À une tête de linotte tout juste bonne à sauter sur l'occasion d'épouser son patron ? poursuivit Bridget d'un ton égal.

Luke bredouilla de confusion. Elle lui décocha un regard amusé :

– Je comprends très bien. Ça n'a pas d'importance. Je ne vous en veux pas.

Luke décida de faire front :

– Je dois avouer qu'il y avait de ça. Mais je n'avais pas beaucoup réfléchi au problème.

– Ça, je le crois volontiers, répondit-elle lentement. Les obstacles, vous ne les regardez pas avant d'avoir le nez dessus.

– Oh ! je sais bien que j'ai été très mauvais dans mon rôle, remarqua-t-il, découragé. Lord Whitfield m'a percé à jour, lui aussi ?

– Oh ! non. Vous lui auriez raconté que vous veniez étudier les mœurs des coléoptères aquatiques afin d'écrire une monographie à leur sujet, qu'il vous aurait cru sur parole. Ce qu'il y a de bien avec lui, c'est qu'il est d'une infinie candeur.

– N'empêche, je n'ai pas été convaincant pour deux sous. Je me suis laissé désarçonner.

– Je vous ai fait perdre vos moyens, admit bien volontiers Bridget. Je l'ai bien vu, et je dois avouer que ça m'a plutôt amusée.

– Pas étonnant ! Les femmes qui ont un tant soit peu de cervelle sont en général d'une cruauté sans nom.

– On prend son plaisir où on peut, en ce bas monde ! murmura Bridget, qui ajouta, après un instant de silence : Qu'êtes-vous venu faire ici, Mr Fitzwilliam ?

Ils étaient revenus à leur point de départ. Luke, qui avait prévu cet instant inéluctable, se demandait depuis quelques secondes quel parti adopter. Il leva la tête, croisa les yeux de Bridget – des yeux vifs, inquisiteurs, qui soutinrent son regard, sans ciller. Il put y lire une gravité qu'il ne s'était pas attendu à y trouver.

– Il serait préférable, je crois, que je cesse de vous mentir, dit-il d'un air songeur.

– Bien préférable.

– Mais la vérité n'est pas facile à dire... Au fait, vous avez une opinion quelconque sur le sujet ? Vous avez une idée de ce qui m'a amené ici ?

Elle hocha lentement la tête, pensive.

– C'est quoi, votre idée ? Voulez-vous me la dire ? Ça pourrait m'aider.

– Je crois que votre présence ici est liée à la mort d'Amy Gibbs, répondit posément Bridget.

– C'est donc ça ! C'est bien ce qu'il m'avait semblé – ce que j'ai ressenti – chaque fois que son nom venait sur le tapis ! Je savais bien qu'il y avait quelque chose. Alors, d'après vous, c'est ça qui m'a amené ici ?

– Je me trompe ?

– En un sens, non.

Il resta silencieux, sourcils froncés. Bridget, tout aussi silencieuse, ne bougeait pas. Elle ne voulait rien faire qui pût troubler le cours de ses pensées.

Finalement, il se décida :

– Je suis venu ici pour me battre avec les moulins... pour vérifier une supposition rocambolesque et sans doute absurde. Amy Gibbs fait partie de l'histoire. Je voudrais savoir exactement comment elle est morte.

– Oui, c'est bien ce que je pensais.

– Mais, bon sang de bonsoir, *pourquoi* le pensiez-vous ? Qu'est-ce que sa mort a donc de si particulier pour... pour susciter ainsi votre intérêt ?

– J'ai toujours été persuadée qu'il y avait du louche là-dessous. C'est pour ça que je vous ai emmené voir miss Waynflete.

– Pourquoi ?

– Parce qu'elle est persuadée de la même chose.

– Ah !

Luke retourna rapidement en arrière. Il comprenait, à présent, les sous-entendus suggérés par cette vieille fille qui semblait tout sauf stupide.

– Elle pense, comme vous, que cette mort a quelque chose de... pas net ?

Bridget hocha la tête.

– Quoi, au juste ?

– La peinture pour chapeaux, pour commencer.

– Qu'est-ce que c'est au juste que cette peinture pour chapeaux dont vous me rebattez les oreilles ?

– Il y a une vingtaine d'années, on peignait effectivement les chapeaux : pendant une saison vous aviez un chapeau de paille rose et, la saison suivante, avec un flacon de peinture et un pinceau, il devenait bleu foncé – et peut-être noir ensuite, pourquoi pas, avec un autre flacon ! Mais aujourd'hui, les chapeaux sont bon marché ; c'est de la camelote qu'on jette quand ils sont démodés.

– Même des filles de milieu modeste comme Amy Gibbs ?

– De nous deux, c'est plutôt moi qui aurais peint mes chapeaux ! Les gens ne font plus d'économies. Et puis il y a autre chose. C'était de la peinture *rouge*.

– Et alors ?

– Amy Gibbs avait les cheveux roux... carotte !

– Vous voulez dire que ça ne va pas ensemble ?

– On ne porte pas de chapeau écarlate sur des cheveux carotte. C'est le genre d'évidence qui ne peut pas venir à l'idée d'un homme, mais...

Luke l'interrompit, d'un ton lourd de sens :

– Non... Ça ne peut pas venir à l'idée d'un *homme*... Ça se tient ! Tout se tient !

– Jimmy a quelques relations pas ordinaires du côté de Scotland Yard, remarqua Bridget. Vous ne seriez pas...

– Je ne suis pas un policier en activité, se récria Luke, et je ne suis pas non plus un célèbre détective privé habitant Baker Street, etc., etc. Je suis très exactement ce que Jimmy vous a dit : un policier à la retraite, retour d'Extrême-Orient. Si je mets mon nez dans cette histoire, c'est à cause d'une rencontre bizarre dans le train de Londres.

Il lui résuma sa conversation avec miss Pinkerton et les événements ultérieurs qui avaient entraîné sa venue à Wychwood.

– Comme vous le voyez, conclut-il, c'est extravagant ! Je cherche un homme, un tueur anonyme, ici, à Wychwood... un individu probablement connu et respecté. Si miss Pinkerton a raison, si vous avez raison et si miss Je-ne-sais-plus-quoi a raison... cet homme a tué Amy Gibbs.

— Je vois, dit Bridget.

— Le meurtrier aurait pu s'introduire chez elle de l'extérieur, je suppose ?

— Oui, sans doute, répondit Bridget en réfléchissant. Reed, le constable, a grimpé jusqu'à sa chambre en passant par le toit de l'appentis. La fenêtre était ouverte. Ça représente une escalade, mais un homme en forme physique raisonnable pouvait y arriver sans difficulté.

— Et une fois dans la place, il faisait quoi ?

— Il substituait un flacon de peinture pour chapeaux au sirop contre la toux.

— En espérant qu'elle ferait exactement ce qu'elle a fait : qu'elle se réveillerait, le boirait, et que tout le monde croirait à une méprise ou à un suicide ?

— Oui.

— À l'enquête, personne n'a soupçonné un « acte de malveillance », comme on dit dans les livres ?

— Non.

— Encore des hommes, je suppose... Personne n'a soulevé le problème de la peinture pour chapeaux ?

— Non.

— Mais vous y avez pensé ?

— Oui.

— Et miss Waynflete aussi ? Vous en avez discuté ensemble ?

Bridget esquissa un sourire :

— Oh ! non... pas au sens où vous l'entendez. Nous n'en avons pas parlé ouvertement. Je ne sais pas jusqu'où elle est allée dans ses réflexions. À mon avis, elle a été un peu troublée au début... et de plus en plus troublée par la suite. Elle a oublié d'être bête, vous savez : elle a fait ses études à Girton – ou elle avait espéré les y faire, je ne sais plus – et, dans sa jeunesse, elle avait des idées avancées. Elle n'a pas l'esprit fumeux des gens d'ici.

– Miss Pinkerton, elle, avait l'esprit plutôt fumeux, dit Luke. C'est pourquoi je n'ai pas imaginé un instant, au départ, qu'il pouvait y avoir du vrai dans son histoire.

– Moi, je l'ai toujours trouvée très astucieuse, dit Bridget. La plupart de ces vieilles filles intarissables sont malignes comme des singes, par certains côtés. Vous dites qu'elle avait cité d'autres noms ?

Luke acquiesça d'un signe de tête.

– Oui. Un petit garçon... Tommy Pierce... je me suis tout de suite rappelé son nom. Et je suis à peu près sûr que le dénommé Carter faisait aussi partie du lot.

– Carter, Tommy Pierce, Amy Gibbs, Dr Humbleby..., murmura Bridget. Comme vous dites, c'est trop fantastique pour être vrai ! Qui diable aurait pu vouloir tuer tous ces gens-là ? Ils étaient si différents !

– Vous ne voyez pas pourquoi on aurait pu vouloir se débarrasser d'Amy Gibbs ?

Bridget secoua la tête :

– Aucune idée.

– Et le dénommé Carter ? Comment est-il mort, au fait ?

– Il s'est noyé en tombant dans la rivière. Il rentrait chez lui, la nuit était brumeuse, et lui complètement rond. La passerelle n'a de garde-fou que d'un seul côté. On a conclu qu'il avait fait un faux pas.

– Mais quelqu'un aurait pu le pousser ?

– Oh ! oui.

– Et ce même quelqu'un aurait pu facilement pousser le vilain petit Tommy pendant qu'il lavait les carreaux ?

– Cette fois encore, oui.

– D'où il ressort qu'il est très facile de supprimer trois personnes sans éveiller les soupçons.

– Des soupçons, miss Pinkerton en a eu, fit remarquer Bridget.

– C'est vrai, qu'elle en soit remerciée. L'idée qu'elle pouvait dramatiser ou s'imaginer des choses ne la troublait pas.

– Elle me disait souvent à quel point le monde était méchant.

– À quoi vous répondiez par un sourire indulgent, je suppose ?

– Condescendant, même.

– Celui qui est capable, à jeun, de croire des choses incroyables, celui-là sera toujours gagnant.

Bridget inclina la tête.

– Inutile de vous demander, j'imagine, si vous avez une intuition quelconque ? reprit Luke. Il n'y a personne, à Wychwood, qui vous donne la chair de poule, qui a d'étranges yeux clairs... ou un rire bizarre de dément ?

– Tous les gens que je rencontre à Wychwood me paraissent éminemment sains, respectables et tout ce qu'il y a de plus ordinaires.

– C'est bien ce que je craignais, dit Luke.

– Vous êtes convaincu que cet homme est fou ? demanda Bridget.

– Oh ! sans aucun doute. Un dément, mais un dément astucieux. La dernière personne qu'on soupçonnerait, probablement un pilier de la société... un directeur de banque, par exemple.

– Mr Jones ? Je ne l'imagine pas une seconde en train de commettre des meurtres en série.

– Alors c'est probablement notre homme.

– Ça peut être n'importe qui, dit Bridget. Le boucher, le boulanger, l'épicier, un paysan, un cantonnier, le laitier...

– C'est possible, oui, mais je pense que le cercle est un peu plus restreint.

– Pourquoi ?

– Miss Pinkerton a parlé de son regard lorsqu'il prenait la mesure de sa prochaine victime. À la façon dont elle en parlait, j'ai eu l'impression – c'est une simple impression, notez bien – que l'homme en question était d'un rang social au moins équivalent au sien. Évidemment, je peux me tromper.

– Non, vous avez probablement vu juste ! Ces nuances de la conversation ne peuvent pas se mettre noir sur blanc, mais c'est le genre de détail qui ne trompe pas.

– Vous savez, dit Luke, je suis très soulagé de vous avoir mise dans le secret.

– Vous vous conduirez de manière un peu moins guindée. Et je pourrai sans doute vous aider.

– Votre aide me sera précieuse. Vous avez vraiment envie de participer à l'enquête ?

– Naturellement.

– Et lord Whitfield ? dit Luke, soudain embarrassé. Vous pensez que...

– Nous ne parlerons bien évidemment pas de cette histoire à Gordon ! s'exclama Bridget.

– Pourquoi ? Il n'y croirait pas ?

– Justement si, il y croirait ! On lui ferait gober n'importe quoi ! Et il serait tellement émoustillé qu'il convoquerait une demi-douzaine de ses brillants journalistes pour passer le secteur au peigne fin ! Il serait tout bonnement aux anges !

– Voilà qui l'exclut d'office, convint Luke.

– Oui, nous ne pouvons pas nous permettre de lui accorder ce petit plaisir.

Luke la regarda. Il parut sur le point de dire quelque chose mais, se ravisant, il consulta sa montre.

– Oui, murmura Bridget, il faudrait se décider à rentrer.

Elle se leva. Il y avait maintenant une certaine gêne entre eux. Comme si les mots que Luke n'avait pas prononcés alourdissaient l'air ambiant.

Ils regagnèrent le manoir en silence.

7

HYPOTHÈSES

Luke venait de se réfugier dans sa chambre. Il avait eu à subir, au cours du déjeuner, un interrogatoire en règle de Mrs Anstruther, soucieuse de savoir quelles fleurs il avait fait pousser dans son jardin de Mayang. Il avait ensuite eu droit à l'énumération des diverses espèces qui se seraient épanouies là-bas. Il avait enfin écouté de nouvelles «Causeries à l'Intention des Jeunes Gens sur Ma Vie et Mon Œuvre», par lord Whitfield. À présent, il était seul, Dieu merci.

Il prit une feuille de papier et inscrivit une série de noms :

Dr Thomas.
Mr Abbot.
Major Horton.
Mr Ellsworthy.
Mr Wake.
Mr Jones.
Le fiancé d'Amy.

Le boucher, le boulanger, le fabricant de chandelles, etc.

Il prit ensuite une autre feuille de papier et l'intitula : VICTIMES. Dessous, il écrivit :

Amy Gibbs : empoisonnée.
Tommy Pierce : poussé par la fenêtre.
Harry Carter : tombé d'une passerelle (ivre ? drogué ?).
Dr Humbleby : empoisonnement du sang.
Miss Pinkerton : écrasée par une voiture.

Il ajouta :

Mrs Rose ?
Le vieux Ben ?

Puis, au bout d'un instant :

Mrs Horton ?

Il étudia ces listes tout en fumant, puis reprit son stylo.

Dr Thomas : charges éventuelles contre lui.
Mobile incontestable dans le cas du Dr Humbleby. Bien placé pour commettre ce meurtre : empoisonnement scientifique par le biais d'un virus. Amy Gibbs l'a consulté l'après-midi de sa mort. (Quelque chose entre eux ? Chantage ?)
Tommy Pierce ? Aucun lien connu. (Tommy était-il au courant d'une liaison entre lui et Amy Gibbs ?)
Harry Carter ? Aucun lien connu.
Le Dr Thomas était-il absent de Wychwood le jour où miss Pinkerton est allée à Londres ?

Luke soupira et entama une nouvelle rubrique :

Mr Abbot : charges éventuelles contre lui.

(Pour moi, un avoué est un personnage suspect par définition. Préjugé, peut-être.) Personnalité affable, joviale, etc. Serait le suspect idéal dans un roman policier : toujours se méfier des grands gaillards chaleureux. Objection : il ne s'agit pas ici d'un roman mais de la vie réelle.

Mobile pour le meurtre du Dr Humbleby. Antagonisme déclaré entre les deux hommes. H. tenait tête à Abbot. Motif suffisant pour un cerveau dérangé. L'antagonisme en question pouvait avoir été remarqué par miss Pinkerton.

Tommy Pierce ? Avait fouiné dans les papiers d'Abbot. Avait-il découvert quelque chose qu'il n'aurait pas dû savoir ?

Harry Carter ? Aucun lien établi.

Amy Gibbs ? Aucun lien connu. La peinture pour chapeaux conviendrait bien à la mentalité d'Abbot – esprit forcément rétrograde même s'il n'en a pas l'air. Abbot était-il absent du village le jour où miss Pinkerton a été tuée ?

Major Horton : charges éventuelles contre lui.

Aucun lien connu avec Amy Gibbs, Tommy Pierce ou Carter.

Et Mrs Horton ? La mort pourrait être due à un empoisonnement par arsenic. Dans ce cas, les autres meurtres en seraient la conséquence : chantage ? N.B. Thomas était son médecin traitant. (Encore un argument contre Thomas.)

Mr Ellsworthy : charges éventuelles contre lui.

Drôle d'individu, pas net, porté sur la magie noire. Éventuel tempérament de tueur assoiffé de sang ? Lien avec Amy Gibbs. Quel lien avec Tommy Pierce ? Avec Carter ? Aucun de connu. Humbleby ? Aurait pu se rendre compte de l'état mental d'Ellsworthy. Miss Pinkerton ? Ellsworthy était-il absent de Wychwood le jour où miss Pinkerton a été tuée ?

Mr Wake : charges éventuelles contre lui.
Très improbable. Fanatisme religieux possible ? Tueur investi d'une mission divine ? Les vieux ecclésiastiques en odeur de sainteté sont de sérieux candidats dans les romans, mais – encore une fois – il s'agit ici de la vie réelle.

Note : Carter, Tommy et Amy, tous individus résolument déplaisants. À éliminer par décret divin ?

Mr Jones.
Aucune donnée.

Le fiancé d'Amy.
Probablement toutes les raisons du monde de tuer Amy, mais hypothèse somme toute quelque peu hasardeuse.

Les etc. ?
Je ne les « sens » pas.

Il relut ses notes.
Puis il secoua la tête.
– ...ce qui est absurde, comme disait si bien Euclide, murmura-t-il à mi-voix.
Il déchira ses listes et les brûla.
– La tâche ne s'annonce pas précisément facile, marmonna-t-il enfin.

8

LE DR THOMAS

Le Dr Thomas se renversa dans son fauteuil et passa une longue main délicate dans ses épais cheveux blonds. C'était un garçon d'apparence trompeuse. Âgé d'une trentaine d'années, on lui en aurait donné à première vue une petite vingtaine, sinon moins. Sa tignasse indisciplinée, son expression un peu étonnée et son teint frais et rose lui conféraient un air de collégien. Cependant, malgré son apparente immaturité, le diagnostic qu'il venait de porter sur le genou arthritique de Luke concordait presque point par point avec celui qu'avait émis, une semaine auparavant, un éminent spécialiste de Harley Street.

— Merci, dit Luke. Je suis soulagé de savoir qu'un traitement électrique suffira. Je n'ai aucune envie de devenir impotent à mon âge.

Le Dr Thomas eut un sourire juvénile :

— Oh ! je ne pense pas que ce soit à craindre, Mr Fitz-william.

— Vous me rassurez, dit Luke. J'envisageais de consulter un spécialiste, mais je suis sûr que ce n'est plus nécessaire.

De nouveau, le Dr Thomas sourit :

— Allez-y si cela peut vous tranquilliser. Après tout, il est toujours bon d'avoir l'avis d'un expert.

— Non, non, j'ai toute confiance en vous.

— Pour être franc, votre cas n'a rien de compliqué. Si vous suivez mon conseil, je vous garantis que tout rentrera dans l'ordre.

— J'en suis infiniment soulagé, docteur. Je me

voyais déjà arthritique, les articulations noueuses, incapable de mettre un pied devant l'autre.

Le Dr Thomas secoua la tête avec un sourire indulgent.

– Les gens s'affolent souvent pour leur santé reprit
Luke. Vous êtes d'ailleurs bien placé pour le savoir.
Je me dis parfois qu'un médecin doit avoir l'impression d'être un sorcier... une sorte de magicien pour ses
patients.

– L'élément de confiance intervient pour beaucoup.

– Je sais. «Comme m'a dit mon médecin», est une
phrase qu'on prononce toujours avec un je ne sais quoi
de révérencieux.

Le Dr Thomas haussa les épaules.

– S'ils savaient ! murmura-t-il non sans humour.

Puis il ajouta :

– Vous écrivez un livre sur la magie, paraît-il,
Mr Fitzwilliam ?

– Comment le savez-vous ? s'exclama Luke avec
une surprise peut-être un peu exagérée.

Le Dr Thomas parut amusé :

– Cher monsieur, les nouvelles vont vite dans un
village comme celui-ci. Nous avons si peu de sujets
de conversation !

– On en rajoute probablement. Vous allez bientôt
apprendre que j'invoque les esprits locaux et que je
suis l'émule de la pythonisse d'Endor !

– C'est curieux que vous disiez cela.

– Pourquoi donc ?

– Eh bien... le bruit court que vous avez fait apparaître le fantôme de Tommy Pierce.

– Pierce ? Pierce ? C'est le petit garçon qui est
tombé par la fenêtre ?

– Oui.

– Je me demande bien comment... Ah ! bien sûr,

j'en ai parlé à l'avoué... quel est son nom, déjà ?
Abbot !

— C'est effectivement lui qui est à l'origine de l'histoire.

— Ne me dites pas que j'ai convaincu un avoué retors de croire aux fantômes ?

— Vous y croyez vous-même, alors ?

— Votre ton indique que vous n'y croyez pas, docteur. Non, je ne dirais pas que je «crois aux fantômes»... pour reprendre cette expression sommaire. Mais j'ai eu connaissance de curieux phénomènes dans certains cas de morts subites ou violentes. J'avoue que je m'intéresse surtout aux diverses superstitions qui se rattachent aux morts violentes, au fait par exemple qu'un homme assassiné ne trouve pas le repos dans sa tombe. Et à cette intéressante croyance selon laquelle le sang d'un homme assassiné se met à couler si son meurtrier le touche. Je me demande d'où cela peut venir.

— C'est très curieux, admit Thomas. Mais je ne pense pas que beaucoup de gens s'en souviennent encore aujourd'hui.

— Plus que vous ne pensez. Évidemment, vous ne devez pas avoir beaucoup de meurtres par ici : c'est pour ça qu'il vous est difficile d'en juger.

Luke avait parlé avec le sourire, sans cesser, mine de rien, de surveiller l'expression de son interlocuteur. Mais le Dr Thomas ne parut nullement troublé et sourit lui aussi :

— Non, nous n'avons pas eu de meurtre depuis... oh ! bien des années... pas depuis que je suis installé ici, en tout cas.

— Oui, c'est un coin tranquille. Qui n'incite pas à la violence. À moins que quelqu'un n'ait poussé le petit Tommy Je-ne-sais-plus-quoi par la fenêtre! ajouta Luke en riant.

Cette fois encore, le Dr Thomas lui retourna son sourire, un sourire spontané, amusé :

— Bien des gens lui auraient volontiers tordu le cou, mais je ne pense pas qu'ils soient allés jusqu'à le jeter par la fenêtre.

— C'était un affreux garnement, paraît-il. On aurait pu considérer comme une œuvre de salubrité publique de s'en débarrasser.

— Dommage que le procédé ne soit pas applicable. Ce ne seraient pas les occasions qui manqueraient.

— J'ai toujours pensé que quelques meurtres en série seraient tout bénéfice pour la communauté, dit Luke. Dans les clubs, par exemple, on supprimerait les enqui-quineurs avec du cognac empoisonné. Idem pour les femmes qui vous abreuvent de compliments tout en déchirant à belles dents leurs plus chères amies. Et les vieilles filles médisantes. Et les conservateurs à tout crin qui s'opposent au progrès... Si on les éliminait en douceur, quel bienfait pour la société !

Le sourire du Dr Thomas s'élargit :

— Au fond, vous vous faites l'avocat du crime sur une grande échelle ?

— D'une judicieuse élimination, rectifia Luke. Vous ne trouvez pas que ce serait une bonne chose ?

— Oh, certainement !

— Ah ! mais vous ne parlez pas sérieusement. Moi, si. Je n'ai pas pour la vie humaine le même respect que l'Anglais moyen. Tout individu qui représente un obstacle au progrès devrait être éliminé : voilà mon opinion !

Le Dr Thomas passa la main dans ses cheveux blonds :

– Oui, mais qui serait juge de l'aptitude ou de l'inaptitude d'un individu à vivre ?

– Bien sûr, c'est là tout le problème, reconnut Luke.

– Les catholiques estimeraient qu'un agitateur communiste ne mérite pas de vivre, l'agitateur communiste condamnerait le prêtre à mort comme colporteur de superstitions, le médecin éliminerait l'homme en mauvaise santé, le pacifiste condamnerait le soldat... et ainsi de suite.

– Il faudrait que le juge soit un scientifique, dit Luke. Un homme doté d'un esprit impartial mais hautement spécialisé... Un médecin, par exemple. Tenez, je pense que vous feriez un assez bon juge, docteur.

– De l'inaptitude à vivre ?

– Oui.

Le Dr Thomas secoua la tête :

– Mon travail consiste à rendre aptes les inaptes. Je reconnais que, la plupart du temps, c'est une tâche ardue.

– À titre d'exemple, poursuivit Luke, prenons un homme comme feu Harry Carter...

– Carter ? dit vivement le Dr Thomas. Le patron du *Seven Stars* ?

– Lui-même. Je ne l'ai pas connu personnellement, mais ma cousine, miss Conway, m'a parlé de lui. C'était apparemment un assez triste personnage.

– Ma foi... il buvait, c'est vrai. Battait sa femme, terrorisait sa fille. Il était bagarreur, mal embouché, et s'était disputé avec la plupart des gens du village.

– En fait, le monde est plus agréable sans lui ?

– On serait tenté de le dire, oui.

– Autrement dit, si quelqu'un l'avait délibérément poussé dans la rivière au lieu que ce soit lui qui ait gentiment choisi d'y tomber de son propre gré, cette personne aurait agi dans l'intérêt commun ?

— Ces méthodes dont vous vous faites le champion, vous les avez mises en pratique à... vous m'avez parlé du détroit de Mayang, c'est bien ça ? demanda le Dr Thomas d'un ton ironique.

— Oh ! non, répondit Luke en riant. Avec moi, c'est de la théorie... pas de la pratique.

— Je ne pense pas que vous ayez l'étoffe d'un meurtrier, en effet.

— Pourquoi ça ? demanda Luke. Je me suis montré plutôt franc avec vous, non ?

— Justement si. Trop franc.

— Vous pensez que si j'étais vraiment homme à faire justice moi-même, je n'irais pas le crier sur les toits ?

— C'est bien ça, oui.

— Et s'il s'agissait pour moi d'une sorte de credo ? Je pourrais être un fanatique de la sélection.

— Même dans ce cas, votre instinct de conservation n'en resterait pas moins en éveil.

— Autrement dit, quand on cherche un meurtrier, il faut se mettre en quête du brave type qui ne ferait pas de mal à une mouche ?

— Un peu excessif, peut-être, répondit le Dr Thomas, mais pas loin de la vérité.

Luke demanda brusquement :

— Dites-moi, ça m'intéresse... avez-vous déjà rencontré un homme dont vous avez pensé qu'il pourrait être un assassin ?

— Voilà ce qu'il est convenu d'appeler une question extraordinaire !

— Ah bon ? Après tout, un médecin est amené à rencontrer des tas d'individus bizarres. Il est mieux placé que quiconque pour déceler, par exemple, des signes de folie homicide... à un stade précoce... avant qu'ils ne deviennent patents.

— Vous voyez le fou homicide en profane, répondit

Thomas, un peu agacé. Comme un fou furieux brandissant un couteau, et ayant plus ou moins l'écume à la bouche. Permettez-moi de vous dire qu'un fou homicide est peut-être ce qu'il y a de plus difficile à repérer sur cette terre. Il peut ne pas avoir l'air du tout différent des autres – être à la rigueur un peu plus facilement susceptible de paniquer... vous confier dans certain cas que des gens lui en veulent. Rien de plus. Un homme tranquille, inoffensif.

– Vraiment ?

– Mais bien sûr ! Le fou homicide tue souvent – de son point de vue – pour se défendre. La plupart des tueurs sont des individus aussi ordinaires que vous et moi.

– Vous me faites peur, docteur ! Si vous alliez découvrir un jour que j'ai cinq ou six jolis petits meurtres à mon actif ?

Le Dr Thomas sourit :

– Cela me paraît assez improbable, Mr Fitzwilliam.

– Ah bon ? Je vous retourne le compliment. Je ne crois pas non plus que vous ayez cinq ou six meurtres à votre actif.

– Vous ne tenez pas compte de mes fautes professionnelles ! repartit gaiement le Dr Thomas.

Ils se mirent à rire tous les deux.

Luke se leva pour prendre congé.

– Je vous ai fait perdre beaucoup de temps, dit-il d'un ton d'excuse.

– Oh ! je ne suis pas très occupé. À Wychwood, on est en bonne santé. C'est un plaisir de bavarder avec quelqu'un d'extérieur.

– Je me demandais...

Luke s'interrompit.

– Oui ?

– Miss Conway m'a dit, en m'adressant à vous, que

vous étiez... eh bien... un médecin de tout premier ordre. Vous ne vous sentez pas un peu enterré, ici ? On n'y a pas beaucoup l'occasion d'exercer ses compétences.

— Oh ! la médecine générale est un bon début. C'est une expérience précieuse.

— Mais vous n'allez pas vous encroûter dans la routine jusqu'à la fin de vos jours ? Le Dr Humbleby, votre défunt associé, était un homme dépourvu d'ambition, paraît-il... Exercer ici lui suffisait. Il a vécu longtemps à Wychwood, je crois ?

— Pratiquement toute sa vie.

— Il était compétent mais vieux jeu, d'après ce que j'ai entendu dire.

— Il n'était pas commode, par moments. Il se méfiait des méthodes modernes, mais c'était un bon exemple de médecin de la vieille école.

— Sa fille est très jolie, m'a-t-on dit, reprit Luke d'un ton badin.

Il eut le plaisir de voir le teint frais et rose du Dr Thomas virer au cramoisi.

— Ah !... euh... oui... en effet, bredouilla-t-il.

Luke le regarda avec bienveillance. Il se réjouissait à la perspective de rayer le Dr Thomas de sa liste de suspects.

Celui-ci retrouva sa couleur naturelle et dit brusquement :

— Pour en revenir aux crimes, puisque le sujet vous intéresse, j'ai un très bon livre à vous prêter. Traduit de l'allemand. *Crime et Complexe d'Infériorité*, de Kreuzhammer.

— Je le lirai avec plaisir, dit Luke.

Le Dr Thomas attrapa l'ouvrage en question sur un rayonnage.

— Le voici. Certaines de ses théories sont assez surprenantes – bien sûr, ce ne sont que des théories –, mais elles ne manquent pas d'intérêt. Les débuts de Menzheld dans la vie, par exemple – « Le Boucher de Francfort », comme on l'appelle – et le chapitre sur Anna Helm, la petite gouvernante meurtrière, sont vraiment très intéressants.

– Elle a tué une douzaine des enfants dont elle avait la charge avant que la police n'ait des soupçons, je crois ? dit Luke.

– Oui. Elle avait une personnalité des plus attachantes : elle adorait ces enfants et paraissait sincèrement éplorée quand l'un d'eux mourait. La psychologie, c'est quelque chose de stupéfiant.

– Ce qui est stupéfiant aussi, c'est que ces gens puissent agir en toute impunité, fit remarquer Luke, sur le pas de la porte.

– Pas si stupéfiant que ça, répliqua le Dr Thomas qui l'avait accompagné. C'est assez facile, vous savez.

– Quoi donc ?

– De tuer en toute impunité, dit-il avec son sourire charmant et juvénile. À condition d'être prudent. Il suffit d'être prudent, voilà tout ! Mais quand un homme est malin, il se débrouille pour ne pas faire de faux pas. Ce n'est pas plus compliqué que ça.

Il sourit et rentra dans la maison.

Luke resta là, les yeux fixés sur les marches du perron.

Le sourire du médecin avait eu quelque chose de condescendant. Durant toute leur conversation, Luke avait eu la sensation d'être un homme mûr face à un adolescent juvénile tout autant qu'ingénu.

Mais, l'espace d'un instant, les rôles s'étaient inversés. Le sourire du Dr Thomas avait été celui d'un adulte qui s'amusait de l'ouverture d'esprit d'un gamin.

9

MRS PIERCE PARLE

Dans la papeterie-tabac de la grand-rue, Luke avait acheté un paquet de cigarettes et le dernier numéro de *Good Cheer*, le valeureux hebdomadaire qui assurait à lord Whitfield une bonne partie de ses substantiels revenus. Ayant ouvert le journal à la rubrique du football, Luke annonça en gémissant qu'il venait de manquer l'occasion de gagner cent vingt livres. Il éveilla aussitôt la sympathie de Mrs Pierce qui lui expliqua que son mari avait connu semblables déboires. Ces amicales relations ainsi établies, il ne fut pas difficile de prolonger la conversation.

– Ça l'intéresse et pas qu'un peu, le football, Mr Pierce ! déclara l'épouse dudit Mr Pierce. Ce qu'il regarde d'abord dans les nouvelles, c'est ça et pas autre chose. Et, comme je vous le disais, c'est plus souvent qu'à son tour qu'il a été déçu. Mais tout le monde peut pas gagner, pas vrai ? C'est ce que je dis toujours. Et, comme je dis aussi, c'est la faute à pas de chance – et ça, on peut rien contre.

Luke abonda dans son sens et poursuivit sa progression par une habile transition : puisqu'ils en étaient aux réflexions profondes, il fit observer qu'un malheur n'arrive jamais seul.

– Ah ! ça, mon bon monsieur, j'en sais quelque chose ! soupira Mrs Pierce. Quand une femme a un mari et huit enfants – enfin, six vivants et deux qu'elle a enterrés –, eh bien ! le malheur, elle sait comme qui dirait ce que c'est.

– Ça, je m'en doute un peu... et... euh... je vous

crois sans peine, s'empêtra Luke. Vous dites que...
euh... vous en avez enterré deux ?

– Dont un pas plus tard que le mois dernier, répondit
Mrs Pierce avec une sorte d'amère délectation.

– Mon Dieu ! C'est bien triste.

– Pas seulement triste, mon bon monsieur. Un choc,
voilà ce que ça a été : un choc terrible ! Toute tourne-
boulée, que j'ai été, quand on me l'a annoncé. Jamais
j'aurais imaginé qu'il m'arriverait une chose pareille
avec Tommy. Parce que c'est pas pour dire, mais
quand un gamin vous cause que du souci, c'est pas
naturel de penser que la mort va vous l'enlever. Mon
Emma Jane, elle, c'était autre chose – un vrai petit
ange. « Vous ne l'élèverez pas », qu'on me disait.
« Elle est trop mignonne pour vivre. » Et ils avaient
raison, mon bon monsieur ! Le Seigneur reconnaît les
siens.

Luke approuva pieusement et s'efforça de quitter le
sujet de la très sainte Emma Jane pour en revenir à
celui de Tommy qui ne l'était pas du tout.

– Votre petit garçon est mort récemment ?
demanda-t-il. Un accident ?

– Un accident, comme vous dites, mon bon monsieur. Il lavait les carreaux du vieux manoir, qui est
maintenant la bibliothèque, et il a dû perdre son équilibre... D'une fenêtre du dernier étage, qu'il est tombé.

Mrs Pierce s'étendit complaisamment sur les détails
de l'accident.

– On n'a pas raconté qu'on l'avait vu danser sur le
rebord de la fenêtre ? hasarda Luke.

Mrs Pierce répondit que les gamins seraient toujours
les gamins – mais pas de doute qu'il avait bel et bien
flanqué la frousse au major, un monsieur toujours prêt
à mettre son grain de sel partout.

– Le major Horton ?

– Oui, monsieur, le monsieur aux bouledogues. Même qu'après l'accident, il a dit comme ça qu'il avait vu notre Tommy faire son intéressant là-haut : résultat, il suffisait d'un rien pour qu'il tombe. Il a jamais pu s'empêcher de faire son intéressant, c'était ça le problème, avec Tommy. Il m'en aura fait voir de toutes les couleurs, conclut-elle, mais c'était rapport à ce qu'il pouvait pas s'empêcher de faire son intéressant. Parce que, s'en empêcher, ça, il pouvait pas – comme tous les gamins, quoi ! Sinon, c'était pas le mauvais gosse, au fond.

– Non, non, je vous crois sans peine. Mais vous savez, Mrs Pierce, les gens – les gens sérieux, d'un certain âge – ont parfois du mal à se rappeler qu'ils ont été jeunes eux aussi.

Mrs Pierce soupira :

– C'est la vérité vraie, ce que vous dites là, mon bon monsieur. Et je peux pas m'empêcher de souhaiter que certaines personnes – que je pourrais nommer mais que je ne nommerai pas – s'en voudront d'avoir été si dures avec lui... juste parce qu'il pouvait pas s'empêcher de faire son intéressant.

– Il a joué quelques mauvais tours à ses employeurs, non ? demanda Luke avec un sourire indulgent.

La réaction de Mrs Pierce ne se fit pas attendre :

– C'était juste histoire de s'amuser, mon bon monsieur, un point c'est tout. Tommy, il a toujours eu comme un don pour imiter les gens. Il nous faisait tenir les côtes quand c'est qu'il marchait en tortillant du croupion pour singer Mr Ellsworthy, çui-là qui vend des antiquailles... ou le vieux Mr Hobbs, le bedeau... Un beau jour, au manoir, voilà-t-il pas qu'il était en train d'imiter lord Whitfield devant les deux aides-jardiniers qui s'esclaffaient quand c'est que Sa Seigneurie est arrivée sans bruit. Sûr qu'il a flanqué Tommy à la

91

porte sans que ça se voit faire. Fallait s'y attendre, faut dire, c'était normal. Et même que Sa Seigneurie, il lui en a pas gardé rancune vu qu'un bout de temps après il l'a aidé à trouver un autre emploi.

— Mais certains autres n'ont pas été si magnanimes, hein ? fit remarquer Luke.

— Ça, pour sûr qu'ils l'ont pas été. Sans nommer de noms, bon allez ! Mais j'aurais jamais cru ça de Mr Abbot, un homme comme il faut, qu'est pas chien pour causer et qu'a toujours le mot pour rire.

— Tommy a eu des démêlés avec lui ?

— Le petit, c'est pas qu'il pensait à mal, j'en suis sûre, répondit Mrs Pierce. Et puis, après tout, si des papiers sont personnels et qu'on veut pas qu'ils soyent lus, on les laisse pas traîner sur la table : voilà ce que j'en dis !

— Absolument, approuva Luke. Dans un cabinet d'avoué, on doit garder les documents confidentiels dans un coffre.

— C'est bien mon opinion et je la partage, mon bon monsieur. Et Mr Pierce est d'accord avec moi. Et puis c'est pas comme si Tommy en avait lu beaucoup, de ce papier !

— Qu'est-ce que c'était ? demanda Luke. Un testament ?

Il craignait – à juste titre, sans doute – qu'une question sur la nature du fameux document n'effarouche Mrs Pierce. Mais cette question directe lui valut une réponse immédiate.

— Oh ! non, mon bon monsieur, pas du tout. Rien de vraiment important. Juste une lettre personnelle – d'une dame – et Tommy, il a même pas vu de quelle dame. Toute une histoire pour moins que rien, voilà ce que j'en dis !

– Mr Abbot doit être le genre d'homme à prendre la mouche très facilement, dit Luke.

– C'est pas pour dire, mais on dirait bien, pas vrai, mon bon monsieur ? Et pourtant, comme je vous ai dit, c'est un homme tout ce qu'il y a de bien : pas chien pour causer, toujours le mot pour rire et tout. Remarquez qu'à ce qui paraît qu'il supporte pas que les gens le contredisent, et il paraîtrait même que, le Dr Humbleby et lui, ils étaient comme qui dirait à couteaux tirés juste avant la mort du pauvre docteur. Même que Mr Abbot a dû en avoir des remords. Parce qu'après coup, quand quelqu'un est mort, c'est pas agréable de se dire qu'on a eu des mots avec et qu'il y a plus moyen de les rattraper.

Luke hocha gravement la tête.

– Très juste, murmura-t-il. Très juste.

Il enchaîna :

– Curieuse coïncidence, ça. Il « a des mots » avec le Dr Humbleby, et le médecin meurt. Il « a des mots » à propos de votre Tommy après l'avoir flanqué dehors... et le petit meurt ! J'imagine que deux événements pareils vont inciter Mr Abbot à surveiller sa langue.

– Il y a aussi Harry Carter, le patron du *Seven Stars*. Ils ont eu des mots, et pas qu'un peu, une semaine seulement avant que Carter s'en aille se noyer – mais là, on peut pas blâmer Mr Abbot. Les injures, elles étaient du côté de Carter : il est monté saoul perdu chez Mr Abbot en beuglant tout un tas de saletés aussi fort qu'il pouvait. Pauvre Mrs Carter, elle en a vu de dures avec lui, elle aussi, et il faut reconnaître que la mort de Carter c'est une délivrance pour elle.

– Il a également laissé une fille, je crois ?

– Ah ! ça, le prévint Mrs Pierce, j'ai jamais été femme à colporter des ragots.

C'était inattendu mais prometteur. Luke dressa l'oreille et attendit.

– Si ça se trouve, c'est peut-être que des racontars. Lucy Carter, c'est un beau brin de fille, dans son genre, et s'il y avait pas eu la différence de condition, on n'y aurait pas fait attention. Mais on a parlé – et après ça allez donc raconter le contraire, surtout à partir du moment où Carter a piqué sa colère et est allé lui crier des sottises.

Luke devina les sous-entendus de ce discours passablement confus.

– Mr Abbot m'a l'air du genre à apprécier les jolies filles, dit-il.

– C'est souvent comme ça avec les messieurs, dit Mrs Pierce. Ils pensent pas trop à ce qu'ils disent... juste un compliment par-ci par-là en passant. Mais les gens de la haute c'est les gens de la haute, alors ça prend tout de suite comme qui dirait des proportions. C'est normal dans un endroit comme ici où il se passe quasiment jamais rien.

– C'est un endroit charmant, dit Luke. Très bien sauvegardé.

– Les artistes ont toujours ce mot-là à la bouche, mais pour moi, on retarde un peu. Pensez, on n'a pour ainsi dire rien construit, par ici. Là-bas, à Ashevale, par exemple, ils ont tout un tas de nouvelles villas jolies tout plein, même qu'il y en a avec le toit vert et des vitraux aux fenêtres.

Luke réprima un frisson.

– Vous avez un magnifique foyer communal moderne, fit-il observer.

– À ce qu'on dit, c'est un très beau bâtiment, reconnut Mrs Pierce sans grand enthousiasme. Bien sûr, lord Whitfield a fait beaucoup pour le pays. Il nous veut du bien, comme dit l'autre, et ça tout le monde le sait.

– Mais vous pensez que, malgré ses efforts, ce n'est pas toujours une réussite ? demanda Luke, amusé.

– Ma foi, ce qu'il y a de sûr, c'est qu'il ne fait pas vraiment partie de la haute, comme miss Waynflete, par exemple, ou miss Conway. Pensez, le père de lord Whitfield tenait une boutique de cordonnier à seulement deux pas d'ici ! Ma mère se souvient de Gordon Ragg en train de servir les clients... elle s'en souvient comme si c'était hier ! Évidemment, il est devenu un lord, et c'est maintenant un homme riche... mais ce n'est jamais la même chose, pas vrai, monsieur ?

– Non, bien sûr.

– Excusez-moi de vous dire ça, monsieur... Oh ! je sais très bien que vous séjournez au manoir et que vous écrivez un livre. Mais vous êtes un cousin de miss Bridget, ça je le sais aussi et c'est ça qui change tout ! Nous serons bien contents de la voir redevenir la maîtresse d'Ashe Manor.

– J'en suis sûr, dit Luke.

Il paya ses cigarettes et son journal avec une certaine brusquerie.

« L'élément personnel, pensa-t-il. Il *faut* en faire abstraction ! Bon dieu de bois, je suis ici pour débusquer un criminel. Qu'est-ce que ça peut bien me faire qui elle épouse ou qui elle n'épouse pas, cette sorcière aux cheveux noirs ? Elle n'a rien à voir là-dedans... »

Il descendit la rue à pas lents. Au prix d'un effort, il parvint à reléguer Bridget à l'arrière-plan de ses pensées.

« Et maintenant, se dit-il, Abbot. Les charges contre Abbot. J'ai établi un lien entre lui et trois des victimes. Il s'est bagarré avec Humbleby, il s'est bagarré avec Carter, il s'est bagarré avec Tommy Pierce... et ils sont morts tous les trois. Oui, mais qu'en est-il d'Amy Gibbs ? Et qu'est-ce que c'était que la lettre confidentielle que cet infernal garnement avait vue ? Savait-il de qui elle venait ? L'ignorait-il ? Il ne l'aurait pas forcément dit à sa mère. Supposons qu'il l'ait *su*. Supposons qu'Abbot ait jugé nécessaire de le faire taire. C'est possible ! Voilà tout ce qu'on peut dire. C'est *possible* ! Ça ne suffit pas ! »

Luke pressa le pas et regarda autour de lui, brusquement exaspéré.

« Ce fichu village... il commence à me porter sur les nerfs. Si riant, si paisible... si innocent... et en même temps tellement cinglé avec ces meurtres à la chaîne. Ou bien est-ce que c'est moi qui suis cinglé ? Lavinia Pinkerton était-elle cinglée ? Après tout, la mort de Humbleby et le reste, ça pourrait parfaitement n'être qu'une série de coïncidences.

Jetant derrière lui un coup d'œil tout au long de la grand-rue, il fut saisi d'une violente impression d'irréalité.

« Ce genre de trucs, ça n'existe pas... », se dit-il.

Puis il leva les yeux vers la longue crête dentelée d'Ashe Ridge et son impression d'irréalité se dissipa aussitôt. La corniche d'Ashe Ridge était bien réelle, elle avait été témoin de pratiques étranges : sorcellerie, cruauté, sacrifices sanglants et rites maléfiques...

Il tressaillit. Deux silhouettes marchaient le long de la corniche. Il les reconnut facilement : Bridget et Ellsworthy. Le jeune homme faisait de grands gestes avec ses mains étranges, déplaisantes. Il avait la tête penchée vers celle de Bridget. On eût dit deux silhouettes issues d'un rêve. On avait l'impression que leurs pieds ne faisaient aucun bruit tandis que, tels des chats, ils bondissaient de motte en motte. La noire chevelure de

Bridget flottait au vent. Une fois de plus, il fut saisi par le charme étrange qui émanait d'elle.

« Ensorcelé, voilà ce que je suis : ensorcelé », se dit-il.

Il était là, parfaitement immobile, envahi par une curieuse sensation d'engourdissement.

« Qui pourrait rompre le charme ? pensa-t-il tristement. Je ne vois vraiment personne. »

10

ROSE HUMBLEBY

Un léger bruit dans son dos le fit se retourner. Une jeune fille était là, une fille remarquablement jolie avec ses cheveux châtains qui bouclaient autour des oreilles et ses yeux d'un bleu profond, au regard assez réservé. Embarrassée, elle rougit un peu :

— Vous êtes bien Mr Fitzwilliam ?

— Oui. Je...

— Je suis Rose Humbleby. Bridget m'a dit que... que vous connaissiez des gens qui ont connu mon père.

Luke eut la bonne grâce de rougir un peu, lui aussi, sous son hâle.

— Cela remonte à pas mal de temps, répondit-il sans conviction. Ils l'ont connu... euh... dans sa jeunesse, avant son mariage.

— Ah ! je comprends.

Robe Humbleby parut un peu déçue. Elle reprit néanmoins :

— Vous écrivez un livre, n'est-ce pas ?

— Oui. Plus exactement, je prends des notes pour

en écrire un. Sur les superstitions locales. Ce genre de choses.

– Je vois. Ça a l'air terriblement intéressant.

– Mon livre sera sans doute ennuyeux comme la pluie, lui assura Luke.

–·Oh! non, je suis sûre que non.

Luke lui sourit.

« Notre Dr Thomas a de la chance », se dit-il.

– Il y a des gens capables de rendre mortellement ennuyeux les sujets les plus passionnants. Je crains bien d'être de ceux-là.

– Qu'est-ce qui vous fait croire ça ?

– Je n'en sais rien, mais j'en suis de plus en plus convaincu.

– Vous êtes peut-être de ceux qui savent rendre captivants les sujets les plus ennuyeux !

– Ça, c'est *très* gentil, dit Luke. Je vous remercie.

Rose Humbleby lui rendit son sourire :

– Vous croyez à... aux superstitions, à tout ça ?

– C'est difficile à dire. On peut s'intéresser à des choses auxquelles on ne croit pas. Ça n'est pas forcément lié, vous savez.

– Non, sans doute, fit-elle d'un ton sceptique.

– Et vous, vous êtes superstitieuse ?

– N-non... je ne pense pas. En revanche, je suis persuadée que les choses arrivent... par cycles.

– Comment ça ?

– Des cycles de chance et de malchance. Tenez, par exemple, j'ai l'impression que, depuis quelque temps, Wychwood vit sous l'emprise du... du malheur. Mon père qui meurt... miss Pinkerton qui se fait écraser, et ce petit garçon qui tombe par la fenêtre... Je... je commence à détester cet endroit – à penser qu'il vaudrait mieux que je m'en aille !

Elle haletait presque. Luke la regarda d'un air songeur.

– Alors, c'est ce que vous ressentez ?

– Oh ! je sais que c'est stupide. Je suppose que c'est à cause de la mort si inattendue de papa... Ç'a été si soudain..., dit-elle en frissonnant. Et puis miss Pinkerton. Elle disait...

La jeune fille s'interrompit.

– Que disait-elle ? C'était une délicieuse vieille fille. Elle me rappelait beaucoup une de mes tantes préférées.

Le visage de Rose s'éclaira :

– Ah ! vous l'avez connue ? Je l'aimais beaucoup et elle était très attachée à papa. Mais je me suis parfois demandé si elle n'était pas un peu extra-lucide...

– Pourquoi ?

– Parce que... c'est bizarre... elle paraissait avoir peur qu'il arrive quelque chose à papa. Elle m'avait quasiment *mise en garde*. Surtout contre les accidents. Et puis ce jour-là, juste avant de partir pour Londres... elle était tellement étrange... *dans tous ses états*. Je suis persuadée, Mr Fitzwilliam, qu'elle faisait partie de ces gens qui ont le don de double vue. Je pense qu'elle *savait* qu'il allait lui arriver quelque chose. Et elle devait savoir aussi qu'il allait arriver quelque chose à papa. C'est... c'est plutôt effrayant, quand on y pense !

Elle se rapprocha de lui.

– On peut parfois prévoir l'avenir, dit Luke. Ce n'est pas toujours surnaturel pour autant.

– Non, c'est sans doute tout à fait normal, juste une faculté que la plupart des gens n'ont pas. N'empêche que... ça m'inquiète...

– Ne vous tourmentez pas, répliqua Luke avec gentillesse. Dites-vous bien que toutes ces épreuves sont derrière vous, maintenant. Ça n'est jamais bon de remâcher le passé. C'est à l'avenir, qu'il faut penser.

– Je sais. Mais ce n'est pas tout, voyez-vous... (Rose hésita.) Il y avait quelque chose en rapport avec... avec votre cousine.

– Ma cousine ? Bridget ?

– Oui. Miss Pinkerton se faisait du souci pour elle. Elle n'arrêtait pas de me poser des questions... Je crois qu'elle avait peur... pour elle aussi.

Luke tourna vivement la tête et fouilla du regard la crête d'Ashe Ridge. Il éprouvait une terreur irraisonnée. Bridget... seule avec l'homme dont les mains avaient la teinte verdâtre et malsaine de la chair en décomposition ! Fantasme... pure fantasme ! Ellsworthy n'était qu'un inoffensif dilettante qui s'amusait à jouer les antiquaires.

Comme si elle lisait dans ses pensées, Rose demanda :

– Il vous plaît, Mr Ellsworthy ?

– Non. Absolument pas.

– Geoffrey – le Dr Thomas – ne l'aime pas non plus.

– Et vous ?

– Oh ! moi..., je le trouve horrible. (Elle se rapprocha encore.) Il y a des tas de bruits qui courent sur son compte. On m'a raconté qu'il avait organisé une étrange cérémonie dans le Pré aux Sorcières... ses amis étaient venus en masse de Londres... des gens terriblement bizarres. Et Tommy Pierce était une sorte d'acolyte.

– Tommy Pierce ? dit vivement Luke.

– Oui. Il portait un surplis et une soutane rouge.

– Ça s'est passé quand ?

– Oh ! il y a déjà quelque temps... en mars, je crois.

100

– Apparemment, Tommy Pierce a été mêlé à tous les événements du village !

– Il fourrait son nez partout. Il fallait toujours qu'il soit au courant de tout ce qui se passait.

– Et il a sans doute fini par en savoir un peu trop, dit Luke d'un air sombre.

Rose prit cette remarque au pied de la lettre.

– C'était un gamin odieux. Il adorait couper les guêpes en rondelles et accrocher des casseroles à la queue des chiens.

– Le genre de sale gosse qu'on a du mal à pleurer !

– C'est vrai. Mais ça a quand même été terrible pour sa mère.

– Je crois savoir qu'il lui en reste cinq ou six pour la consoler. Quelle langue bien pendue elle a, cette femme !

– Elle parle beaucoup, n'est-ce pas ?

– Rien qu'après lui avoir acheté un paquet de cigarettes, je connaissais l'histoire de tous les gens du coin !

– C'est ça le pire dans un endroit comme ici, dit Rose tristement. Tout le monde sait tout sur tout le monde.

– Oh, non ! dit Luke.

Elle le regarda, l'air interrogateur.

– Aucun être humain ne connaît jamais toute la vérité sur un autre être humain, répondit Luke d'un ton lourd de sous-entendus.

Le visage de Rose se fit grave. Elle ne put réprimer un léger frisson.

– Oui, dit-elle lentement. C'est sans doute vrai.

– Pas même sur ceux qui lui sont le plus proches et le plus chers, déclara Luke.

– Pas même... (Elle s'interrompit.) Oh ! vous avez sûrement raison, Mr Fitzwilliam, mais je voudrais bien que vous ne disiez pas des choses si effrayantes.

– Ça vous effraie vraiment ?

Lentement, elle inclina la tête.

Soudain, elle se détourna.

– Il faut que je me sauve. Si... si vous n'aviez rien de mieux à faire – je veux dire, si cela vous était possible – venez nous voir, maman voudrait... ça lui ferait plaisir de vous rencontrer parce que vous avez connu des amis de papa il y a longtemps.

Elle s'éloigna à pas lents sur la route. Tête basse, comme si tout un monde de responsabilités et de perplexités pesait sur elle.

Luke la suivit des yeux. Soudain, une vague de sollicitude le submergea. Il éprouvait le violent désir de protéger cette jeune fille.

Mais de quoi ? Tout en se posant la question, il secoua la tête avec irritation. Rose Humbleby avait récemment perdu son père, d'accord, mais elle avait une mère et elle était fiancée à un garçon charmant, parfaitement en mesure d'assurer sa protection. Alors pourquoi devait-il, lui, Luke Fitzwilliam, être taraudé par le besoin de s'occuper d'elle ?

Encore une manifestation de ce sentiment ancestral bien connu. Celui du mâle protecteur. Florissant à l'ère victorienne, toujours vivace sous le règne d'Édouard VII, ce spécimen d'individu montrait encore le bout de son nez malgré ce que notre ami lord Whitfield aurait appelé « le rythme effréné et les agressions de la vie moderne » !

« N'empêche, cette fille me plaît, se dit-il tout en se dirigeant vers la masse d'Ashe Ridge que ceinturaient maintenant des écharpes de brume. Elle est beaucoup trop bien pour un individu froid et condescendant comme ce Thomas ! »

Il se remémora le sourire que lui avait adressé le médecin, sur le pas de sa porte. Hautain comme ce n'est pas permis, ce sourire ! D'une suffisance intolérable !

Des bruits de pas arrachèrent Luke à des méditations qui tournaient à l'aigre. Levant la tête, il aperçut le sémillant Ellsworthy qui dévalait la colline. Les yeux rivés sur les cailloux du sentier, l'antiquaire souriait aux anges. Luke fut désagréablement surpris par son expression. Ellsworthy sautillait plus qu'il ne marchait, comme s'il suivait le rythme d'une gigue endiablée qui lui aurait trotté par la tête. Son sourire, qui était plutôt une étrange contorsion des lèvres, traduisait une jubilation sournoise du plus déplaisant effet.

Luke s'était arrêté, mais il fallut qu'Ellsworthy arrive à sa hauteur pour enfin lever la tête. Son regard, où dansait une lueur mauvaise, s'attarda une minute sur son vis-à-vis avant de le reconnaître. Un changement radical – Luke en eut du moins l'impression – s'opéra alors en lui. En un clin d'œil, le satyre caracolant avait cédé la place à un jeune fat passablement efféminé.

– Ça, par exemple ! Mr Fitzwilliam ! Bonjour !

– Bonjour, dit Luke. Vous admiriez les beautés de la nature ?

Les longues mains blanches de Mr Ellsworthy s'envolèrent en un geste de réprobation.

– Oh ! non, non... Seigneur, non ! J'abhorre la nature. C'est une gamine vulgaire, totalement dépourvue d'imagination. Je soutiens qu'on ne peut pas jouir de la vie tant qu'on n'a pas remis la nature à sa place.

– Et comment faites-vous pour parvenir à ce résultat ?

– Ce ne sont pas les moyens qui manquent ! dit Mr Ellsworthy. Dans un endroit comme ce délicieux coin de province, il est des distractions éminemment délectables pour qui possède à la fois le goût... et le flair. Moi, je jouis de la vie, Mr Fitzwilliam.

– Moi aussi, répliqua Luke.

– *Mens sana in corpore sano*, dit Mr Ellsworthy d'un ton subtilement ironique. C'est le genre de maxime qui vous va comme un gant.

– Il y a pire.

– Très cher ! La santé mentale est la chose la plus ennuyeuse qui soit. Ce qui importe, c'est d'être fou... délicieusement fou... un rien perverti... un tout petit peu tordu... on découvre alors la vie d'un point de vue nouveau, enthousiasmant !

– Le strabisme du lépreux ? suggéra Luke.

– Ah, excellent ! Excellent ! Très spirituel ! Mais vous savez, il y a du vrai dans ce que je dis. Un angle de vision intéressant. Mais je ne voudrais pas vous retenir. Vous prenez de l'exercice – il faut prendre de l'exercice : c'est encore un des bons vieux préceptes du collège !

– Comme vous dites, marmonna Luke.

Sur un bref signe de tête, il se remit en marche.

« Je deviens bougrement trop imaginatif. Ce type est un imbécile, voilà tout. »

Un malaise indéfinissable le poussa néanmoins à hâter le pas. Ce sourire sournois, triomphant, qu'avait eu Ellsworthy... était-ce seulement un effet de son imagination ? Et l'impression que ce sourire avait été effacé, comme d'un coup d'éponge, à l'instant précis où l'antiquaire l'avait aperçu... que fallait-il en penser ?

Son malaise grandit.

« Bridget ? Lui est-il arrivé quelque chose ? se demanda-t-il. Ils sont montés ensemble et il est redescendu seul. »

Il se dépêcha. Le soleil avait percé pendant qu'il bavardait avec Rose Humbleby. Maintenant il avait à nouveau disparu. Le ciel était plombé, menaçant, et le vent s'était mis à souffler par petites rafales intermittentes. C'était comme si Luke avait quitté la vie normale, quotidienne, pour pénétrer dans ce monde étrange, à moitié enchanté, dont il se sentait entouré depuis son arrivée à Wychwood.

À un détour du sentier, il déboucha dans le clos d'herbe verte qu'on lui avait montré d'en bas et qu'on appelait le Pré aux Sorcières. C'était là, selon la légende, que les sorcières s'assemblaient pour les festivités de la Nuit de Walpurgis et de Halloween.

Soudain, une vague de soulagement le submergea. Bridget était là. Assise contre un rocher, à flanc de coteau, elle se tenait courbée, la tête dans les mains.

Il s'approcha vivement. L'herbe tendre, étrangement verte et fraîche, était souple sous ses pas.

– Bridget ?

Elle retira lentement son visage de ses mains. Son expression le troubla. On aurait dit qu'elle revenait d'un univers lointain, qu'elle avait du mal à se réadapter au monde présent.

– Je... vous... vous allez bien ?

C'est tout ce que Luke avait trouvé à dire.

Elle resta quelques instants sans répondre, comme si elle n'était pas encore tout à fait revenue de cet univers lointain qui l'avait retenue captive. Luke avait l'impression que ses paroles devaient parcourir un long chemin avant de lui parvenir.

– Évidemment, je vais bien ! dit-elle enfin. Pourquoi est-ce que je n'irais pas bien ?

Sa voix était acérée, presque hostile.

– Du diable si je le sais, répondit Luke avec un sourire jusqu'aux oreilles. J'étais inquiet pour vous, tout à coup.

– Pourquoi ?

– En grande partie, je crois, à cause de l'atmosphère mélodramatique dans laquelle je baigne actuellement. Je n'ai plus le sens des proportions. Si je vous perds de vue pendant une heure ou deux, j'en déduis automatiquement que je vais retrouver votre cadavre ensanglanté dans un fossé. C'est ce qui se passerait dans une pièce ou un roman.

– Les héroïnes ne se font jamais tuer, objecta Bridget.

– Non, mais...

Luke s'interrompit – de justesse.

– Qu'alliez-vous dire ?

– Rien.

Dieu merci, il s'était arrêté à temps. On pouvait difficilement répondre à une séduisante jeune femme : « D'accord, mais vous n'êtes pas une héroïne ! »

– Elles se font enlever, séquestrer, abandonner dans des cachots pour y mourir noyées ou empoisonnées par des gaz méphitiques, reprit Bridget. Elles sont perpétuellement en danger, mais elles ne meurent jamais.

– Leur beauté ne se ternit même pas, remarqua Luke qui enchaîna : C'est donc ça, le Pré aux Sorcières ?

– Oui.

– Il ne vous manque que le balai, dit-il en lui souriant.

– Merci. Mr Ellsworthy m'a dit à peu près la même chose.

– Je viens de le croiser.

– Vous lui avez parlé ?

– Oui. J'ai comme l'impression qu'il a essayé de me mettre en rogne.

– Il a réussi ?

– Il a employé des méthodes plutôt puériles.

Il resta un instant silencieux, puis ajouta brusquement :

– C'est un drôle de type. Par moments, on se dit que ce n'est qu'un crétin... et puis, deux secondes plus tard, on se demande s'il n'y a pas autre chose.

Bridget leva les yeux vers lui.

– Vous aussi, vous avez cette impression-là ?

– Vous êtes d'accord, alors ?

– Oui.

Luke attendit.

– Il a quelque chose de... bizarre, murmura Bridget. Je me pose des questions, vous savez... La nuit dernière, je suis restée éveillée à me creuser la tête. À propos de cette histoire. Je me disais que, s'il y avait un... un tueur parmi nous, je devais savoir qui c'était ! J'habite ici, bon sang ! Et les gens, je les connais. À force de tourner et de retourner ça dans tous les sens, je suis arrivée à la conclusion que, s'il y a un assassin, il est *forcément* fou.

Pensant à ce que le Dr Thomas lui avait dit, Luke demanda :

– Vous ne croyez pas qu'un meurtrier peut être aussi sain d'esprit que vous et moi ?

– Pas ce genre de meurtrier. Tel que je l'imagine, celui-là *doit* être fou. Partant de ce principe, j'en suis arrivée tout naturellement à Ellsworthy. De tous les gens d'ici, c'est le seul qui soit indiscutablement louche. Il *est* louche, il n'y a pas à tortiller.

– Des gens de son espèce – des dilettantes, des poseurs – ce n'est jamais ça qui manque, remarqua Luke, sceptique. Mais ils sont généralement inoffensifs.

– Oui. Mais il y a plus que ça chez lui. Il a des mains épouvantables !

– Vous l'avez remarqué ? C'est drôle, moi aussi !

– Elles ne sont même pas vraiment blanches... elles sont verdâtres.

– Oui, c'est l'impression qu'elles donnent. Mais on ne peut quand même pas accuser un homme de meurtre à cause de la couleur de sa peau !

– Je suis bien d'accord. Il nous faut des preuves.

– Des preuves ! grogna Luke. C'est justement ce qui nous manque. Notre homme a été trop prudent. C'est un assassin *prudent* ! Un fou *prudent* !

– J'ai essayé de vous donner un coup de main, dit Bridget.

– En faisant parler Ellsworthy ?

– Oui. J'ai pensé que j'étais mieux placée que vous pour lui tirer les vers du nez. J'ai fait un premier pas !

– Racontez.

– Eh bien ! il appartient à une petite coterie, une bande d'amis peu recommandables. Ils viennent... euh... festoyer ici de temps en temps.

– Festoyer comment ? Des orgies innommables ?

– Innommables, je n'en sais rien, mais des orgies, certainement. En fait, ça m'a surtout l'air stupide et puéril.

– Je suppose qu'ils adorent le diable et se livrent à des danses obscènes ?

– Quelque chose dans ce goût-là. Apparemment, ça les excite.

– J'ai une pièce supplémentaire à verser au dossier, dit Luke. Tommy Pierce a participé à une de leurs cérémonies. En qualité d'acolyte. Il portait une soutane rouge.

– Alors il était dans le secret ?

– Oui. Et ça pourrait expliquer sa mort.

– Vous voulez dire qu'il aurait trop parlé ?

– Oui... à moins qu'il n'ait fait une petite tentative de chantage.

– Tout cela paraît extravagant, murmura Bridget d'un air songeur. Mais, rapporté à Ellsworthy, cela paraît déjà beaucoup moins extravagant que pour un autre.

– Oui, je le reconnais – au lieu d'être grotesque, ça devient tout à fait concevable.

– Nous avons établi un lien entre Ellsworthy et deux des victimes : Tommy Pierce et Amy Gibbs, dit Bridget.

– Et le patron du pub ? Et Humbleby ? Où figurent-ils dans le tableau ?

– Nulle part pour l'instant.

– Pour Carter, d'accord. Mais j'entrevois une raison de se débarrasser de Humbleby. Il était médecin : il avait peut-être compris qu'Ellsworthy avait un sérieux grain.

– Oui, c'est possible.

Soudain, Bridget se mit à rire :

– J'ai bien joué mon rôle, tout à l'heure. J'ai, paraît-il, d'énormes possibilités psychiques ; et quand j'ai raconté qu'une de mes arrière-arrière-grand-mères avait failli être brûlée vive pour sorcellerie, mes actions ont grimpé en flèche. J'ai bon espoir d'être invitée à participer aux orgies lors de la prochaine réunion des Jeux Sataniques, quand ils auront lieu.

– Bridget, pour l'amour du ciel, soyez prudente ! s'écria Luke.

Elle le regarda, surprise. Il se leva.

– Je viens de rencontrer la fille de Humbleby. Nous avons parlé de miss Pinkerton, et elle m'a dit que, peu avant sa mort, la vieille demoiselle se faisait du mauvais sang pour vous.

Bridget, qui s'apprêtait à se mettre debout, se figea brusquement, pétrifiée.

– Comment ça ? Miss Pinkerton... se faisait du mauvais sang... pour *moi* ?

– C'est ce que m'a dit Rose Humbleby.

– Rose Humbleby vous a dit ça ?

– Oui.

– Qu'a-t-elle dit d'autre ?

– Rien.

– Vous en êtes sûr ?

– Tout ce qu'il y a de sûr.

Après un silence, Bridget murmura :

– Je vois.

– Miss Pinkerton était inquiète pour Humbleby... et il est mort. J'apprends maintenant qu'elle était inquiète pour *vous*...

Bridget rit et se leva. Elle secoua la tête et ses longs cheveux noirs ondoyèrent autour de son visage.

– Ne vous bilez pas, dit-elle. Le diable veille sur les siens.

11

LA VIE PRIVÉE DU MAJOR HORTON

Face au directeur de la banque, Luke se carra dans son fauteuil.

– Voilà qui m'a l'air tout à fait satisfaisant, dit-il. J'espère ne pas avoir abusé de votre temps.

D'un geste, Mr Jones le rassura. Son petit visage poupin arborait une expression joyeuse.

– Pas du tout, Mr Fitzwilliam. Wychwood est un endroit tranquille. Nous sommes toujours heureux de voir des étrangers.

– C'est une région fascinante, dit Luke. Riche en superstitions.

Mr Jones déclara en soupirant qu'il fallait longtemps

pour que l'instruction vienne à bout de la superstition. Luke fit observer que, selon lui, on faisait aujourd'hui trop de cas de l'instruction – propos qui ne manqua pas de choquer Mr Jones.

– Lord Whitfield est un grand bienfaiteur pour le village, dit le banquier. Conscient des handicaps dont il a souffert dans son enfance, il tient à ce que la jeunesse actuelle soit mieux armée dans la vie.

– Ses handicaps au départ ne l'ont pas empêché de faire fortune, remarqua Luke.

– Non. Il avait sans doute du talent... beaucoup de talent.

– Ou de la chance.

Mr Jones parut de nouveau choqué.

– La chance est la seule chose qui compte, enchaîna Luke. Prenez un meurtrier, par exemple... Pourquoi un meurtrier réussit-il à s'en sortir ? Parce qu'il a du talent ? Ou parce qu'il a de la chance ?

Mr Jones reconnut que c'était sans doute grâce à la chance.

Luke poursuivit :

– Prenez un type comme ce Carter, le patron d'un de vos pubs. Il était probablement ivre six jours sur sept – et voilà qu'un beau soir il loupe la passerelle et se noie dans la rivière. Encore un coup de chance pour certains, non ?

– Pour deux personnes en tout cas, admit le directeur de la banque.

– À savoir ?

– Sa femme et sa fille.

– Oui, bien sûr...

Un employé frappa à la porte et entra avec des papiers. Luke donna deux échantillons de sa signature et on lui remit en échange un carnet de chèques.

— Voilà une bonne chose de faite, dit-il en se levant. J'ai eu de la chance au Derby, cette année. Et vous ?

Mr Jones répondit en souriant qu'il n'était pas joueur. Il ajouta que Mrs Jones avait des idées très arrêtées à propos des courses de chevaux.

— Alors vous n'avez pas assisté au Derby ?

— Non, en effet.

— Personne d'ici n'y est allé ?

— Si. Le major Horton. C'est un passionné des courses. Tout comme Mr Abbot, qui se libère généralement pour la journée. Mais il n'a pas misé sur le bon cheval.

— Bien peu avaient joué le vainqueur, dit Luke qui, après un échange de salutations, prit congé.

En sortant de la banque, il alluma une cigarette. À part la théorie de « la personne la moins probable », il ne voyait aucune raison de maintenir Mr Jones sur sa liste des suspects. Le directeur de la banque n'avait eu aucune réaction intéressante face aux questions-tests de Luke. On l'imaginait difficilement en meurtrier. De surcroît, il ne s'était pas absenté le jour du Derby. Soit dit en passant, la visite de Luke n'avait pas été vaine pour autant. Il avait glané deux petits renseignements : le major Horton et Mr Abbot, l'avoué, n'étaient pas à Wychwood le jour du Derby. Ils auraient donc pu, l'un comme l'autre, se trouver à Londres au moment où miss Pinkerton se faisait renverser par une voiture.

Bien qu'il ne soupçonnât pas le Dr Thomas, Luke aurait préféré avoir la certitude que, ce jour-là, il était resté à Wychwood pour s'occuper de ses malades. Il se promit de vérifier ce point.

Restait Ellsworthy. L'antiquaire était-il à Wychwood le jour du Derby ? Si oui, l'hypothèse de sa culpabilité s'en trouvait affaiblie d'autant. Cependant, se dit Luke, il était toujours possible que la mort de miss Pinkerton n'ait été ni plus ni moins que l'accident qu'il était censé être.

Mais il repoussa cette idée. La mort de la vieille demoiselle tombait à un trop bon moment.

Luke monta dans sa voiture, garée devant la banque, et se rendit au garage Pipwell, à l'extrémité de la grand-rue.

Il avait divers petits problèmes mécaniques à régler. Un jeune et sémillant mécano au visage criblé de taches de rousseur écouta ses explications d'un air compétent. Il souleva le capot et les deux hommes se lancèrent dans une discussion hautement technique.

Une voix cria soudain :

– Jim ! Viens voir une minute.

Le mécano aux taches de rousseur s'exécuta.

Jim Harvey. C'était bien ça : Jim Harvey, le petit ami d'Amy Gibbs. Il revint bientôt en s'excusant, et la conversation technique reprit. Luke se décida finalement à laisser sa voiture au garage.

Au moment de partir, il s'enquit sans avoir l'air d'y toucher :

– Vous avez eu de la chance au Derby, cette année ?

– Non, monsieur. J'ai joué Clarigold.

– Ils ne doivent pas être nombreux, ceux qui avaient misé sur Jujube II ?

– Sûrement pas, monsieur ! Les journaux ne l'avaient même pas donné comme outsider.

Luke secoua la tête.

– C'est bien risqué de jouer aux courses. Vous avez déjà vu courir le Derby ?

– Non, monsieur, et pourtant ce n'est pas l'envie qui m'en manque. J'avais demandé ma journée, cette année. Il y avait un tarif réduit pour Londres et Epsom, mais le patron n'a rien voulu savoir. Faut dire qu'on était à court de personnel et qu'il y avait pas mal de travail, ce jour-là.

Luke hocha la tête et s'en fut.

Jim Harvey était rayé de sa liste. Ce garçon au visage sympathique ne cachait pas un tueur et ce n'était pas lui qui avait pu écraser Lavinia Pinkerton.

Luke rentra par le chemin qui longeait la rivière. Là, pour la seconde fois, il rencontra le major Horton et ses chiens. Toujours apoplectique, le major s'époumonait :

– Auguste ! Nelly ! NELLY, ici j'ai dit ! Néron... Néron... NÉRON !

De nouveau, le major dévisagea Luke de ses yeux globuleux. Mais, cette fois, il ne s'en tint pas là.

– Excusez-moi, dit-il. Vous êtes bien Mr Fitzwilliam ?

– Oui.

– Horton... major Horton. Nous allons nous retrouver demain au manoir, je crois. Pour un tournoi de tennis. Miss Conway a eu la bonté de m'inviter. Une cousine à vous, si je ne me trompe ?

– En effet.

– C'est bien ce que je pensais. Un nouveau visage, ça se repère vite, par ici.

Survint alors une diversion, les trois bouledogues se préparant à bondir sur un bâtard de race indéfinissable.

– Auguste, Néron ! Ici tout de suite ! Au pied, j'ai dit !

Après s'être fait enfin obéir – à contrecœur – d'Auguste et de Néron, le major Horton reprit le fil de la conversation. Luke caressait Nelly, qui levait vers lui un regard enamouré.

– Belle chienne, hein ? dit le major. J'aime les bouledogues. J'en ai toujours eu. C'est la race que je préfère. J'habite à deux pas, venez donc prendre un verre.

Luke accepta et, tandis qu'ils cheminaient de conserve, le major Horton disserta sur les chiens en général et l'infériorité de toutes les races non bouledoguiennes.

Luke eut droit à l'énumération des prix décernés à Nelly, au récit de l'infamante conduite d'un juge qui n'avait accordé à Auguste qu'une mention honorable, et à la description des triomphes de Néron dans les expositions canines.

Ils avaient entretemps franchi la barrière du jardin. Le major ouvrit la porte d'entrée, qui n'était pas fermée à clef, et les deux hommes pénétrèrent dans le hall. Après avoir conduit son hôte dans une petite pièce tapissée de livres, où régnait une vague odeur de chien, le major Horton s'occupa des boissons. Luke regarda autour de lui. Il y avait des photographies de chiens, des exemplaires de *Field* et de *Country Life*, et deux fauteuils usagés. Des coupes en argent étaient disposées sur les rayonnages. Un portrait à l'huile – seul de son espèce – trônait au-dessus de la cheminée.

Le major, qui actionnait le siphon d'eau de Seltz, leva la tête et suivit la direction du regard de Luke.

– Mon épouse, dit-il. Une femme remarquable. Le visage a beaucoup de caractère, non ?

– Si, en effet, dit Luke en regardant la défunte Mrs Horton.

Elle était représentée en robe de satin rose, un bouquet de muguet à la main. Ses cheveux bruns étaient séparés par une raie au milieu et ses lèvres pincées lui donnaient l'air peu commode. Ses yeux, d'un gris froid, fixaient le spectateur d'un air furibond.

– Une femme remarquable, répéta le major en tendant un verre à Luke. Elle est morte il y a un peu plus d'un an. Je ne suis plus le même homme, depuis.

– Non ? fit Luke, ne sachant trop quoi dire.

D'un geste, le major lui indiqua l'un des fauteuils en cuir :

– Asseyez-vous.

Il s'installa lui-même dans l'autre et poursuivit en sirotant son whisky-soda :

– Non, je ne suis plus le même homme, depuis.

– Elle doit vous manquer, dit Luke gêné.

Le major Horton acquiesça d'un air sombre :

– Un bonhomme, ça a besoin d'une femme pour garder la forme. Sinon, ça se ramollit... oui, ça se ramollit. Ça se laisse aller.

– Mais vous, vous ne...

– Je sais de quoi je parle, mon garçon. Oh ! je ne dis pas que le mariage n'est pas dur à supporter, au début. Parce que pour ce qui est d'être dur, ça l'est ! Le type, il en arrive à se dire : « Bon sang de bois, je ne m'appartiens plus ! » Mais il finit par s'y faire. Question de discipline.

Luke songea que la vie conjugale du major Horton avait dû être plus proche de la campagne militaire que du paradis familial.

– Drôle d'engeance, les femmes, soliloquait le major. Pas moyen de les satisfaire. Voilà ce qu'on en arrive à se dire parfois. Mais tonnerre de Dieu, elles savent y faire pour vous maintenir un bonhomme en forme !

Luke observa un silence plein de respect.

– Z'êtes marié ? s'enquit le major.

– Non.

– Bah ! vous y viendrez. Il n'y a rien de tel, mon garçon, croyez-moi.

– Cela fait toujours plaisir d'entendre quelqu'un vanter les mérites du mariage. Surtout à notre époque de divorce facile.

– Peuh ! fit le major. Les jeunes gens d'aujourd'hui

me rendent malade. Aucune ténacité... aucune endurance. Incapables de supporter quoi que ce soit. Aucune *force d'âme* !

L'envie démangeait Luke de demander pourquoi le mariage exigeait une si exceptionnelle force d'âme, mais il se retint.

— Remarquez, dit le major, des Lydia, il n'y en a pas une sur mille... pas une sur mille ! Tout le monde la respectait, ici.

— Oui ?

— C'est qu'elle ne s'en laissait pas conter. Elle avait une façon de vous fixer les gens... c'est bien simple, ils se décomposaient... Ils se décomposaient littéralement ! Prenez ces filles mal dégrossies qui se prétendent aujourd'hui domestiques. Elles s'imaginent que vous allez vous accommoder de toutes leurs insolences : Lydia avait tôt fait de les mater ! Savez-vous que nous avons eu jusqu'à quinze cuisinières et femmes de chambres en un an ? *Quinze !*

Aux yeux de Luke, cela ne plaidait guère en faveur des talents de maîtresse de maison de Mrs Horton ; mais, puisque son hôte semblait voir les choses différemment, il se borna à marmonner un vague commentaire.

— Si elles ne faisaient pas l'affaire, elle les flanquait dehors avec pertes et fracas, je vous prie de le croire !

— Ce n'était pas quelquefois elles qui prenaient la porte ? hasarda Luke.

— Ma foi, il y en a pas mal qui nous ont rendu leur tablier, c'est vrai. « Bon débarras ! », voilà ce qu'elle disait, Lydia !

— Belle preuve de caractère, dit Luke, mais cela ne devait pas toujours vous simplifier la vie ?

— Oh ! je n'ai jamais rechigné à mettre la main à la pâte. Je ne suis pas mauvais cuisinier, et je sais allumer le feu comme personne. Je n'ai jamais beaucoup aimé faire la vaisselle, d'accord... mais quand il faut, il faut, il n'y a pas à tortiller !

Luke convint que le contraire était difficile. Il demanda si Mrs Horton avait été douée pour les tâches ménagères.

– Je ne suis pas le genre de bonhomme à se faire servir par sa femme, déclara le major. Et, de toute manière, Lydia était bien trop délicate pour les travaux domestiques.

– Elle était de constitution fragile ?

Le major Horton secoua la tête.

– Elle avait une volonté de fer. Jamais elle ne se laissait aller. Mais ce que cette femme a souffert ! Et aucune compassion de la part des médecins ! Les médecins sont des brutes insensibles. Ils ne comprennent que la bonne vieille douleur physique. Tout ce qui sort de l'ordinaire les dépasse. Humbleby, par exemple, tout le monde avait l'air de penser que c'était un bon médecin.

– Et vous n'êtes pas d'accord ?

– C'était un ignare achevé. Les découvertes modernes, il ne connaissait pas ! Je doute qu'il ait jamais entendu parler d'une névrose ! Il connaissait la rougeole, les oreillons, les jambes cassées... Mais ça s'arrêtait là ! J'ai fini par m'engueuler avec lui. Il ne comprenait rien au cas de Lydia. Je le lui ai dit carrément, et il n'a pas apprécié. Il a pris la mouche et m'a dit que, puisque c'était comme ça, je n'avais qu'à faire appel à un autre médecin si ça me faisait plaisir. Après ça, nous nous sommes adressés à Thomas.

– Il vous a plu davantage ?

– Autrement intelligent, le bonhomme ! Si quelqu'un avait pu guérir Lydia de sa dernière maladie, Thomas y serait arrivé. En fait, elle commençait

118

d'ailleurs à se rétablir et puis, brusquement, elle a eu une rechute.

– Elle souffrait beaucoup ?

– Hum, oui. Une gastrite. Douleurs aiguës... vomissements... et le reste. Ce que cette pauvre femme a pu souffrir ! S'il y a jamais eu une martyre, c'est bien elle. Et avec deux infirmières à domicile à peu près aussi chaleureuses que des portes de prison. « La patiente par-ci », « la patiente par-là »... (Le major secoua la tête et vida son verre.) Je ne peux pas supporter ces infirmières ! Des prétentieuses ! Lydia prétendait qu'elles l'empoisonnaient, elle n'en démordait pas. Ce n'était pas vrai, bien sûr... simple lubie courante chez les malades – beaucoup de gens en font autant, d'après Thomas... Mais ce qu'il y avait de vrai derrière tout ça, c'est que ces pimbêches la détestaient. C'est ça le pire, chez les femmes... Elles ont toujours une dent contre les autres femmes.

– Je suppose, dit Luke, sentant qu'il s'y prenait maladroitement, mais n'ayant pas trouvé mieux, que Mrs Horton avait beaucoup d'amis dévoués à Wychwood ?

– Les gens ont été très gentils, répondit le major non sans une certaine réticence. Whitfield envoyait des raisins et des pêches de sa serre. Et les vieilles siamoises – Honoria Waynflete et Lavinia Pinkerton – venaient lui tenir compagnie.

– Miss Pinkerton venait souvent, n'est-ce pas ?

– Oui. Le type même de la vieille fille, mais en même temps brave fille ! Très préoccupée par la santé de Lydia. Elle s'inquiétait de son régime, de ses médicaments... Ça partait d'un bon sentiment, d'accord, mais c'est ce que j'appelle jouer les chichiteuses.

Luke eut un hochement de tête compréhensif.

– Je ne supporte pas les chichis, poursuivit le major.

Trop de bonnes femmes dans ce patelin. Pas commode d'organiser une partie de golf décente !

– Et le jeune homme de la boutique d'antiquités ? dit Luke.

Le major émit un reniflement dédaigneux :

– Il ne joue pas au golf. Beaucoup trop prout, ma chère !

– Ça fait longtemps qu'il est à Wychwood ?

– Environ deux ans. Un type antipathique. Je ne peux pas blairer ces créatures froufroutantes. C'est drôle, Lydia l'aimait bien. On ne peut pas se fier au jugement des femmes sur les hommes : les plus incroyables m'as-tu-vu, elles les ont à la bonne. Elle a même tenu à prendre je ne sais trop quel remède de charlatan qu'il lui avait apporté. Un truc dans un flacon violet couvert de signes du zodiaque ! À base d'herbes cueillies à la pleine lune, soi-disant. Un tissu d'âneries, oui. Mais les femmes gobent ces trucs-là... et même au sens propre, ha ! ha !

Luke changea de sujet assez abruptement, convaincu – avec raison – que le major Horton ne s'en apercevrait pas :

– Que pensez-vous d'Abbot, l'avoué ? Il est calé en droit ? J'ai besoin d'un conseil juridique et j'avais dans l'idée de m'adresser à lui.

– D'après ce qu'on dit, il est plutôt astucieux, reconnut le major Horton. Personnellement, je n'en sais rien. À vrai dire, j'ai même eu des démêlés avec lui. Je ne l'ai pas revu depuis qu'il est venu ici pour rédiger le testament de Lydia, juste avant sa mort. Si vous voulez mon avis, c'est un malotru. Mais naturellement, ça n'enlève rien à ses qualités d'homme de loi.

– Non, bien sûr. N'empêche qu'il ne doit pas avoir un caractère facile. D'après ce que je me suis laissé dire, il est brouillé avec pas mal de gens.

120

– L'ennui, avec lui, c'est qu'il est épouvantablement susceptible. Il se prend pour Dieu le Père, et ceux qui ne sont pas d'accord avec lui commettent un crime de lèse-majesté ! On vous a parlé de son engueulade avec Humbleby ?

– Ils se sont donc effectivement bagarrés ?

– Une engueulade de première. Remarquez, ça ne m'a pas étonné. Humbleby était une tête de mule ! Enfin, c'est comme ça.

– Il a eu une bien triste fin.

– Humbleby ? Oui, c'est sûr. Négligence stupide. Un empoisonnement du sang, ça ne se traite pas par le mépris. Moi, je mets toujours de la teinture d'iode sur la moindre égratignure ! Précaution élémentaire. Humbleby, qui était médecin, ne se donnait pas cette peine. Ç'est bien la preuve !

Luke ne saisissait pas très bien ce que cela prouvait au juste mais il n'insista pas. Jetant un coup d'œil sur sa montre, il se leva.

– Le déjeuner vous appelle ? demanda le major Horton. C'est vrai que ça va être l'heure. Eh bien ! content d'avoir pu bavarder avec vous. Ça fait du bien de voir un homme qui a un peu roulé sa bosse. Un de ces jours, il faudra que vous me parliez de vous un peu plus longuement. Où étiez-vous, déjà ? À Mayang ? Jamais fichu les pieds là-bas. Vous écrivez un livre, il paraît. Les superstitions, tout ça...

– Oui... je...

Mais le major Horton continuait sur sa lancée :

– Je peux vous raconter des choses intéressantes. Quand j'étais aux Indes, mon garçon...

Luke réussit à s'échapper une dizaine de minutes plus tard, après avoir enduré les sempiternelles histoires de fakirs, de tours de corde et de manguiers qui poussent à vue d'œil, chères aux Anglo-Indiens à la retraite.

Lorsqu'il se retrouva à l'air libre, poursuivi par la voix du major qui hurlait après Néron, il s'émerveilla du miracle de la vie conjugale. Horton semblait sincèrement regretter une femme qui, d'après tous les témoignages – y compris le sien –... devait s'apparenter au tigre mangeur d'hommes.

À moins que... – Luke se posa soudain la question – à moins qu'il ne s'agisse d'un bluff suprêmement habile ?

12

PASSE D'ARMES

Le lendemain après-midi, pour le tournoi de tennis, il faisait un temps superbe. Lord Whitfield, d'humeur expansive, s'adonnait avec délectation à son rôle d'hôte parfait et faisait de fréquentes allusions à ses humbles origines. Les joueurs étaient huit en tout : lord Whitfield, Bridget, Luke, Rose Humbleby, Mr Abbot, le Dr Thomas, le major Horton et Hetty Jones, gloussante jeune personne qui était la fille du directeur de la banque.

Lors du second set de l'après-midi, Luke fit équipe avec Bridget contre lord Whitfield et Rose Humbleby. Rose était une bonne joueuse, dotée d'un puissant coup droit, qui disputait des tournois à l'échelle du comté. Elle parvenait à compenser les faiblesses de lord Whitfield face à Bridget et Luke, qui, bien qu'honnêtes joueurs sans plus, se montraient à la hauteur. Ils en étaient à trois jeux partout quand Luke plaça soudain quelques balles fulgurantes qui lui permirent, avec Bridget, de mener bientôt cinq jeux à trois.

C'est alors qu'il remarqua que lord Whitfield commençait à s'énerver. Il venait de contester une balle « pleine ligne », déclarait faute un service que Rose avait pourtant vu bon – bref, se comportait en tous points comme un gamin mal embouché. Bridget, qui servait maintenant pour le set, envoya dans le filet une balle pourtant facile, puis commit une double faute. Égalité. Leurs adversaires retournèrent la balle suivante sur la ligne centrale et Luke, qui se préparait à la renvoyer, entra en collision avec sa partenaire. Sur une nouvelle double faute de Bridget, ils perdirent le jeu.

La jeune femme s'excusa auprès de Luke :

– Désolée, j'ai craqué.

C'était apparemment vrai : Bridget renvoyait les balles n'importe comment et semblait incapable d'ajuster ses coups. Le set se termina par la victoire de lord Whitfield et de sa partenaire, sur le score de huit jeux à six.

On discuta un moment de la composition des équipes pour la partie suivante. Finalement, Rose, associée à Mr Abbot, retourna sur le court pour jouer contre le Dr Thomas et miss Jones.

Lord Whitfield s'assit en s'épongeant le front avec un sourire satisfait. Il avait retrouvé toute sa bonne humeur. Il se mit à parler avec le major Horton d'une série d'articles – intitulée « Pour une Angleterre en pleine forme » – qui paraissait à la une de l'un de ses journaux.

– Montrez-moi le potager, dit Luke à Bridget.

– Le potager ? Pourquoi le potager ?

– J'ai un faible pour les choux.

– Des petits pois, ça vous ira ?

– Des petits pois feront admirablement l'affaire.

Ils s'éloignèrent du court de tennis et gagnèrent le potager, paisible entre ses hauts murs de clôture. En ce samedi après-midi, les jardiniers n'y travaillaient pas et le jardin semblait paresser sous le soleil.

– Voilà vos petits pois, dit Bridget.

Luke n'accorda aucune attention à l'objet de la visite.

– Pourquoi diable leur avez-vous donné la partie ? demanda-t-il.

Bridget haussa les sourcils de quelques millimètres :

– Excusez-moi. J'ai perdu mes moyens. Je suis une joueuse très irrégulière.

– Pas irrégulière à ce point-là ! Vos doubles fautes n'auraient pas abusé un enfant ! Et ces balles renvoyées... à des kilomètres dehors !

– C'est parce que je suis une joueuse exécrable, répliqua tranquillement Bridget. Si j'étais un peu moins nulle j'aurais fait ça un peu plus discrètement ! Mais il suffit que je veuille mettre une balle quelques centimètres dehors pour qu'elle tombe en plein sur la ligne, et tout le travail reste à faire !

– Ah ! Alors vous avouez ?

– Élémentaire, mon cher Watson.

– Et la raison ?

– Tout aussi élémentaire, il me semble. Gordon a horreur de perdre.

– Et moi, dans tout ça ? Supposez que j'aime gagner ?

– Je crains fort, mon cher Luke, que ce soit nette-ment moins important.

– Pourriez-vous expliciter un peu votre pensée ?

– Certainement, si vous y tenez. On ne se dispute

124

pas avec son gagne-pain. Gordon est mon gagne-pain. Pas vous.

Luke prit une profonde inspiration. Puis il explosa :

– Qu'est-ce qui vous prend d'épouser ce nabot ridicule ? Pourquoi faites-vous ça ?

– Parce que, en tant que secrétaire de Gordon, je gagne six livres par semaine, alors que, en tant que femme de Gordon, j'aurai cent mille livres placées à mon nom, un coffret à bijoux bourré de perles et de diamants, une rente coquette – plus divers à-côtés qui vont de pair avec l'état de femme mariée !

– Avec, en contrepartie, des devoirs quelque peu différents !

– Faut-il vraiment adopter une attitude mélodramatique face aux moindres aléas de l'existence ? répliqua froidement Bridget. Si vous vous représentez Gordon en amant torride de sa femme, vous pouvez vous ôter cette idée de la tête ! Gordon – vous avez dû vous en rendre compte – est un petit garçon qui a oublié de grandir. Il n'a pas besoin d'une épouse mais d'une mère. Malheureusement, la sienne est morte quand il avait quatre ans. Ce qu'il veut, c'est avoir à sa disposition quelqu'un qui écoute ses rodomontades, qui le rassure sur son incommensurable grandeur et qui soit disposé à prêter indéfiniment l'oreille à lord Whitfield dissertant sur lui-même !

– Vous êtes bien amère.

– Je ne me berce pas de contes de fées, si c'est ce que vous voulez dire ! repartit Bridget, acerbe. Je suis une jeune femme qui possède une certaine intelligence, un physique très quelconque et qui n'a pas le sou. J'ai l'intention de gagner ma vie honnêtement. Mon travail, en tant qu'épouse de Gordon, ne se distinguera guère de celui de secrétaire de Gordon. Au bout d'un an, cela m'étonnerait qu'il pense encore à m'embrasser pour me dire bonsoir. La seule différence, ce sera le salaire.

Ils se regardèrent. Ils étaient tous les deux pâles de colère. Bridget dit d'un ton sarcastique :

– Allez-y. Vous êtes plutôt vieux jeu, n'est-ce pas, Mr Fitzwilliam ! Alors qu'est-ce que vous attendez pour me débiter les vieux clichés ? Dites-moi que je me vends pour de l'argent ! Ça, ça ne rate jamais !

– Vous êtes une petite garce sans cœur ! gronda Luke.

– Ça vaut mieux que d'être une petite gourde au grand cœur !

– Vraiment ?

– Oui. J'en sais quelque chose.

– Qu'est-ce que vous en savez ? ricana Luke.

– Je sais ce que c'est que de tenir à un homme ! Vous connaissez Johnnie Cornish ? Nous avons été fiancés pendant trois ans. Il était adorable... j'étais folle de lui... j'y tenais au point d'en avoir *mal* ! Eh bien ! il m'a plaquée pour épouser une veuve rondouillarde qui a l'accent du Nord, trois mentons et un revenu de trente mille livres par an ! Ce genre de mésaventure, ça vous guérit radicalement du romanesque, vous ne croyez pas ?

Luke détourna la tête en laissant échapper un soupir :

– Ça peut arriver, oui.

– C'est arrivé.

Ils se turent. Un silence s'installa entre eux. Long et pesant. D'une voix un peu hésitante, Bridget finit par le rompre :

– J'espère que vous vous rendez compte que vous n'aviez aucun droit de me parler comme vous l'avez fait. Et que, pour quelqu'un qui habite sous le toit de Gordon, c'était du dernier mauvais goût.

Luke recouvra son aplomb :

– Ce n'est pas un cliché, ça aussi ?

Bridget rougit.

– En tout cas, c'est la vérité !

– Non. Et le droit de vous parler, je l'avais.

– Et puis quoi, encore ?

Luke la regarda. Il était blême, comme quelqu'un qui éprouve une douleur physique.

– Ce droit, *je l'ai*. J'ai le droit de tenir à vous... comment avez-vous dit, déjà ?... de tenir à vous au point d'en avoir mal !

Elle recula d'un pas.

– Vous..., commença-t-elle.

– Oui. Amusant, non ? De quoi se tordre ! Je viens à Wychwood dans un but bien précis, je vous vois apparaître au coin de cette baraque et... comment vous expliquer ?... je me retrouve ensorcelé ! C'est exactement ça. Vous avez parlé de contes de fées, tout à l'heure. Eh bien ! je suis en plein conte de fées ! Vous m'avez envoûté. Je suis sûr que, si vous pointiez l'index sur moi en disant : «Transforme-toi en crapaud», j'aurais aussitôt les yeux qui me sortiraient de la tête et je détalerais en sautillant.

Il fit un pas vers elle :

– Je vous aime comme un fou, Bridget Conway. Et, vous aimant comme un fou, je ne peux pas me réjouir de vous voir épouser un petit nobliau pompeux et bedonnant qui se met à bouder quand il ne gagne pas au tennis !

– Que me suggérez-vous, alors ?

– Je vous suggère de m'épouser, *moi* ! Mais cette suggestion va sans doute être accueillie par des cascades de rires...

– Des rires positivement homériques.

– Comme de bien entendu. Au moins, maintenant, nous savons où nous en sommes. Si nous retournions sur le court de tennis ? Cette fois, vous me trouverez peut-être une partenaire qui joue pour gagner !

— Au fond, décréta Bridget d'un ton doucereux, je crois que vous êtes aussi mauvais perdant que Gordon !

Luke la prit brusquement par les épaules :

— Vous avez vraiment une langue de vipère, Bridget.

— Si grande que soit votre passion pour moi, Luke, je crains que vous ne m'estimiez guère.

— Je ne vous estime même pas du tout.

Bridget le dévisagea :

— Quand vous êtes rentré en Angleterre, vous comptiez vous marier et faire une fin, n'est-ce pas ?

— Oui.

— Mais pas avec quelqu'un comme moi ?

— Je n'ai jamais songé à quelqu'un qui aurait la moindre ressemblance avec vous.

— Non... bien sûr... Votre type de femme, je sais ce que c'est. Je le sais très précisément.

— Vous êtes si perspicace, chère Bridget !

— Une brave fille, anglaise jusqu'au bout des ongles, aimant la campagne et les chiens... Vous l'imaginiez sans doute en jupe de tweed, tisonnant un feu de bois avec la pointe de son soulier.

— Ce tableau me paraît fort séduisant.

— Je n'en doute pas. Voulez-vous que nous retournions sur le court ? Vous pourrez faire équipe avec Rose Humbleby. Elle joue tellement bien que vous êtes quasiment sûr de gagner.

— Mon côté vieux jeu m'oblige à vous laisser le dernier mot.

Nouveau silence. Puis Luke retira lentement les mains des épaules de Bridget. Ils restèrent là, hésitants, comme s'ils ne s'étaient pas encore tout dit.

Enfin, Bridget tourna brusquement les talons et

rebroussa chemin, suivie de Luke. La partie se terminait quand ils arrivèrent. Rose protesta à l'idée d'en commencer une autre :

– J'ai joué deux parties d'affilée !

Bridget insista néanmoins :

– Je suis fatiguée, je n'ai pas envie de jouer. Mettez-vous avec Mr Fitzwilliam contre miss Jones et le major Horton.

Mais Rose ne voulut rien entendre et, finalement, on organisa un double messieurs. Puis on servit le thé.

Lord Whitfield conversa avec le Dr Thomas, lui décrivant par le menu – et d'un air pénétré – une visite qu'il avait faite récemment aux laboratoires de recherches Wellerman Kreitz.

– Je voulais me rendre compte par moi-même de l'orientation des dernières découvertes scientifiques, expliqua-t-il avec solennité. Je suis responsable de ce que mes journaux impriment. Je ressens cela très profondément. Nous vivons à une époque scientifique. Nous devons rendre la science accessible au plus grand nombre.

Le Dr Thomas haussa légèrement les épaules :

– La science à petite dose, ça peut représenter un grand danger.

– La science à domicile, voilà notre but ! reprit lord Whitfield qui n'écoutait même pas. Un esprit sensibilisé à la science...

– Information-éprouvette, dit Bridget avec gravité.

– J'ai été impressionné, poursuivit lord Whitfield. Bien entendu, c'est Wellerman lui-même qui m'a fait les honneurs de son laboratoire. Je l'ai supplié de me confier à un de ses subordonnés, mais il n'a rien voulu savoir.

– C'est tout naturel, dit Luke.

Lord Whitfield parut flatté :

– Et il m'a tout expliqué avec un maximum de clarté : la culture... le sérum... le principe général de l'expérience. Il a accepté de rédiger lui-même le premier article de la série.

– Ils utilisent des cobayes, je crois..., murmura Mrs Anstruther. C'est bien cruel... mais moins qu'avec les chiens, bien sûr... ou même des chats.

– Les gens qui martyrisent les chiens, on devrait les fusiller ! intervint le major Horton d'une voix âpre.

– J'en arrive à croire, Horton, que vous attachez plus de prix à la vie canine qu'à la vie humaine, remarqua Mr Abbot.

– Et comment ! répondit le major. Contrairement aux humains, les chiens ne vous trahissent pas. Jamais un mot méchant...

– Non, ils se contentent de vous planter un méchant croc dans le mollet, ironisa Mr Abbot. Pas vrai, Horton ?

– Les chiens savent très bien à qui ils ont affaire, répliqua le major Horton.

– La semaine dernière, une de vos bestioles a bien failli me mordre la jambe. Que dites-vous de ça, Horton ?

– Rien d'autre que ce que je viens de dire !

Bridget s'interposa avec tact :

– Et si nous nous remettions un peu au tennis ?

On joua encore deux sets. Puis, comme Rose Humbleby prenait congé, Luke se proposa aussitôt pour la raccompagner :

– Je porterai votre raquette. Vous n'avez pas de voiture, n'est-ce pas ?

– Non, mais j'habite à deux pas.

– Je marcherais volontiers un peu.

Sans rien ajouter, il lui prit des mains sa raquette et ses chaussures de tennis. Ils descendirent l'allée en silence. Puis Rose fit deux ou trois remarques anodines. Luke y répondit d'un ton plutôt bref, mais la jeune fille ne sembla pas s'en apercevoir.

Ce fut seulement lorsqu'ils arrivèrent à sa porte que Luke se dérida.

— Je me sens mieux, déclara-t-il.

— Pourquoi ? Ça n'allait pas ?

— Vous êtes gentille de faire comme si vous n'aviez rien remarqué. En tout cas, vous avez exorcisé mon humeur maussade. C'est drôle, j'ai l'impression de sortir d'un nuage noir et de me retrouver au soleil.

— C'est le cas. Un nuage cachait le soleil quand nous avons quitté le manoir, et maintenant il s'est dissipé.

— Au propre comme au figuré, alors. Ah ! il fait bon vivre, après tout.

— Mais bien sûr !

— Miss Humbleby, me permettez-vous une impertinence ?

— Je suis sûre que vous n'en êtes pas capable.

— Oh ! n'en soyez pas trop sûre. Ce que je voudrais vous dire, c'est que le Dr Thomas a beaucoup de chance.

Rose sourit, rougissante :

— Vous êtes au courant ?

— Ça se voulait un secret ? Si oui, vous me voyez navré.

— Bah ! rien ne reste jamais secret dans ce village, répliqua Rose avec un brin d'amertume.

— Alors c'est vrai... vous êtes fiancés ?

— Pour l'instant, nous ne l'annonçons pas officiellement. Vous comprenez, papa était contre et ce ne serait pas... très gentil de... de le crier sur les toits tout de suite après sa mort.

— Votre père désapprouvait ce mariage ?

– Ce n'est pas tant qu'il le *désapprouvait*. Oh ! et puis, en fait, ça revient au même.

– Il vous trouvait trop jeune ?

– C'est ce qu'il disait.

– Mais vous pensez qu'il y avait autre chose ?

Rose inclina lentement la tête, à contrecœur :

– Oui... je crois qu'en réalité papa ne... *n'aimait* pas Geoffrey.

– Ils ne s'entendaient pas bien, tous les deux ?

– Ça donnait parfois cette impression... Il faut dire que papa était un amour, mais qu'il était bourré de préjugés.

– Je suppose aussi qu'il vous aimait beaucoup et que la perspective de vous perdre ne l'enchantait guère ?

Rose acquiesça, mais sans se départir d'une certaine réserve.

– C'était plus profond que ça ? reprit Luke. Il ne voulait absolument pas que Thomas devienne votre mari ?

– Oui. Vous savez, papa et Geoffrey avaient des caractères diamétralement opposés... et ils ne pouvaient pas faire autrement que de se heurter. Geoffrey est très patient et compréhensif, mais le fait de savoir que papa ne l'aimait pas le rendait encore plus timide et renfermé, de sorte que papa n'a jamais eu l'occasion de mieux le connaître.

– Les préjugés sont très difficiles à vaincre, dit Luke.

– En l'occurrence, ils ne reposaient sur rien !

– Votre père ne vous opposait aucun argument sérieux ?

– Oh ! non. Comment aurait-il pu ? Il ne pouvait rien reprocher à Geoffrey, à part le fait qu'il ne l'aimait pas.

132

— *Je ne vous aime point, docteur Fell, mais je ne saurais dire pourquoi.*

— Exactement.

— Rien que l'on puisse toucher du doigt ? Je veux dire... votre Geoffrey ne boit pas, ne joue pas aux courses ?

— Oh ! non. Geoffrey ne doit même pas savoir qui a gagné le Derby !

— C'est drôle, dit Luke. J'aurais pourtant juré avoir vu votre Thomas à Epsom le jour du Derby.

L'espace d'un instant, il se demanda avec anxiété s'il n'avait pas dit qu'il était rentré en Angleterre ce jour-là. Mais Rose répondit aussitôt, sans la moindre méfiance.

— Vous pensiez avoir vu Geoffrey au Derby ? Oh, non ! Impossible ! Je ne vois pas comment il aurait fait ! Il a passé presque toute la journée à Ashewood pour un accouchement difficile.

— Quelle mémoire vous avez !

— Je m'en souviens, dit Rose en riant, parce qu'il m'a raconté que les parents avaient surnommé le bébé « Jujube » !

Luke acquiesça distraitement.

— De toute façon, poursuivit Rose, Geoffrey ne va jamais aux courses. Il s'ennuierait à mourir !

Elle changea de ton pour ajouter :

— Vous... vous ne voulez pas entrer ? Je crois vraiment que maman serait contente de vous voir.

— Si vous en êtes sûre...

Rose le conduisit dans une pièce tristement plongée dans la pénombre. Une femme était bizarrement recroquevillée dans un fauteuil.

— Maman, je te présente Mr Fitzwilliam.

Mrs Humbleby tressaillit et serra la main de Luke. Rose se retira discrètement.

– Je suis heureuse de vous voir, Mr Fitzwilliam.
Rose m'a dit que vous avez des amis qui ont connu
mon mari il y a bien longtemps.

– En effet, Mrs Humbleby.

Il répugnait à répéter ce mensonge, mais il n'avait
pas le choix.

– Je regrette que vous ne l'ayez pas connu, déclara
Mrs Humbleby. C'était un homme bon et un grand
médecin. Rien que par la force de sa personnalité, il a
guéri bien des malades qui avaient été jugés incurables.

– J'ai beaucoup entendu parler de lui depuis mon
arrivée ici, dit Luke avec gentillesse. Je sais à quel
point il était estimé.

Il ne distinguait pas très bien le visage de Mrs Humbleby. Elle parlait d'une voix monocorde, dont le
manque d'émotion semblait paradoxalement souligner
le fait qu'elle était la proie d'une violente émotion,
réprimée à grand-peine.

– Le monde est très malfaisant, Mr Fitzwilliam, dit-
elle soudain de manière assez inattendue. Vous le
savez, n'est-ce pas ?

– Oui, euh... bien sûr, répondit Luke un peu surpris.

Elle insista :

– Oui, mais le *savez*-vous ? C'est important, ça. La
malignité est dans l'air... On doit être prêt... prêt à la
combattre ! John l'était. Il savait, *lui*. Il était du côté
du bien !

– J'en suis sûr, dit Luke avec douceur.

– Il savait que la méchanceté nous entourait *ici
même*, reprit Mrs Humbleby. Il savait...

Et soudain, elle fondit en larmes.

– Je suis navré..., murmura Luke.

Il s'interrompit. Mrs Humbleby avait recouvré son
sang-froid aussi brusquement qu'elle l'avait perdu.

– Il faut me pardonner, dit-elle en tendant la main

à Luke, qui la prit dans les siennes. N'hésitez pas à venir nous voir tant que vous êtes ici. Cela fera beaucoup de bien à Rose. Elle a de l'affection pour vous.

– C'est réciproque. Vous avez une fille charmante, Mrs Humbleby ; il y a bien longtemps que je n'en ai pas rencontré une comme elle.

– Elle est très bonne pour moi.

– Le Dr Thomas est un heureux homme.

– Oui...

Mrs Humbleby reprit sa main. D'une voix de nouveau sans inflexion, elle ajouta :

– Je ne sais pas... tout cela est si compliqué...

Luke la laissa dans la demi-obscurité, occupée à jouer nerveusement avec ses doigts.

Tout en regagnant Ashe Manor, il passa en revue certains détails des conversations qu'il avait eues avec Rose Humbleby et sa mère.

Le jour du Derby, le Dr Thomas s'était absenté de Wychwood pendant une bonne partie de la journée. Il était parti en voiture. Wychwood était à cinquante-cinq kilomètres de Londres. Il était censé avoir pratiqué un accouchement. Cela cachait-il autre chose ? Ce serait sans doute facile à vérifier.

Il repensa à Mrs Humbleby. Qu'avait-elle voulu dire en insistant si fort sur : « *La malignité est dans l'air* » ?

Était-elle simplement nerveuse, obnubilée par la mort de son mari ? Ou bien y avait-il anguille sous roche ?

Elle savait peut-être quelque chose ? Quelque chose que le Dr Humbleby aurait découvert avant de mourir ?

« Il faut que je poursuive mon enquête, se dit Luke. Il faut que je la poursuive. »

Et il écarta résolument de son esprit la passe d'armes qu'il venait d'avoir avec Bridget.

13

MISS WAYNFLETE PARLE

Le lendemain matin, Luke prit une décision. Il était allé aussi loin que possible dans la voie des questions indirectes. Tôt ou tard, il serait forcé de se découvrir. Il sentait que le moment était venu de tomber le masque de l'écrivain et d'avouer qu'il était venu à Wychwood dans un but bien précis.

Histoire d'inaugurer son nouveau plan de campagne, il décida d'aller rendre visite à Honoria Waynflete. Non seulement la vieille demoiselle lui avait fait bonne impression par son attitude réservée et sa perspicacité, mais il pensait qu'elle détenait des renseignements qui pourraient lui être utiles. Elle lui avait certainement dit ce qu'elle *savait*. Il voulait maintenant l'inciter à lui dire ce qu'elle *supposait*. Il avait dans l'idée que les suppositions de miss Waynflete devaient être très proches de la vérité.

Il arriva chez elle aussitôt après l'office.

Miss Waynflete l'accueillit avec naturel, sans manifester la moindre surprise. Lorsqu'elle s'assit à côté de lui, mains jointes et regard sagace planté dans le sien, il n'éprouva aucune difficulté à aborder l'objet de sa visite.

– Vous avez certainement deviné, miss Waynflete, que si je suis venu à Wychwood, ce n'est pas dans le seul but d'écrire un livre sur les coutumes locales ?

Miss Waynflete inclina la tête et attendit la suite.

Luke n'était pas encore disposé à lui dire *toute* la vérité. Miss Waynflete était peut-être discrète – elle en donnait en tout cas l'impression – mais elle n'en était pas moins vieille fille, et qui irait parier qu'une vieille fille résisterait à la tentation de raconter une histoire passionnante à deux ou trois amies de confiance ? Il opta donc pour une position intermédiaire.

— Je suis ici pour enquêter sur les circonstances de la mort de la malheureuse Amy Gibbs.

— Dois-je comprendre que vous êtes de la police ? s'enquit miss Waynflete.

— Oh ! non... Je ne suis pas un flic en civil. (Il ajouta, avec une pointe d'ironie dans la voix :) Je serais plutôt ce personnage bien connu de la littérature policière : le détective privé.

— Je vois. C'est donc Bridget Conway qui vous a fait venir ?

Luke hésita. Finalement, il décida de ne pas la détromper. À moins de lui raconter toute sa conversation avec miss Pinkerton, il pouvait difficilement justifier sa présence à Wychwood.

— Bridget est d'un pratique... d'une efficacité ! poursuivit miss Waynflete avec une intonation admirative dans la voix. À sa place, je n'aurais jamais osé me fier à mon propre jugement... Quand on n'est pas sûr et certain d'une chose, il est bien difficile d'adopter une ligne de conduite quelle qu'elle soit.

— Mais vous en êtes sûre, n'est-ce pas ?

— Non, pas du tout, Mr Fitzwilliam, répondit miss Waynflete avec gravité. Ce n'est pas quelque chose dont on puisse être sûr ! Tout cela peut n'être qu'un effet de mon imagination. Quand on vit seule, sans personne à qui parler, à qui demander conseil, on peut parfois se laisser aller à donner dans le mélodrame.

Conscient du bien-fondé de cette remarque, Luke en convint de bonne grâce, mais il ajouta doucement :

— Cependant, en votre for intérieur, vous n'avez aucun doute ?

Même là, miss Waynflete manifesta une certaine réticence.

— Nous parlons bien de la même chose, j'espère ? demanda-t-elle d'un ton hésitant.

Luke sourit :

— Vous voulez que je le formule clairement ? Très bien. Vous pensez qu'Amy Gibbs a été assassinée ?

La crudité du mot fit quelque peu tiquer Honoria Waynflete :

— Disons que les circonstances de sa mort ne me plaisent pas du tout. Pas du tout. Selon moi, cette histoire est profondément troublante.

Luke insista patiemment :

— Mais vous ne croyez pas qu'il ait pu s'agir d'une mort naturelle ?

— Non.

— Vous ne croyez pas non plus qu'il ait pu s'agir d'un accident ?

— Cela me paraît hautement improbable. Il y a tant...

Luke l'interrompit net :

— Vous ne croyez pas qu'il ait pu s'agir d'un suicide ?

— Absolument pas !

— Donc, conclut doucement Luke, vous pensez qu'il s'agit bel et bien d'un meurtre ?

Miss Waynflete hésita, déglutit, puis fit bravement le plongeon :

— Oui, dit-elle. J'en suis convaincue !

— Bon. Maintenant, nous pouvons aller de l'avant.

— Mais je n'ai aucune *preuve* pour étayer cette conviction, précisa miss Waynflete avec anxiété. Ce n'est qu'une *idée* !

— Nous sommes d'accord. Tout ceci restera entre nous. Nous ne parlons que de ce que nous *pensons* et de ce que nous *soupçonnons*. Nous *pensons* qu'Amy

Gibbs a été assassinée. Qui *soupçonnez*-vous de l'avoir assassinée ?

Miss Waynflete secoua la tête. Elle paraissait très troublée.

Sans la quitter des yeux, Luke reprit :

– Qui avait des raisons de l'assassiner ?

Miss Waynflete répondit d'une voix lente :

– Elle s'était disputée, je crois, avec son petit ami qui travaille au garage, Jim Harvey... un garçon de valeur, très équilibré. Je sais qu'on lit souvent dans les journaux des histoires d'individus qui agressent leurs maîtresses, des horreurs de ce genre, mais je ne peux pas croire que Jim soit capable d'une chose pareille.

Luke approuva d'un signe de tête.

– En outre, poursuivit miss Waynflete, je ne pense pas qu'il s'y serait pris de cette manière. S'introduire par la fenêtre pour substituer une bouteille de poison à un flacon de sirop... je ne sais pas, mais ça ne me paraît pas...

Comme elle cherchait ses mots, Luke vint à son secours :

– Ce n'est pas la réaction d'un amoureux jaloux ? Je suis d'accord. À mon avis, nous pouvons éliminer d'emblée Jim Harvey. Amy a été tuée – nous admettons qu'elle a bien été *tuée* – par quelqu'un qui voulait se débarrasser d'elle et qui s'est soigneusement arrangé pour maquiller son crime en accident. Alors, avez-vous une idée – fût-elle vague – de qui ça pourrait être ?

– Non... je vous assure, non... pas la moindre !

– Vraiment pas ?

– N-non... non, vraiment pas.

Luke la regarda, pensif. Ses dénégations ne sonnaient pas parfaitement justes. Il reprit :

– Vous ne voyez aucun mobile ?

– Pas l'ombre d'un.

La réponse était déjà plus catégorique.

– Chez qui a-t-elle travaillé à Wychwood ?

– Elle est restée un an chez les Horton avant d'entrer au service de lord Whitfield.

– Récapitulons, dit Luke. Quelqu'un voulait éliminer cette fille. D'après les faits dont nous disposons, nous pouvons considérer, primo : qu'il s'agit d'un homme... d'un homme un peu vieux jeu – à cause de la peinture pour chapeaux – ; secundo : qu'il s'agit d'un homme relativement athlétique, car il est clair qu'il a dû grimper sur le toit de l'appentis pour atteindre la fenêtre de la chambre. Nous sommes d'accord ?

– Tout à fait.

– Vous permettez que j'essaye ?

– Bien sûr. C'est une très bonne idée.

Elle l'entraîna vers une porte latérale et le conduisit à l'arrière de la maison. Luke parvint sans grand mal à se hisser sur le toit de l'appentis. De là, il put facilement soulever le châssis de la fenêtre et enjamber le rebord pour s'introduire dans la chambre. Quelques minutes plus tard, il rejoignait miss Waynflete sur le sentier en s'essuyant les mains avec son mouchoir.

– En fait, c'est plus facile que ça en a l'air, déclarat-il. Ça exige un minimum de muscles, c'est tout. On n'a relevé aucune trace, ni sur l'appui de la fenêtre ni à l'extérieur ?

Miss Waynflete secoua la tête.

– Je ne crois pas, non. Remarquez, le constable avait aussi grimpé par là.

– De sorte que, s'il y avait eu des empreintes, ç'auraient vraisemblablement été les siennes. Et voilà comment la police fait le jeu des criminels ! Enfin, c'est comme ça.

Ils rentrèrent dans la maison.

— Amy Gibbs avait le sommeil lourd ? demanda Luke.

— Il était extrêmement difficile de la réveiller le matin, répondit miss Waynflete d'un ton aigre. Certains jours, je devais tambouriner à sa porte et m'époumoner pour obtenir une réponse. Mais vous connaissez le proverbe, Mr Fitzwilliam : « Il n'est pire sourd que celui qui ne veut pas entendre » !

— Très juste, dit Luke. Bon, venons-en maintenant au *mobile*. Commençons par le plus évident : pensez-vous qu'il y ait eu quelque chose entre Ellsworthy et cette fille ? Je ne vous demande que votre *opinion*. Rien de plus, s'empressa-t-il d'ajouter.

— S'il ne s'agit que d'une opinion, je répondrai par l'affirmative.

Luke hocha la tête.

— Selon vous, Amy aurait-elle pu s'essayer au chantage ?

— S'il ne s'agit là encore que d'une opinion, je dirai que c'est tout à fait possible.

— Savez-vous si elle avait beaucoup d'argent en sa possession au moment de sa mort ?

Miss Waynflete réfléchit.

— Non, je ne pense pas, répondit-elle enfin. Si elle avait eu une somme inhabituellement importante, je l'aurais su.

— Et elle ne s'était pas lancée dans des dépenses extravagantes avant de mourir ?

— Je ne crois pas, non.

— Voilà qui plaide plutôt contre la théorie du chantage. La victime paye en général au moins une fois avant de recourir à des mesures extrêmes. Il y a une autre hypothèse : la fille *savait* quelque chose.

— Quoi, par exemple ?

– Elle pouvait détenir une information dangereuse pour un habitant de Wychwood. Prenons un exemple. Elle a travaillé chez un certain nombre de gens d'ici. Supposez qu'elle ait eu vent de quelque chose qui aurait pu, sur le plan professionnel, causer du tort à... à Mr Abbot, mettons.

– Mr Abbot ?

– Ou alors d'une négligence ou d'une faute professionnelle commise par le Dr Thomas.

– Mais..., commença miss Waynflete, qui s'interrompit aussitôt.

Luke poursuivit :

– Vous m'avez dit qu'Amy Gibbs était employée chez les Horton quand Mrs Horton est morte.

Il y eut un silence. Puis, miss Waynflete demanda :

– Voulez-vous me dire ce que les Horton viennent faire là-dedans, Mr Fitzwilliam ? Mrs Horton est morte depuis plus d'un an.

– Oui, et Amy était à leur service à l'époque.

– Et alors ? Qu'est-ce que les Horton ont à voir avec ça ?

– Je n'en sais rien. Je... m'interrogeais, sans plus. Mrs Horton est morte d'une gastrite aiguë, n'est-ce pas ?

– Oui.

– Cette mort a-t-elle été inattendue ?

– Elle l'a été pour moi, répondit pensivement miss Waynflete. Elle allait de mieux en mieux depuis quelque temps et paraissait en voie de guérison. Et puis elle a eu une soudaine rechute... et elle est morte.

– Le Dr Thomas en a été surpris ?

– Je ne sais pas. Il a dû l'être, sans doute.

– Et les infirmières, qu'est-ce qu'elles ont dit ?

– D'après l'expérience que j'en ai, les infirmières

ne s'étonnent jamais de voir mourir leur malade. Ce qui les étonne, c'est quand ils en réchappent.

– Mais *vous*, sa mort vous a surprise ? insista Luke.

– Oui. Je l'avais vue la veille et elle avait l'air beaucoup mieux. Elle bavardait et semblait très gaie.

– Que pensait-elle de sa maladie ?

– Elle se plaignait d'être empoisonnée par ses infirmières. Elle en avait déjà fait renvoyer une, mais elle affirmait que ces deux-là ne valaient pas mieux !

– Vous n'avez pas attaché d'importance à ces propos, j'imagine ?

– Ma foi, non, je les ai mis sur le compte de son état. Et puis c'était une femme très méfiante et... ce n'est peut-être pas très gentil de le dire, mais... elle aimait se rendre *intéressante*. Aucun médecin ne la comprenait, son cas était toujours très compliqué et, si ce n'était pas une maladie quasiment inconnue, c'était quelqu'un qui « cherchait à se débarrasser d'elle ».

Luke s'efforça de garder un ton détaché :

– Elle ne soupçonnait pas son mari de vouloir la supprimer ?

– Oh ! *non*, cette idée ne l'a jamais effleurée !

Miss Waynflete s'interrompit un instant, puis demanda :

– C'est votre opinion sur la question ?

Luke répondit d'une voix songeuse :

– Bien des maris l'ont déjà fait et s'en sont tirés. Et si j'en crois la rumeur publique, Mrs Horton était une mégère dont n'importe quel homme aurait rêvé de se débarrasser ! Sans compter que sa mort a valu au major d'entrer en possession d'une petite fortune.

– Oui, en effet.

– Et *vous*, miss Waynflete, qu'en pensez-vous ?

– Vous voulez mon opinion ?

– Oui, et rien que votre opinion.

– Le major Horton était tout dévoué à sa femme, répondit posément miss Waynflete, et il ne lui serait jamais venu à l'idée de la tuer.

Luke plongea son regard dans les yeux d'ambre de miss Waynflete, qui le soutint sans ciller.

– Bon, vous devez avoir raison, dit-il. Sinon, vous l'auriez sans doute remarqué.

Miss Waynflete se permit un sourire :

– Vous pensez que nous sommes de bonnes observatrices, nous les femmes ?

– Absolument hors pair ! Miss Pinkerton aurait été d'accord avec vous, vous croyez ?

– Je n'ai jamais entendu Lavinia exprimer une opinion sur ce sujet.

– Que pensait-elle d'Amy Gibbs ?

Miss Waynflete plissa le front comme pour mieux réfléchir.

– C'est difficile à dire. Lavinia avait une idée très bizarre.

– Quelle idée ?

– Elle était persuadée qu'il se passait d'étranges choses à Wychwood.

– Elle pensait, par exemple, qu'on avait poussé Tommy Pierce par la fenêtre ?

Miss Waynflete le regarda, très étonnée :

– *Comment* savez-vous cela, Mr Fitzwilliam ?

– Elle me l'a dit. Pas en ces termes-là, mais ça revenait au même.

Miss Waynflete se pencha vers lui, rose d'excitation.

– Quand ça, Mr Fitzwilliam ?

– Le jour de son accident. Nous avons voyagé ensemble jusqu'à Londres.

– Que vous a-t-elle dit au juste ?

– Qu'il y avait trop de morts à Wychwood. Elle a mentionné Amy Gibbs, Tommy Pierce et l'ivrogne local... Carter. Elle m'a dit aussi que le Dr Humbleby serait le prochain à y passer.

Miss Waynflete acquiesça lentement.

– Vous a-t-elle dit qui était l'assassin ?

– Un homme au regard particulier, répondit Luke d'un air sombre. Un regard qui, d'après elle, ne pouvait pas tromper. Elle avait surpris ce fameux regard dans ses yeux alors qu'il bavardait avec Humbleby. C'était ce qui lui faisait dire que le Dr Humbleby serait le suivant.

– Et cela s'est vérifié, murmura miss Waynflete. Oh ! mon Dieu... mon Dieu...

Elle s'adossa à son siège. Il y avait de la détresse dans ses yeux.

– De qui s'agit-il ? demanda Luke. Allons, miss Waynflete, vous le savez... vous *devez* le savoir !

– Non. Elle ne me l'a pas dit.

– Mais vous pouvez le deviner, s'obstina Luke. Vous savez très exactement qui elle avait en tête !

À contrecœur, miss Waynflete acquiesça.

– Alors, dites-le-moi.

Mais miss Waynflete secoua énergiquement la tête :

– Certainement pas. Vous me demandez là quelque chose de suprêmement incorrect ! Vous me demandez de *deviner* ce qu'une amie – *qui est morte maintenant* – avait peut-être – je dis bien *peut-être* ! – en tête. Je ne peux pas lancer ce genre d'accusation !

– Ce ne serait pas une accusation... juste une opinion.

Mais miss Waynflete se montra d'une fermeté inattendue :

– Je n'ai rien sur quoi m'appuyer... absolument rien. En fait, Lavinia ne m'a jamais rien *dit*. Même si j'estime avoir une idée de ce à quoi elle pensait, il se peut que je me fourvoie complètement. Auquel cas je vous lancerais sur une fausse piste, avec les graves conséquences que cela risquerait d'entraîner. Si je prononçais un nom, ce ne serait guère qu'injustice et malveillance de ma part. Et encore une fois, je pourrais me tromper du tout au tout ! D'ailleurs, je me trompe certainement !

Sur ce, miss Waynflete pinça les lèvres et toisa Luke avec une sombre détermination.

Luke dut s'avouer vaincu.

Force lui était de constater que la loyauté de miss Waynflete – à laquelle venait s'ajouter un sentiment plus diffus qu'il avait du mal à définir – militait contre lui.

Acceptant sa défaite de bonne grâce, il se leva pour prendre congé. Il était bien décidé à revenir une autre fois à la charge, mais il n'en laissa rien paraître.

– Il est évident que vous devez agir selon votre conscience, dit-il. Merci de l'aide que vous m'avez apportée.

Miss Waynflete le raccompagna à la porte, déjà un peu moins sûre d'elle, semblait-il.

– J'espère que vous ne pensez pas..., commença-t-elle avant de changer la tournure de sa phrase : Si je peux encore vous être utile, je vous en prie, n'hésitez pas à me le faire savoir.

– Je n'y manquerai pas. Vous garderez cette conversation pour vous, n'est-ce pas ?

– Bien entendu ! Je n'en soufflerai mot à personne.

Luke espéra qu'elle tiendrait parole.

– Dites bien des choses de ma part à Bridget, reprit miss Waynflete. Elle est si jolie, n'est-ce pas ? Et intelligente, avec ça. Je... j'espère qu'elle sera heureuse.

Devant le regard interrogateur de Luke, elle précisa :

– Une fois mariée avec lord Whitfield, j'entends. La différence d'âge entre eux est si grande...

– Oui, en effet.

Miss Waynflete soupira. Puis, contre toute attente, elle déclara :

– J'ai été fiancée avec lui, autrefois, vous savez.

Luke la regarda avec stupeur. Elle hocha la tête en souriant un peu tristement.

– Il y a longtemps de cela. C'était un garçon si prometteur ! Je l'avais aidé à s'instruire, voyez-vous. Et j'étais si fière de... de son courage, de sa détermination à réussir.

De nouveau, elle soupira :

– Bien entendu, ma famille était scandalisée. À l'époque, on ne badinait pas avec les différences de classe...

Après un long silence, elle reprit :

– J'ai toujours suivi sa carrière avec un grand intérêt. J'estime que ma famille avait tort.

Puis, avec un sourire, elle le salua de la tête et rentra dans la maison.

Luke s'efforça de remettre de l'ordre dans ses idées. D'emblée, il avait classé miss Waynflete dans la catégorie des « vieux ». Il se rendait compte, à présent, qu'elle ne devait pas avoir soixante ans. Lord Whitfield, lui, avait largement dépassé la cinquantaine. Peut-être avait-elle un an ou deux de plus que lui, mais guère davantage.

Et il allait épouser Bridget ! Bridget, qui avait vingt-huit ans. Bridget, qui était jeune et pleine de vie...

– Oh, bon sang ! se dit Luke. Arrête un peu de penser à elle. Tu t'es attelé à une tâche. Concentre-toi sur cette tâche.

14

MÉDITATIONS DE LUKE

Mrs Church, la tante d'Amy Gibbs, était une femme franchement antipathique. Son nez pointu et ses yeux fuyants, tout comme son excessive volubilité, inspirèrent à Luke une répulsion immédiate.

Il adopta avec elle une attitude cassante qui – si étonnant que cela puisse paraître – se révéla fructueuse.

– Dans votre intérêt, lui dit-il, je vous conseille de répondre à mes questions et d'y répondre du mieux possible. Si vous essayez de me cacher quelque chose ou de me mener en bateau, cela risque d'avoir des conséquences extrêmement graves pour vous.

– Oui, monsieur. Je comprends. Je ne demande qu'à vous dire tout ce que je sais, vous pensez bien. Je n'ai jamais eu d'ennuis avec la police et...

– Et vous ne tenez pas à ce que ça change, acheva Luke. Très bien. Si vous faites ce que je vous ai dit, il n'y aura pas de problèmes. Je veux tout savoir sur votre défunte nièce : qui étaient ses amis... combien d'argent elle avait... tout ce qu'elle a pu dire et qui sortait de l'ordinaire... Commençons par ses amis. Qui fréquentait-elle ?

Mrs Church le lorgna sournoisement du coin de l'œil.

– Vous parlez des messieurs, monsieur ?

– Elle avait des amies filles ?

– Ma foi, pas tant que ça, m'sieur. Oh ! il y avait bien les filles avec lesquelles elle avait été en service, mais Amy ne les voyait pas beaucoup. Vous savez, elle...

– D'accord, elle préférait le sexe fort. Continuez. Parlez-moi de ses flirts.

– Celui qu'elle fréquentait surtout, monsieur, c'était Jim Harvey, le mécano du garage. Un brave garçon, sérieux et tout. Combien de fois j'ai dit à Amy : « Tu trouveras jamais mieux »...

Luke l'interrompit :

– Et les autres ?

Il eut droit à un nouveau regard sournois :

– Vous pensez au monsieur qui tient la boutique d'antiquités ? À moi il ne me plaisait pas, monsieur, je vous le dis tout net ! J'ai toujours été une personne respectable et je ne suis pas d'accord avec les coucheries ! Mais avec les filles d'aujourd'hui, ça ne sert à rien d'user sa salive. Elles n'en font qu'à leur tête. Et c'est souvent qu'elles s'en mordent les doigts.

– Amy s'en est-elle mordu les doigts ? demanda carrément Luke.

– Non, monsieur... ça, je ne pense pas.

– Elle est allée consulter le Dr Thomas le jour de sa mort. Ce n'était pas pour cette raison ?

– Non, monsieur, je suis presque sûre que non. Oh ! même que j'en mettrais ma main au feu ! Amy se sentait un peu patraque, pas dans son assiette, mais c'était juste un mauvais rhume et une vilaine toux. Ça n'avait rien à voir avec ce que vous pensez, monsieur, je suis sûre que non.

– Je veux bien vous croire. Quelle était la nature de ses relations avec Ellsworthy ?

Une lueur égrillarde s'alluma dans l'œil de Mrs Church.

– Ça, je ne saurais pas dire au juste, mon bon monsieur. Amy n'était pas fille à me faire des confidences.

– Mais ils étaient allés très loin ?

– Ce monsieur n'a pas bonne réputation par ici,

monsieur, répondit Mrs Church d'un ton sucré. C'est
qu'il s'en passe, des choses. Et que les amis qui viennent de la ville, c'est pas ça qui manque. Et puis qu'ils
font des cérémonies très bizarres, là-haut, en pleine
nuit, au Pré aux Sorcières.

– Amy y allait ?

– Elle y est allée une fois, je crois, monsieur. Même
qu'elle n'est pas rentrée de la nuit. Lord Whitfield s'en
est aperçu – elle était employée au manoir, à l'époque.
Il lui a passé un savon, à quoi elle lui a répondu des
impertinences. Et il l'a mise à la porte sur-le-champ,
comme c'était à prévoir.

– Elle vous parlait de ce qui se passait chez ses
employeurs ?

Mrs Church secoua la tête :

– Pas plus que ça, monsieur. Elle s'intéressait plutôt
à ses affaires à elle.

– Elle a travaillé quelque temps chez le major et
Mrs Horton, n'est-ce pas ?

– Presque un an, monsieur.

– Pourquoi en est-elle partie ?

– Pour de meilleures conditions. Il y avait une place
de libre au manoir où, bien sûr, les gages étaient supé-
rieurs.

– Elle était encore chez les Horton au moment du
décès de Mrs Horton ? demanda Luke.

– Oui, monsieur. Ça la faisait suffisamment rous-
péter : deux infirmières à demeure, avec le travail supplémentaire que ça représentait, et les plateaux à préparer et tout et le reste...

– Elle n'a jamais été au service de Mr Abbot,
l'avoué ?

– Non, monsieur. Mr Abbot a un ménage de domestiques qui abat la besogne. Amy est bien allée le voir
une fois à son bureau, mais j'ignore pourquoi.

Luke enregistra ce détail à toutes fins utiles. Mrs Church n'en sachant manifestement pas plus sur le sujet, il n'insista pas.

– Elle avait d'autres amis masculins, au village ?

– Celui-là, j'aime autant pas en parler.

– Allons, Mrs Church ! Je veux toute la vérité, rappelez-vous.

– Ce n'était pas quelqu'un de bien, monsieur, loin de là ! Elle s'abaissait, voilà ce qu'elle faisait, et je ne me suis pas privée de le lui dire.

– Cela vous ennuierait de parler plus clairement, Mrs Church ?

– Vous avez certainement entendu parler du *Seven Stars*, monsieur ? Un bistrot de *bas* étage... tout comme son patron, Harry Carter, un vaurien qui avait les trois quarts du temps du vent dans les voiles.

– Amy était une amie à lui ?

– Elle est sortie avec lui une fois ou deux. Je ne crois pas que ça soit allé plus loin. Je ne crois vraiment pas, monsieur.

Luke hocha la tête, pensif, et changea de sujet.

– Vous avez connu Tommy Pierce, un gamin ?

– Quoi ? Le fils de Mrs Pierce ? Et comment, je l'ai connu ! Toujours après un mauvais coup.

– Il voyait beaucoup Amy ?

– Oh ! non, monsieur. Amy vous l'aurait envoyé paître vite fait s'il s'était avisé de lui jouer un de ses tours !

– Elle se plaisait chez miss Waynflete ?

– Elle s'ennuyait un peu, monsieur, et la paye n'était pas bien conséquente. Mais évidemment, renvoyée du manoir comme elle l'avait été, ce n'était pas si facile de retrouver une bonne place.

– Elle aurait pu s'en aller, non ?

– Aller à Londres, vous voulez dire ?

– Ou dans un autre coin du pays.

Mrs Church secoua la tête :

– Amy ne voulait pas quitter Wychwood... et pour cause.

– Comment ça, *et pour cause* ?

– Ben, y avait Jim et le monsieur de la boutique d'antiquités.

Luke acquiesça d'un air songeur. Mrs Church poursuivit :

– Miss Waynflete est une dame tout ce qu'il y a de bien, mais elle est exigeante comme pas deux pour l'entretien des cuivres et de l'argenterie, et elle tient à ce que tous les meubles soient époussetés, les matelas retournés. Amy n'aurait pas supporté toutes ces maniaqueries si elle ne s'était pas donné du bon temps par ailleurs.

– Je l'imagine sans peine, ironisa Luke.

Il eut beau réfléchir, il ne trouva pas d'autres questions à poser. Il était quasi persuadé d'avoir arraché à Mrs Church tout ce qu'elle savait. Il décida de tenter une dernière offensive :

– Je pense que vous avez deviné la raison de toutes ces questions. Amy est morte dans des circonstances assez mystérieuses. La thèse de l'accident ne nous satisfait pas totalement. Et si ce n'en est pas un, vous voyez la conclusion qui s'impose.

– Un meurtre ! murmura Mrs Church non sans une certaine délectation morbide.

– Exactement. Maintenant, *à supposer* que votre nièce ait effectivement été victime d'un meurtre, qui pourrait être l'assassin, selon vous ?

Mrs Church s'essuya les mains sur son tablier.

– Probable qu'il y aura une récompense pour celui qui mettra la police sur la bonne piste ? s'enquit-elle d'un ton lourd de signification.

– C'est fort possible, répondit Luke.

Mrs Church passa une langue avide sur ses lèvres minces.

– Je ne voudrais pas trop m'avancer, mais le monsieur de la boutique d'antiquités est un drôle d'individu. Vous vous souvenez de l'affaire Castor, monsieur, et comment c'est qu'on avait trouvé des petits morceaux de la pauvre fille accrochés tout partout sur les murs de son bungalow au bord de la mer, et comment on avait trouvé cinq ou six autres pauvres filles qu'il avait servies de la même façon ? Peut-être que ce Mr Ellsworthy est quelqu'un dans ce genre-là ?

– C'est ce que vous suggérez ?

– Ma foi... Ça se pourrait bien que ça soye ça, monsieur, non ?

Luke convint que cela se pourrait en effet. Puis il demanda :

– Ellsworthy était-il absent le jour du Derby ? demanda-t-il. C'est un point très important.

Mrs Church ouvrit des yeux ronds :

– Le jour du Derby ?

– Oui... il y a de ça une quinzaine. Un mercredi.

Elle secoua la tête.

– Vraiment, je ne sais pas quoi vous répondre. D'habitude, il n'est pas là le mercredi. Le plus souvent, il va en ville. Le mercredi, les magasins ferment à midi, voyez-vous.

– Ah ! dit Luke. Ils ferment à midi...

Il prit congé de Mrs Church en faisant la sourde oreille à ses insinuations : son temps étant précieux, elle estimait avoir droit à une compensation financière ! Il éprouvait une profonde antipathie pour Mrs Church. Quoi qu'il en soit, l'entretien qu'il venait d'avoir avec elle, sans être particulièrement riche en révélations, lui avait appris plusieurs petites choses dignes d'intérêt.

Il fit le point de la situation.

En définitive, on en revenait toujours aux quatre mêmes personnes : Thomas, Abbot, Horton et Ellsworthy. L'attitude de miss Waynflete en paraissait bien la preuve.

Le désarroi de la vieille demoiselle, son refus de citer un nom... Cela signifiait – cela devait forcément signifier – que la personne en question occupait à Wychwood une position en vue, et qu'une accusation hasardeuse risquait de lui faire un tort irréparable. Cela concordait également avec la résolution de miss Pinkerton d'aller confier ses soupçons à Scotland Yard. La police locale se serait moquée d'elle.

Il n'était pas question d'un boucher, d'un boulanger ou d'un fabricant de chandelles. Il n'était pas question d'un simple mécanicien. Il s'agissait d'une personnalité contre laquelle il semblerait extravagant – voire même grave – de porter une accusation de meurtre.

Il y avait quatre candidats possibles. Et Luke devait maintenant examiner encore une fois le cas de chacun, histoire de se faire une opinion.

Et pour commencer, se pencher sur les réticences de miss Waynflete. C'était une personne consciencieuse et scrupuleuse. Elle croyait connaître l'homme que miss Pinkerton soupçonnait mais, comme elle l'avait fait remarquer, ce n'était de sa part que pure conjecture. Elle pouvait se tromper.

À qui pensait miss Waynflete ?

Miss Waynflete était bouleversée à l'idée qu'en formulant une accusation, elle pouvait nuire à un innocent. L'objet de ses soupçons devait donc être un homme important, jouissant de l'estime et du respect de tous.

En conséquence, se dit Luke, Ellsworthy était automatiquement éliminé. Il était quasiment étranger à

Wychwood, et sa réputation y était tout sauf bonne. Si Ellsworthy avait été la personne à laquelle songeait miss Waynflete, elle n'aurait pas hésité à le nommer. Autrement dit, pour autant que miss Waynflete soit concernée, Ellsworthy était à rayer des cadres.

Aux autres, maintenant. Luke pensait pouvoir aussi éliminer le major Horton. Miss Waynflete avait repoussé assez violemment l'idée que le major ait pu empoisonner sa femme. Si elle l'avait soupçonné de crimes ultérieurs, elle n'aurait pas été aussi convaincue qu'il n'était pour rien dans la mort de Mrs Horton.

Restaient le Dr Thomas et Mr Abbot. Ils remplissaient tous les deux les conditions requises. C'étaient des hommes de haute qualification professionnelle, qui n'avaient jamais fait l'objet d'insinuations scandaleuses. Somme toute populaires et appréciés, ils avaient une réputation de droiture et d'intégrité.

Luke attaqua le problème sous un autre angle. Pouvait-il, *lui*, éliminer Ellsworthy et Horton ? Il secoua aussitôt la tête. Ce n'était pas si simple. Miss Pinkerton savait – savait vraiment – qui était le meurtrier. La preuve en était, en premier lieu sa mort à elle, en second lieu la mort du Dr Humbleby. Mais miss Pinkerton n'avait jamais prononcé de nom devant Honoria Waynflete. Par conséquent, si miss Waynflete pensait le connaître, elle pouvait aussi bien se tromper. Nous croyons souvent savoir ce que pensent les autres... mais il nous arrive de nous apercevoir qu'en réalité nous n'en savions rien... que nous avions fait une énorme erreur !

Autrement dit, les quatre candidats étaient toujours en lice. Miss Pinkerton était morte, elle ne pouvait plus apporter son concours. C'était à Luke de faire ce qu'il avait déjà fait le lendemain de son arrivée à Wychwood : peser le pour et le contre et étudier les probabilités.

Il commença par Ellsworthy. À première vue, Ellsworthy partait favori. Il était anormal et avait probablement l'esprit pervers. Il pouvait très bien être un « tueur sadique ».

« Procédons par ordre, se dit Luke. Soupçonnons-les chacun à tour de rôle. Ellsworthy, par exemple. Supposons que ce soit lui l'assassin. Pour le moment, considérons cela comme un fait établi. Maintenant, prenons ses victimes présumées dans l'ordre chronologique. Primo, Mrs Horton. Difficile d'imaginer pour quel motif Ellsworthy aurait supprimé Mrs Horton... Par contre, il en a eu *l'opportunité*. Horton avait parlé d'une espèce de remède de charlatan qu'elle tenait de lui et qu'elle prenait. Par ce truchement, il aurait pu lui administrer un poison comme l'arsenic. Reste la question : pourquoi ?

» Les autres, maintenant. Amy Gibbs. Pourquoi Ellsworthy a-t-il tué Amy Gibbs ? Raison évidente : elle devenait gênante ! Qui sait si elle ne le menaçait pas d'un procès en rupture de promesse de mariage ? Ou peut-être, si tant est qu'elle ait assisté à une orgie nocturne, menaçait-elle de parler ? Lord Whitfield a une grande influence à Wychwood et, selon Bridget, lord Whitfield est un homme qui ne badine pas avec la morale. Il aurait pu s'en prendre à Ellsworthy si celui-ci s'était livré à des activités particulièrement obscènes. Donc... exit Amy ! Il ne s'agit pas d'un crime sadique. La méthode employée ne cadre pas avec cette hypothèse.

» Qui est le suivant... Carter ? Pourquoi Carter ? Peu probable qu'il ait été au courant d'orgies nocturnes (à moins qu'Amy ne lui en ait parlé ?). La jolie miss Carter y a-t-elle été mêlée ? Ellsworthy avait-il

156

entrepris de lui faire la cour ? (Il faut que je jette un coup d'œil sur cette Lucy Carter). Peut-être Carter avait-il simplement offensé Ellsworthy, qui, sous ses dehors félins, lui en avait gardé rancune ? Si l'antiquaire en était déjà à son deuxième ou à son troisième meurtre, il était déjà suffisamment endurci pour envisager de tuer sans motif bien sérieux.

» Tommy Pierce, maintenant. Pourquoi Ellsworthy a-t-il tué Tommy Pierce ? C'est simple. Parce que Tommy avait assisté à un de ses rituels nocturnes. Tommy menaçait d'en parler. Peut-être en avait-il déjà parlé. On le réduit au silence.

» Le Dr Humbleby. Pourquoi Ellsworthy a-t-il tué le Dr Humbleby ? Ça, c'est encore le plus simple. Étant médecin, Humbleby avait remarqué que l'équilibre mental d'Ellsworthy laissait à désirer. Il se préparait sans doute à agir. Dès lors, Humbleby était condamné. La pierre d'achoppement, c'est la méthode... Comment Ellsworthy s'y est-il pris pour que Humbleby meure d'un empoisonnement du sang ? Ou Humbleby est-il mort d'autre chose ? Son infection au doigt serait-elle une simple coïncidence ?

» Et pour terminer, miss Pinkerton. Le mercredi, les magasins sont fermés l'après-midi. Ellsworthy a pu se rendre en ville ce jour-là. A-t-il une voiture ? Je ne lui en ai jamais vu, mais ça ne prouve rien. Il savait qu'elle le soupçonnait et il ne pouvait pas prendre le risque que Scotland Yard ajoute foi à son histoire. Peut-être la police était-elle déjà au courant de quelque chose.

» Voilà ce qu'on peut dire contre Ellsworthy. À présent, quels sont les éléments *en sa faveur* ? Eh bien, tout d'abord, ce n'est certainement pas l'homme auquel – du point de vue de miss Waynflete – pensait miss Pinkerton. D'autre part, il ne correspond pas – mais alors pas du tout, à la vague idée que je me fais de l'assassin. L'homme que je me suis représenté en écoutant miss Pinkerton ne ressemblait pas à Ellsworthy. Il m'a semblé qu'elle évoquait un individu tout à fait normal – extérieurement, du moins – un individu qu'il ne viendrait à l'idée de personne de soupçonner. Ellsworthy, on le soupçonne tout de suite. Non, ce serait plutôt quelqu'un comme... le Dr Thomas.

» Justement, Thomas, maintenant. Qu'en est-il de Thomas ? Je l'avais rayé de la liste après avoir bavardé avec lui. Garçon sympathique, sans prétentions. Mais la caractéristique de ce meurtrier – à moins que je me trompe du tout au tout – c'est précisément qu'il s'agit d'un garçon sympathique et sans prétentions. La dernière personne qu'on prendrait pour un assassin. Ce qui est exactement l'impression que fait Thomas.

» Bon, reprenons tout depuis le début. Pourquoi le Dr Thomas a-t-il tué Amy Gibbs ? Franchement, cela paraît très improbable. Mais elle est allée le voir ce jour-là et il lui a donné ce flacon de sirop contre la toux. Supposons que ç'ait été de l'acide oxalique ? Ce serait simple et astucieux. Je me demande... qui a-t-on appelé quand on l'a trouvée empoisonnée... Humbleby ou Thomas ? Si c'est Thomas, il a très bien pu arriver avec un vieux flacon de peinture pour chapeaux dans sa poche, le poser discrètement sur la table de chevet... et, avec une impudence peu commune, emporter les deux flacons pour les faire analyser ! Quelque chose comme ça. C'était faisable, avec un peu de sang-froid !

» Tommy Pierce ? Là encore, je ne vois pas le mobile. C'est ça le problème, avec notre Dr Thomas : *le mobile*. Il n'a même pas un mobile absurde ! Même chose pour Carter... Pourquoi le Dr Thomas aurait-il voulu se débarrasser de Carter ? On peut seulement imaginer que Amy, Tommy et le mastroquet savaient tous sur son compte quelque chose qu'il était malsain de savoir. Ah ! Et si ce quelque chose avait un rapport avec *la mort de Mrs Horton* ? Le Dr Thomas la soignait... et elle est morte à la suite d'une rechute inattendue. Il aurait très bien pu manigancer ça sans grande difficulté. Et Amy Gibbs, n'oublie pas, était dans la maison à l'époque ! Elle avait pu voir ou entendre quelque chose. Ce qui justifierait sa mort à elle. Tommy Pierce, nous le savons de source sûre, était un sale gosse particulièrement fouinard. Il a pu avoir vent de l'affaire. Oui, mais comment faire entrer Carter dans le tableau ? Amy Gibbs lui aura fait des confidences. Et, si ça se trouve, il les aura répétées dans ses moments d'ébriété. Sur quoi Thomas aura décidé de le réduire au silence, lui aussi. Bien sûr, tout cela n'est que pure conjecture. Mais comment faire autrement ?

» Humbleby, à présent. Ah ! enfin un meurtre parfaitement plausible ! Mobile adéquat et moyen rêvé ! Si le Dr Thomas ne pouvait pas provoquer un empoisonnement du sang chez son associé, personne ne l'aurait pu. Chaque fois qu'il pansait la blessure de Humbleby, il n'avait qu'à la réinfecter ! Je voudrais bien que les meurtres précédents soient un peu plus vraisemblables.

» Miss Pinkerton ? Son cas est plus délicat, mais un fait est certain : le Dr Thomas s'est absenté de Wychwood au moins une bonne partie de la journée. Officiellement pour s'occuper d'un accouchement. C'est possible. Il n'en demeure pas moins qu'il était loin de Wychwood – et qu'il était parti *en voiture*.

» Autre chose ? Oui, juste une : la façon dont il m'a regardé quand je suis sorti de chez lui, l'autre jour. Supérieur, condescendant – avec le sourire du type qui se réjouit de vous avoir mené en bateau. »

Luke soupira, secoua la tête et poursuivit son raisonnement.

« Abbot ? C'est le suspect idéal, lui aussi : normal, aisé, respecté, le-dernier-auquel-on-penserait, etc. etc. De plus, il est prétentieux et sûr de lui. Ce que les meurtriers sont généralement. Ils ont un orgueil démesuré ! Ils croient toujours que personne ne sera fichu de les coincer. Amy Gibbs est allée le voir une fois. Pourquoi ? Que voulait-elle lui demander ? Un avis juridique ? Pourquoi ? Ou s'agissait-il d'un problème personnel ? Il y a cette fameuse "lettre d'une dame" que Tommy a vue... Cette lettre venait-elle d'Amy Gibbs ? Ou bien, était-ce une lettre de Mrs Horton, sur laquelle Amy Gibbs aurait mis la main ? Quelle autre "dame" aurait pu écrire à Mr Abbot une lettre suffisamment compromettante pour qu'il pique une crise de nerfs en voyant que le garçon de course était tombé dessus par inadvertance ? Quoi d'autre, concernant Amy Gibbs ? La peinture pour chapeaux ? Oui, le côté vieillot... Les hommes de loi comme Abbot sont généralement très en retard sur leur temps quand il s'agit des femmes. Un Don Juan à l'ancienne mode. Tommy Pierce ? Évident : à cause de la lettre (vraiment, ce devait être une lettre diablement compromettante !). Carter ? Eh bien, Abbot avait des problèmes avec la fille de Carter et il ne voulait pas de scandale : ce rustre de Carter, ce voyou demeuré, osait le menacer, *lui* ! Lui qui avait déjà su commettre impunément deux meurtres ! Adieu, Mr Carter ! Nuit noire et une bourrade au moment propice. En vérité, l'assassinat, c'est presque trop facile.

» Ai-je bien saisi la mentalité d'Abbot ? Je pense, oui. Regard mauvais aux yeux d'une vieille demoiselle. Elle se pose des questions sur son compte... Et puis arrive la querelle avec Humbleby. Le vieil Humbleby ose se dresser contre Abbot, notaire et assassin astucieux ! Le vieux fou... il ne se doute pas du sort qui lui est réservé ! Il va y avoir droit ! Essayer de m'intimider, moi !

» Et alors... quoi ? Il se retourne et surprend le regard de Lavinia Pinkerton. Le dieu vacille, trahit sa culpabilité. Lui qui se flattait d'être insoupçonné, voilà qu'il a bel et bien éveillé les soupçons. Miss Pinkerton connaît son secret... Elle sait ce qu'il a fait... Oui, mais elle n'a pas de *preuves*. Cependant, supposons qu'elle se mette en tête d'en chercher... Supposons qu'elle parle... Supposons... Il est fin psychologue. Il devine ce qu'elle va finir par faire. Si elle court raconter son histoire à Scotland Yard, on la croira *peut-être*... on fera *peut-être* une enquête. Une initiative désespérée s'impose. Abbot a-t-il une voiture, ou en a-t-il loué une à Londres ? En tout cas, il n'était pas à Wychwood le jour du Derby... »

Luke s'arrêta de nouveau. Il entrait tellement dans la peau de ses personnages qu'il avait du mal à passer d'un suspect à l'autre. Il lui fallut un moment avant d'atteindre l'état d'esprit qui lui permettrait d'imaginer le major Horton en meurtrier accompli.

« Horton a assassiné sa femme. Commençons par là ! Elle l'y avait amplement poussé et il avait beaucoup à gagner à sa mort. Pour mener la chose à bien, il s'est livré à de grandes manifestations d'amour conjugal. Depuis lors, il faut bien qu'il se cramponne à son rôle de veuf éploré. Peut-être, parfois, en fait-il un peu trop ?

» Très bien, et un meurtre heureusement accompli, un ! Quel est le suivant ? Amy Gibbs. Oui, tout à fait vraisemblable. Amy était là à demeure. Elle a très bien pu voir quelque chose... le major en train de concocter un bon bol de bouillon de onze heures ? Elle n'a peut-être compris que plus tard la portée de la scène. Le coup de la peinture pour chapeaux est le genre d'idée susceptible de venir tout naturellement au major – le mâle dans toute sa splendeur qui ne connaît rien aux accoutrements féminins.

» Amy Gibbs : Ça y est, c'est justifié.

» Carter, l'ivrogne ? Même hypothèse que précédemment. Amy lui aura fait des confidences. Encore un meurtre tout simple.

» Maintenant, Tommy Pierce. On est obligé d'en revenir à sa nature fouineuse. Supposons que la lettre, dans le bureau d'Abbot, ait été une plainte de Mrs Horton accusant son mari de tenter de l'empoisonner ? C'est une hypothèse audacieuse, mais ce n'est pas impossible. Quoi qu'il en soit, le major prend conscience du fait que Tommy est une menace, et Tommy va rejoindre Amy et Carter. Tout cela simple, facile et accompli dans les formes. Un meurtre est-il facile ? Mon Dieu, oui.

» Mais nous en arrivons maintenant à un cas autrement épineux. Humbleby ! Le mobile ? Très obscur. À l'origine, Humbleby soignait Mrs Horton. A-t-il été intrigué par sa maladie et Horton a-t-il incité sa femme à prendre à sa place le Dr Thomas, plus jeune et moins soupçonneux ? Mais dans ce cas, *en quoi Humbleby représentait-il un danger si longtemps après* ? Difficile, ça... La manière dont il est mort aussi. Un doigt infecté. Ça ne colle pas avec le major.

» Miss Pinkerton ? C'est tout à fait possible. Il a une voiture. Je l'ai vue. Et, ce jour-là, il était absent de Wychwood, parti en principe pour le Derby. Oui, il aurait fort bien pu l'écrabouiller. Horton est-il un impitoyable assassin ? Oui ou non ? Oui ou non ? Je donnerais cher pour le savoir... »

Luke regardait droit devant lui. Le front plissé, il réfléchissait.

« C'est l'un d'eux... Je ne *pense* pas que ce soit Ellsworthy, mais ce n'est pas impossible non plus ! C'est le plus suspect de la bande ! Thomas serait hautement improbable, n'était la *manière* dont Humbleby est mort. Cet empoisonnement du sang évoque nettement le crime d'un *médecin*. Cela *pourrait* être Abbot... D'accord, il n'y a pas autant d'éléments contre lui que contre les autres... mais je le *vois* assez bien dans ce rôle... Oui, il fait mieux l'affaire que les autres. Et ça *pourrait* être Horton ! Harcelé par sa femme depuis des années, conscient de sa médiocrité... oui, c'est possible ! Mais miss Waynflete n'y croit pas, or elle est tout sauf stupide... et elle connaît le village et ses habitants.

» Qui soupçonne-t-elle : Abbot ou Thomas ? C'est forcément un de ces deux-là. Si je lui posais la question de but en blanc – "lequel des deux est-ce ?" – j'arriverais peut-être à lui arracher la réponse.

» Mais elle n'aurait pas nécessairement raison pour autant. Il n'y a aucun moyen de prouver qu'*elle* a raison comme ç'a été le cas de miss Pinkerton. De nouveaux indices... voilà ce qu'il me faut. Si seulement il pouvait se présenter un autre cas... rien qu'un... alors je saurais... »

Il s'arrêta net.

– Bonté divine ! marmonna-t-il. Ce que je suis en train de demander, c'est tout bonnement *un autre meurtre*...

15

INCONDUITE D'UN CHAUFFEUR

Luke buvait un demi au bar du *Seven Stars* et se sentait quelque peu mal à l'aise. Quand il était entré, la conversation s'était arrêtée net. Et maintenant six paires d'yeux épiaient le moindre de ses mouvements. Il avait bien hasardé quelques remarques sur des sujets d'intérêt général tels que les récoltes, la météo ou les championnats de football, mais sans obtenir de réponse.

Il en était réduit au marivaudage. La jolie fille aux cheveux noirs et aux joues rouges qui œuvrait derrière le comptoir devait être – estima-t-il à juste titre – miss Lucy Carter.

Ses avances furent accueillies avec bonne humeur. Miss Carter gloussa, comme il se doit : « Allons donc ! je parie que vous n'en pensez pas un mot ! Tout ça, c'est du baratin ! »... et autres répliques du même genre. Mais le numéro manquait visiblement de conviction.

Ne voyant pas d'intérêt à rester plus longtemps, Luke vida sa chope et s'en fut. Il suivit le sentier jusqu'à l'endroit où une passerelle enjambait la rivière. Il s'était arrêté à la regarder lorsqu'il entendit derrière lui une voix chevrotante :

– Eh oui, m'sieur, c'est là que le vieux Harry a fait le plongeon.

Tournant la tête, Luke reconnut l'un des consommateurs du bar, qui était resté particulièrement insensible aux évocations des récoltes, de la météo et des championnats de football. Maintenant, il se faisait manifestement une joie de jouer les guides macabres.

– L'est tombé dans la vase, dit le vieux paysan.

Droit dans la vase, et il est resté planté dedans, la tête en bas.

– Curieux qu'il soit tombé ici, dit Luke.

– Il était saoul, faut dire, déclara le rustaud avec indulgence.

– Oui, mais ce n'était sûrement pas la première fois qu'il passait par là dans cet état.

– Il y passait presque tous les soirs que Dieu fait. Et jamais sans être saoul perdu, ce bon vieux Harry.

– On l'a peut-être poussé, suggéra Luke sans avoir l'air d'y toucher.

– Ça se pourrait, convint l'autre. Mais je vois pas qui en serait venu à faire ça.

– Il s'était peut-être fait quelques ennemis ? Il était plutôt mal embouché quand il était ivre, non ?

– Son langage, c'était un régal pour l'oreille ! Il ne mâchait pas ses mots, Harry ! Mais personne n'irait pousser un homme qu'est saoul.

Luke ne contesta pas cette remarque. De toute évidence, les gens du cru considéraient comme parfaitement déloyal de profiter de l'état d'ébriété d'un homme. Le paysan avait paru très choqué à cette idée.

– Triste histoire, en tout cas, dit Luke sans se compromettre.

– Pas si triste que ça pour sa bourgeoise, dit le vieux. Lucy et elle ont pas de quoi se lamenter.

– Il y en a peut-être encore d'autres qui sont contents d'en être débarrassés.

Sur ce point, le paysan ne s'avança pas trop.

– Peut-être bien, répondit-il. Mais il était pas mauvais bougre, au fond, ce vieux Harry, on peut pas dire.

Sur cette oraison funèbre de feu Carter, les deux hommes se séparèrent.

Luke dirigea ses pas vers l'ancien manoir. La bibliothèque occupait les deux pièces du devant. Luke les dépassa et franchit une porte marquée «Musée». Là, il alla de vitrine en vitrine, examinant les objets exposés. Rien de bien exaltant. Des poteries et des pièces romaines. Quelques curiosités des mers du Sud. Une coiffure malaise. Diverses divinités hindoues «dons du major Horton», ainsi qu'un imposant Bouddha à la physionomie malveillante et une vitrine de perles égyptiennes douteuses.

Luke retourna dans le hall. Personne en vue. Sans bruit, il gravit l'escalier. Il y avait là deux salles : l'une réservée aux magazines et aux journaux, l'autre remplie d'ouvrages documentaires et scientifiques.

Luke monta à l'étage au-dessus. Ici, les pièces étaient envahies de choses qu'il qualifia de «cochonneries» : oiseaux empaillés qu'on avait retirés du musée parce qu'ils avaient été attaqués par les mites, piles de revues déchirées... et une pièce aux rayonnages remplis de romans désuets et de livres pour enfants.

Luke s'approcha de la fenêtre. C'était sans doute sur le rebord de celle-là que Tommy Pierce grimpait sifflotant peut-être, pour faire semblant de frotter les carreaux avec vigueur chaque fois qu'il entendait quelqu'un venir.

Quelqu'un était venu. Tommy avait déployé tout son zèle : dangereusement perché sur le rebord, il avait frotté avec entrain. Puis ce quelqu'un s'était approché et, tout en lui parlant, lui avait donné une brusque poussée.

Luke redescendit l'escalier et resta quelques minutes dans le hall. Personne ne l'avait vu entrer. Personne ne l'avait vu monter.

«*N'importe qui* aurait pu le tuer ! se dit-il. C'était la chose la plus facile du monde.»

Il entendit des pas venant de la bibliothèque propre-

166

ment dite. Puisqu'il n'avait rien à se reprocher et n'avait pas d'objection à ce qu'on le voie, il resta où il était. Mais s'il avait voulu éviter d'être vu, quoi de plus facile que de faire quelques pas en arrière et de se cacher derrière la porte de la salle du musée ?

Miss Waynflete sortit de la bibliothèque, une pile de livres sous le bras. Elle achevait de mettre ses gants. Elle avait l'air heureux et affairé. Quand elle vit Luke, son visage s'éclaira et elle s'exclama :

– Oh ! Mr Fitzwilliam, vous avez visité le musée ? À vrai dire, je crains qu'il ne soit pas très riche. Lord Whitfield a l'intention de nous procurer quelques objets plus intéressants.

– Vraiment ?

– Oui. Des choses modernes, de notre époque, comme on en trouve au Musée des Sciences de Londres. Des maquettes d'avions et de locomotives, par exemple, ainsi que du matériel de chimie.

– Cela rehausserait sans doute le niveau.

– Oui. Je ne crois pas qu'un musée doive se consacrer uniquement au passé, et vous ?

– Non, en effet.

– Et aussi des échantillons alimentaires : calories, vitamines... ce genre de choses. Lord Whitfield est passionné par la Campagne pour une Meilleure Santé.

– C'est ce qu'il nous disait l'autre soir.

– C'est vraiment *la* grande affaire aujourd'hui, n'est-ce pas ? Lord Whitfield m'a raconté sa visite à l'Institut Wellerman... il a vu toutes sortes de germes, de cultures, de bactéries... Ça m'a donné le frisson. Il m'a parlé aussi des moustiques, de la maladie du sommeil et de quelque chose à propos de la douve du foie... – mais là, je dois avouer que c'était un peu trop compliqué pour *moi*.

– C'était sans doute trop compliqué aussi pour lord

Whitfield, dit gaiement Luke. Je parie qu'il a tout compris de travers ! Vous avez l'esprit beaucoup plus clair que le sien, miss Waynflete.

– Vous êtes trop aimable, Mr Fitzwilliam, mais je crains que les femmes n'aient pas un intellect aussi développé que les hommes.

Luke réprima le désir d'émettre des réserves sur les facultés intellectuelles de lord Whitfield. Au lieu de quoi il déclara :

– Après avoir visité le musée, je suis monté voir les fenêtres du dernier étage.

– Là où Tommy... ? (Miss Waynflete frissonna.) C'est atroce.

– Oui, y penser n'a rien d'agréable. J'ai passé une heure avec Mrs Church... la tante d'Amy... Pas vraiment sympathique, cette femme !

– Pas du tout.

– J'ai dû employer la manière forte, dit Luke. Elle me prend probablement pour un super-policier...

Il s'interrompit en voyant miss Waynflete changer brusquement d'expression.

– Oh ! Mr Fitzwilliam, était-ce bien prudent ?

– Je n'en sais rien. Mais je crois que c'était inévitable. Mon histoire de livre à écrire ne prenait plus... je l'ai exploitée au maximum. Ce qu'il faut maintenant, c'est que je pose des questions directes.

Toujours aussi troublée, miss Waynflete secoua la tête :

– Dans un endroit comme ici... tout se sait si vite.

– Vous pensez qu'en me croisant dans la rue, tout le monde va dire : « Tiens ! voilà le flic » ? Ça n'a plus aucune importance. En fait, j'en apprendrai peut-être davantage de cette façon-là.

– Ce n'est pas à ça que je pensais, répliqua miss Waynflete, le souffle un peu court. Ce que je veux dire, c'est que maintenant... *il* saura. *Il* comprendra que vous êtes sur sa piste.

– Oui, sans doute, répondit Luke d'une voix lente.

– Mais vous ne saisissez pas... c'est horriblement dangereux ! *Horriblement !*

Luke comprit enfin où elle voulait en venir :

– Vous voulez dire que le meurtrier s'en prendra à *moi* ?

– Oui.

– C'est drôle, dit Luke, je n'y avais même pas pensé ! Mais vous avez sans doute raison. Eh bien, c'est peut-être ce qui pourrait arriver de mieux !

Miss Waynflete se fit pressante :

– Vous n'avez pas l'air de vous rendre compte qu'il est... qu'il est très malin. Et prudent avec ça ! Et n'oubliez pas qu'il a de l'expérience... peut-être plus que *nous* le supposons.

– Oui, répondit Luke, songeur. C'est probablement exact.

– Oh ! je n'aime pas ça ! s'exclama miss Waynflete. Vraiment, ça m'inquiète beaucoup !

– Tranquillisez-vous, dit gentiment Luke. Je serai sur mes gardes, je vous assure. D'autant que j'ai largement réduit le champ des hypothèses. J'ai maintenant une idée assez nette de qui pourrait être l'assassin...

Elle leva vivement la tête.

Luke se rapprocha d'elle. Baissant la voix, il murmura :

– Miss Waynflete, si je vous demandais *lequel* de ces *deux* hommes vous paraît le plus probable – le Dr Thomas ou Mr Abbot – *quelle serait votre réponse ?*

– Oh ! fit miss Waynflete en portant une main à sa poitrine.

Elle recula et ses yeux fixèrent Luke avec une

expression qui l'intrigua. On y lisait de l'impatience, ainsi qu'un sentiment voisin, impossible à définir.

– Je ne peux rien dire...

Elle se détourna brusquement, émettant un son étrange : mi-soupir, mi-sanglot.

Luke se résigna.

– Vous rentrez chez vous ? demanda-t-il.

– Non, je vais porter ces livres à Mrs Humbleby. C'est sur votre chemin. Nous pourrions faire une partie du trajet ensemble.

– J'en serai ravi, dit Luke.

Ils descendirent les marches du perron et tournèrent à gauche, évitant la place du village.

Luke regarda par-dessus son épaule la majestueuse demeure qu'ils venaient de quitter.

– Ce devait être une maison très agréable du temps de votre père, dit-il.

Miss Waynflete soupira.

– Oui, nous y avons tous été très heureux. Je suis bien contente qu'on ne l'ait pas démolie. Tant de vieilles maisons disparaissent.

– Je sais. C'est bien triste.

– D'autant que celles qui les remplacent sont loin d'être aussi bien construites.

– Je doute qu'elles résistent aussi bien à l'épreuve du temps.

– Remarquez, il faut avouer qu'elles sont plus commodes : elles donnent moins de travail, on n'a pas tous ces grands corridors pleins de courants d'air à nettoyer.

·Luke en convint.

Lorsqu'ils arrivèrent devant chez le Dr Humbleby, miss Waynflete marqua une hésitation.

– La soirée est si belle, dit-elle. Si cela ne vous

ennuie pas, je vais faire encore un bout de chemin avec vous. J'aime tant prendre l'air.

Un peu surpris, Luke déclara poliment qu'il en serait ravi. Pour sa part, il ne trouvait pas la soirée précisément « belle » : le vent soufflait avec force et malmenait les feuilles des arbres. Un orage menaçait d'éclater d'une minute à l'autre.

Cependant miss Waynflete marchait à côté de lui avec toutes les apparences de la satisfaction. Et retenant son chapeau d'une main, elle discourait d'une voix un peu haletante.

Ils avaient opté pour un chemin assez écarté car, pour se rendre à Ashe Manor de chez le Dr Humbleby, le plus court n'était pas la grand-route mais un sentier qui menait à l'arrière de la propriété. La grille qui se dressait là était moins ouvragée que celle de devant, mais elle était flanquée de deux beaux piliers surmontés d'énormes pommes de pin de pierre rose. Pourquoi des pommes de pin, Luke eût été bien en peine de le dire ! Pour lord Whitfield, les pommes de pin représentaient sans doute le summum de la distinction et du bon goût.

Comme ils approchaient, des éclats de voix leur parvinrent. Et, quelques instants plus tard, ils aperçurent lord Whitfield en pleine altercation avec un jeune homme en uniforme de chauffeur.

— Vous êtes renvoyé ! criait lord Whitfield. Vous m'entendez ? Renvoyé !

— Vous pourriez bien fermer les yeux, milord... juste pour cette fois.

— Non, je ne fermerai pas les yeux ! Oser prendre ma voiture ! *Ma* voiture ! Et en plus, vous avez bu... si, ne niez pas ! Je vous avais pourtant prévenu que, sur mes terres, il y a trois choses que je ne tolère pas : l'ivrognerie, l'immoralité et l'insolence !

Sans être vraiment ivre, le chauffeur avait suffisamment bu pour exprimer sa pensée sans détours. Son attitude changea.

– Vous ne tolérez pas ci, vous ne tolérez pas ça ! Espèce de vieux crabe ramolli ! *Vos* terres ! Vous croyez peut-être qu'on ne sait pas que votre père tenait une cordonnerie ? Ça nous fait tous crouler de rire, c'est moi qui vous le dis, de vous voir vous pavaner comme un paon dans une basse-cour ! Vous vous prenez pour qui, au juste ? Vous n'êtes qu'un péquenot tout comme moi... voilà ce que vous êtes !

Lord Whitfield vira au cramoisi :

– Comment osez-vous me parler sur ce ton ? Comment osez-vous ?

Le jeune homme fit un pas en avant, l'air menaçant.

– Si vous n'étiez pas un minable pot à tabac ventripotent, je vous flanquerais mon poing sur la gueule... oui, parfaitement !

Lord Whitfield fit un bond en arrière mais, dans sa précipitation, trébucha sur une racine et se retrouva assis par terre.

Luke les avait rejoints.

– Fichez le camp ! ordonna-t-il rudement au chauffeur.

Celui-ci recouvra ses esprits. Il avait l'air effrayé.

– Je suis désolé, monsieur. Vrai, je ne sais pas ce qui m'a pris.

– Deux verres de trop, voilà ce qui vous a pris, répliqua Luke.

Il aida lord Whitfield à se relever.

– Je... je vous demande pardon, milord, bredouilla l'homme.

– Vous le regretterez, Rivers ! dit lord Whitfield dont la voix tremblait de colère contenue.

Le chauffeur hésita un instant, puis s'éloigna à pas lents.

— Non mais quelle insolence ! explosa lord Whitfield. Me parler sur ce ton... à moi ! Voilà en tout cas un individu à qui il va arriver un malheur qu'il n'aura pas volé ! Aucun respect... aucune tenue... aucune notion de ce que veut dire se tenir à sa place. Quand je pense à tout ce que je fais pour ces gens-là : de bons gages... tout le confort... une retraite quand ils s'arrêtent de travailler. Quelle ingratitude... quelle ignoble ingratitude... !

Il s'étranglait d'indignation. Il aperçut alors miss Waynflete qui, silencieuse, se tenait non loin.

— Ah ! c'est vous, Honoria ? Je suis consterné que vous ayez été témoin de cette pénible scène. Les propos de cet individu...

— Il n'était pas dans son état normal, lord Whitfield, dit miss Waynflete d'un air contraint.

— Il était ivre, voilà ce qu'il était ! Ivre !

— Juste un peu éméché, corrigea Luke.

— Vous savez ce qu'il a osé faire ? dit lord Whitfield en les regardant à tour de rôle. Il a pris ma voiture... *ma* voiture ! Il ne s'attendait pas à me voir rentrer si tôt. Bridget m'avait conduit à Lyne avec le roadster. Et cet individu a eu le culot de sortir une fille – Lucy Carter, j'imagine – dans *ma* voiture !

— Ce ne sont pas des choses à faire, dit doucement miss Waynflete.

Lord Whitfield parut quelque peu réconforté :

— Non, n'est-ce pas ?

— Mais je suis sûre qu'il va le regretter.

— Comptez sur moi pour ça !

— Vous l'avez déjà renvoyé, fit observer miss Waynflete.

Lord Whitfield secoua la tête.

– Il finira mal, ce garçon.

Rejetant les épaules en arrière, il reprit :

– Venez prendre un verre de xérès à la maison, Honoria.

– Merci, lord Whitfield, mais je dois porter ces livres à Mrs Humbleby. Bonsoir, Mr Fitzwilliam. Vous voilà en tout cas à bon port.

Elle lui sourit et, sur un petit signe de tête, s'éloigna d'un pas vif. Elle faisait tellement penser à une nourrice déposant un bambin à un goûter pour enfants que Luke, frappé d'une idée subite, retint son souffle. Se pouvait-il que miss Waynflete l'ait accompagné dans le seul but de le protéger ? Cela paraissait risible, et pourtant...

La voix de lord Whitfield interrompit ses méditations :

– Une femme de tête, Honoria Waynflete.

– J'en ai bien l'impression, oui.

Lord Whitfield se dirigea vers la maison d'un pas un peu raide tout en se massant les fesses avec précaution.

Soudain, il émit un petit rire :

– J'ai été fiancé à Honoria... il y a de ça des années. C'était une jolie fille... pas aussi maigrichonne qu'aujourd'hui. C'est drôle quand on y pense. Ses parents étaient les aristos du coin.

– Ah oui ?

Lord Whitfield marmonna :

– Le vieux colonel Waynflete menait son monde à la baguette. On avait intérêt à lui obéir au doigt et à l'œil ! Il était de la vieille école, et orgueilleux comme pas deux.

De nouveau, il gloussa :

– Ça a bardé quand Honoria a annoncé son intention de m'épouser ! Elle se prétendait révolutionnaire, à l'époque. Elle militait pour l'abolition des classes sociales. Et elle était sincère, je vous assure.

– C'est sa famille qui a mis un terme à l'idylle ?

Lord Whitfield se frotta le nez :

– Euh... pas exactement. En fait, nous nous sommes disputés. Elle avait un oiseau insupportable... un de ces canaris qui gazouillent sans arrêt... toujours détesté ces bestioles-là... sale affaire... tordu le cou. Enfin, pas la peine d'épiloguer là-dessus. N'y pensons plus.

Il se secoua, comme pour se débarrasser d'un souvenir déplaisant.

Puis, d'une voix un peu saccadée, il ajouta :

– Je crois qu'elle ne m'a jamais pardonné. Ma foi, c'est peut-être normal...

– Moi, au contraire, je pense qu'elle vous a bel et bien pardonné, dit Luke.

Le visage de lord Whitfield s'éclaira :

– Vraiment ? J'en suis bien content. Vous savez, j'ai du respect pour Honoria. Une femme intelligente, et une dame, avec ça ! Ça compte encore, même de nos jours. Elle s'occupe très bien de la bibliothèque.

Levant la tête, il changea de ton :

– Tiens ! Voilà Bridget...

16

LA POMME DE PIN

En voyant Bridget approcher, Luke sentit ses muscles se contracter.

Il n'avait pas vu la jeune fille en tête à tête depuis

175

le jour du tournoi de tennis. D'un commun accord, ils s'étaient évités. Il l'observa à la dérobée.

Elle lui parut froide et indifférente. D'un calme provocant.

— Je commençais à me demander où vous étiez passé, Gordon, dit-elle d'un ton léger.

— J'ai eu un accrochage avec Rivers ! grogna lord Whitfield. Ce salopard a eu le culot de prendre la Rolls cet après-midi.

— Crime de lèse-majesté, dit Bridget.

— Il n'y a pas de quoi plaisanter, Bridget. C'est grave. Il a sorti une fille.

— Il n'aurait certainement pas pris le même plaisir à se promener tout seul en grande pompe !

Lord Whitfield se redressa de toute sa petite taille.

— Sur mes terres, j'exige une conduite conforme à la morale.

— Ce n'est pas vraiment immoral d'emmener une fille faire un tour.

— Quand c'est dans *ma* voiture, si !

— Ça, c'est vrai que c'est pire que de l'immoralité ! Ça confine au blasphème. Mais vous ne pouvez pas faire l'impasse totale sur les choses du sexe, Gordon. C'est la pleine lune et nous sommes à la Saint-Jean.

— Bon sang, c'est vrai ? s'exclama Luke.

Bridget lui lança un coup d'œil :

— On dirait que ça vous intéresse ?

— En effet.

Bridget reporta son regard sur lord Whitfield.

— Trois personnages extraordinaires sont descendus au *Bells and Motley*. Premier spécimen : un homme portant un short, des lunettes et une ravissante chemise en soie lie-de-vin ! Deuxième spécimen : une femelle aux sourcils épilés portant un péplum, des sandales et un kilo de perles égyptiennes en toc. Troisième spécimen : un bibendum en costume mauve et chaussures assorties. Je les soupçonne d'être des amis de notre Mr Ellsworthy ! Croyez-en la chroniqueuse de potins locale : « On chuchote qu'il y aura cette nuit d'orgiaques festivités dans le Pré aux Sorcières ! »

Le visage de lord Whitfield s'empourpra :

— Je ne le tolérerai pas !

— Vous n'y pouvez rien, mon chéri. Le Pré aux Sorcières est un terrain public.

— Je ne permettrai pas qu'on se livre ici à ces singeries païennes ! Je dévoilerai tout dans *Scandales* ! (Après un silence, il ajouta :) Faites-moi penser à rédiger une note là-dessus à l'intention de Siddely. Je dois aller en ville demain.

— La campagne de lord Whitfield contre la sorcellerie ! dit Bridget avec désinvolture. « Superstitions moyenâgeuses encore bien vivantes dans un paisible village de campagne ! »

Lord Whitfield la regarda en fronçant les sourcils d'un air perplexe, puis il tourna les talons et entra dans la maison.

— Vous devriez vous y prendre mieux que ça, Bridget ! dit Luke d'un ton enjoué.

— Qu'entendez-vous par là ?

— Ce serait dommage que vous perdiez votre emploi ! Ces cent mille livres, vous ne les avez pas encore. Les diamants et les colliers de perles non plus. À votre place, j'attendrais que la cérémonie du mariage soit terminée avant d'exercer mes talents pour le sarcasme.

Elle le dévisagea d'un œil froid :

— Vous êtes d'un prévenant, cher Luke ! C'est trop aimable à vous de prendre mon avenir si à cœur !

— L'amabilité et les égards ont toujours été mon fort.

– Je ne l'avais pas remarqué.

– Non ? Vous m'étonnez !

Bridget arracha une feuille de lierre.

– Qu'avez-vous fait aujourd'hui ? demanda-t-elle.

– Mon habituel numéro de détective.

– Des résultats ?

– Oui et non, comme disent les hommes politiques. Au fait, avez-vous des outils dans la maison ?

– Je crois, oui. Quel genre d'outils ?

– Oh... n'importe quels instruments pourvu qu'ils soient maniables. Je peux peut-être voir ce que vous avez en stock ?

Dix minutes plus tard, Luke avait fait son choix.

– Ceux-là feront très bien l'affaire, dit-il en tapotant la poche où il les avait fait disparaître.

– Vous envisagez de pénétrer par effraction chez quelqu'un ?

– Peut-être bien.

– Vous n'êtes pas très bavard.

– C'est que... la situation est des plus épineuses. Je me trouve dans une fichue position. Après notre légère prise de bec de samedi, je suppose que je devrais vider les lieux.

– Si vous étiez un parfait homme du monde, c'est ce que vous auriez déjà fait.

– Mais comme je suis sur le point de démasquer un fou homicide, je me vois plus ou moins forcé de rester. Si jamais vous me trouvez une raison plausible de partir d'ici pour aller m'installer au *Bells and Motley*, de grâce, je vous écoute !

Bridget secoua la tête :

– Inimaginable ! Vous êtes mon cousin, oui ou non ? Sans compter que les amis de Mr Ellsworthy monopolisent l'auberge. Il n'y a en tout et pour tout que trois chambres.

– Je suis donc contraint de rester, si pénible que ce soit pour vous.

Bridget lui dédia son plus délicieux sourire :

– Pas du tout. Je ne crache pas sur quelques scalps à accrocher à ma ceinture.

– Ça, c'est une vacherie particulièrement bien envoyée, dit Luke d'un ton appréciateur. Ce que j'admire chez vous, Bridget, c'est votre total manque de gentillesse. Bien. Bien. À présent, l'amoureux éconduit va aller se changer pour le dîner.

La soirée s'écoula sans incident notable. Luke se concilia plus que jamais les bonnes grâces de lord Whitfield par le profond intérêt apparent avec lequel il écouta ses discours.

Lorsqu'ils rejoignirent les dames au salon, Bridget remarqua :

– Vous avez été bien longs, messieurs !

– Lord Whitfield était tellement passionnant que le temps a passé comme l'éclair, répondit Luke. Il m'a raconté comment il avait fondé son premier journal.

– Ces petits arbres fruitiers en pots sont de vraies merveilles, paraît-il, dit Mrs Anstruther. Vous devriez en mettre tout au long de la terrasse, Gordon.

La conversation se poursuivit selon son schéma habituel.

Luke se retira de bonne heure.

Il ne se coucha pas pour autant. Il avait d'autres projets.

Minuit sonnait quand, chaussé de tennis, il descendit sans bruit l'escalier, traversa la bibliothèque et sortit par une porte-fenêtre.

Le vent soufflait par violentes rafales entrecoupées de brèves accalmies. Les nuages filaient dans le ciel, occultant la lune et faisant alterner les ténèbres avec la vive clarté lunaire.

Luke se rendit à la boutique d'Ellsworthy par un chemin détourné. Il avait la voie libre pour se livrer à une petite perquisition. Il était persuadé que, ce soir-là, Ellsworthy serait de sortie avec ses amis. La nuit de la Saint-Jean était certainement marquée par une cérémonie quelconque. Pendant qu'elle se déroulerait, il aurait tout loisir de fouiller le domicile de l'antiquaire.

Il escalada deux murs, contourna la maison, sortit les outils de sa poche et en sélectionna un. L'une des fenêtres de l'arrière-cuisine lui parut susceptible de céder à ses efforts. Quelques minutes plus tard, il tirait la targette, soulevait le châssis et enjambait l'appui.

Il avait une torche électrique dans sa poche. Il l'utilisa avec parcimonie : un bref éclair de temps à autre pour trouver son chemin et éviter de se cogner dans les meubles.

Un quart d'heure lui suffit pour s'assurer que la maison était vide. Le propriétaire était parti vaquer à ses occupations.

Avec un sourire satisfait, Luke s'attela à la tâche.

Il procéda à une fouille minutieuse des moindres coins et recoins. Dans un tiroir fermé à clef, sous deux ou trois innocentes aquarelles, il tomba sur des essais artistiques qui lui arrachèrent un petit sifflement et un haussement de sourcils. La correspondance de Mr Ellsworthy ne contenait aucune révélation, mais certains de ses livres – ceux qui étaient relégués au fond d'un placard – valaient le coup d'œil.

À part ça, Luke ne récolta que trois maigres indices qui ne manquaient cependant pas de donner à penser. Le premier était une phrase griffonnée dans un calepin : «*Réglé problème Tommy Pierce*»... phrase datée de l'avant-veille de la mort du petit garçon. Le second était un dessin au pastel représentant Amy Gibbs, le visage rageusement barré d'une croix rouge.

Le troisième était un flacon de sirop contre la toux. Aucun de ces éléments n'était concluant en soi mais, pris ensemble, on pouvait les considérer comme encourageants.

Luke achevait de tout remettre en ordre quand, soudain, il se raidit et éteignit sa torche.

Il avait entendu une clef tourner dans la serrure de la porte d'entrée.

S'approchant de la porte de la pièce dans laquelle il se trouvait, il colla un œil dans l'entrebâillement. Il espérait qu'Ellsworthy – si c'était lui – monterait directement dans sa chambre.

La porte d'entrée s'ouvrit, Ellsworthy franchit le seuil et fit aussitôt la lumière dans le hall.

Lorsqu'il s'avança, Luke vit son visage et retint son souffle.

Il était méconnaissable. Il avait l'écume aux lèvres et ses yeux rayonnaient d'une exaltation démente tandis qu'il traversait le hall à petits pas dansants.

Mais ce qui avait coupé le souffle à Luke, c'était ses mains. Elles étaient maculées de taches d'un rouge brunâtre – la couleur du sang séché...

L'antiquaire disparut dans l'escalier. Un instant plus tard, la lumière du hall s'éteignit.

Luke attendit encore un peu. Puis, avec d'infinies précautions, il longea le hall sur la pointe des pieds, regagna l'arrière-cuisine et sortit par la fenêtre. Il leva les yeux vers le premier étage : tout était sombre et silencieux.

Il respira à fond.

« Seigneur, pensa-t-il, ce type est fou à lier ! Qu'est-ce qu'il a bien pu fabriquer ? Je jurerais que c'était du sang qu'il avait sur les mains ! »

Il reprit le chemin d'Ashe Manor en contournant le village. Comme il s'engageait dans le sentier qui menait à l'arrière de la propriété, il entendit un bruissement de feuilles. Il se retourna vivement :

– Qui est là ?

Une haute silhouette enveloppée d'une cape noire émergea de l'ombre. Elle était d'allure tellement sinistre que Luke sentit le cœur lui manquer. Puis il reconnut le long visage pâle visible sous le capuchon.

– Bridget ? Vous m'avez fait une de ces peurs !

– Où êtes-vous allé ? demanda-t-elle d'une voix entrecoupée. Je vous ai vu sortir et...

– Et vous m'avez suivi ?

– Non. Vous aviez trop d'avance. J'ai attendu votre retour.

– C'était la dernière des bêtises à faire, grommela-t-il.

Elle répéta sa question avec impatience :

– Où êtes-vous allé ?

– J'ai fait une descente chez ce cher Mr Ellsworthy ! répondit gaiement Luke.

Bridget retint sa respiration :

– Et vous... vous avez trouvé quelque chose ?

– Je ne sais pas. J'en sais un peu plus sur le compte de ce salopard – sur ses goûts en matière de pornographie, notamment – et j'ai découvert trois indices qui offrent matière à réflexion.

Elle écouta attentivement le compte rendu qu'il lui fit de ses recherches et de leur résultat.

– Ce sont des preuves bien minces, conclut-il. Mais juste au moment où je partais, Ellsworthy est rentré. Croyez-moi, Bridget : ce type est complètement fêlé !

– Vous le pensez vraiment ?

– J'ai vu son visage... c'était... indescriptible ! Dieu sait ce qu'il avait pu fabriquer ! Il était dans un état d'exaltation proche du délire. Et il avait des taches sur les mains. Des taches de *sang*, j'en jurerais !

Bridget frissonna.

– Quelle horreur..., murmura-t-elle.

– Vous n'auriez pas dû sortir seule, Bridget, reprit Luke d'un ton irrité. C'était de la folie pure ! Vous auriez pu vous faire assommer.

Elle eut un rire tremblotant :

– C'est valable aussi pour vous, mon cher ami.

– Je suis assez grand pour me défendre.

– Je suis tout aussi capable que vous de me défendre. Comme vous diriez, je suis une dure à cuire.

Une rafale de vent souffla, cinglante.

– Ôtez-moi cette espèce de capuche, dit soudain Luke.

– Pourquoi ?

Sans crier gare, il lui saisit sa cape et la lui arracha. Le vent s'engouffra dans les cheveux de Bridget, qui se dressèrent sur sa tête. Elle le regarda, les yeux écarquillés, le souffle court.

– Décidément, il ne vous manque qu'un balai, Bridget. C'est ainsi que vous m'êtes apparue la première fois.

Il la dévisagea encore quelques instants, puis ajouta :

– Vous êtes une sorcière sans cœur.

Avec un soupir d'exaspération, il lui rendit sa cape.

– Tenez... mettez-la. Et rentrons.

– Attendez...

– Pourquoi ?

Elle s'approcha de lui. D'une voix basse, un peu essoufflée, elle murmura :

– Parce que j'ai quelque chose à vous dire... c'est en partie pour ça que je vous ai attendu ici... hors de la maison. Je veux vous le dire maintenant – avant d'être à l'intérieur... dans la maison de Gordon...

– Eh bien ?

Elle eut un rire bref, assez amer.

– Oh ! c'est très simple. *Vous avez gagné*, Luke. Voilà !

– Qu'est-ce que vous voulez dire ? s'enquit-il d'un ton âpre.

– Je veux dire que j'ai renoncé à l'idée de devenir lady Whitfield.

Il fit un pas vers elle.

– C'est bien vrai ? dit-il, sourcils froncés.

– Oui, Luke.

– Vous accepterez de m'épouser ?

– Oui.

– Pourquoi diable ? Je me le demande vraiment.

– Je n'en sais rien. Vous n'arrêtez pas de me dire des horreurs – et on dirait que j'aime ça...

Il la serra contre lui et l'embrassa.

– Le monde est fou ! décréta-t-il.

– Vous êtes heureux, Luke ?

– Pas particulièrement.

– Vous pensez que vous pourrez être heureux avec moi ?

– Je n'en sais rien. Je risque le coup.

– Oui. C'est comme ça que je vois les choses, moi aussi...

Il la prit par le bras :

– Nous formons un couple d'amoureux bizarres, mon cœur ! Rentrons. Nous aurons peut-être des réactions plus normales demain matin.

– Oui, c'est un peu effrayant la brusquerie avec laquelle ça vous arrive...

Elle regarda par terre et tira brusquement son compagnon par la manche, l'obligeant à s'arrêter.

– Luke... Luke... *qu'est-ce que c'est que ça...* ?

La lune était sortie des nuages. Baissant les yeux, Luke vit le pied de Bridget pointé, tremblant, sur un corps recroquevillé.

Avec une exclamation stupéfaite, il lui lâcha le bras et s'agenouilla. Son regard remonta du tas informe au pilier de la grille. La pomme de pin n'y était plus.

Il finit par se relever. Bridget était immobile, les mains sur la bouche.

– C'est le chauffeur, dit-il. Rivers. Il est mort...

– Cette saleté de pomme de pin de pierre... elle branlait depuis quelque temps... le vent a dû la faire tomber sur lui.

Luke secoua la tête :

– Le vent n'y est pour rien. Oh ! c'est ce qu'on *voudrait* nous faire croire... c'est la thèse qu'on *voudrait* nous faire avaler : un nouvel accident ! Mais c'est truqué. *C'est encore une fois un coup de notre assassin...*

– Non ! Luke, non !...

– Je vous assure que si ! Vous savez ce que j'ai senti derrière sa tête... dans toute cette bouillie poisseuse ? *Des grains de sable !* Or, il n'y a pas de sable, ici. Croyez-moi, Bridget, quelqu'un l'attendait et l'a assommé au moment où il passait le portail pour rentrer chez lui. Quelqu'un qui l'a ensuite allongé là et a fait dégringoler cette pomme de pin sur lui.

– Luke..., dit Bridget d'une petite voix, il y a du sang... sur vos mains...

– Il y avait du sang sur les mains de quelqu'un d'autre, répliqua Luke d'un air sombre. Vous savez ce que je me disais, cet après-midi ? Que s'il y avait encore un crime, nous connaîtrions enfin la vérité. Eh bien, nous la connaissons ! *Ellsworthy !* Il n'était pas chez lui ce soir et, quand il est rentré, il gambadait comme un dément... ses yeux brillaient de folie homicide... et il avait du sang sur les mains...

Bridget regarda à ses pieds en frissonnant et dit dans un souffle :

– Pauvre Rivers...

– Oui, pauvre bougre, dit Luke d'un ton apitoyé. C'est une fichue déveine. Mais ce crime sera le dernier, Bridget ! Maintenant nous *savons* et nous l'aurons !

La voyant vaciller, il la rejoignit en deux enjambées et la rattrapa dans ses bras.

– Luke, j'ai peur..., dit-elle d'une petite voix enfantine.

– C'est fini, ma chérie. C'est fini...

– Je vous en prie, soyez gentil avec moi, murmura-t-elle. Vous m'avez fait si mal, l'autre jour.

– Nous nous sommes fait mal l'un l'autre, répondit-il. Mais ça ne se reproduira plus. Plus jamais.

17

LORD WHITFIELD PARLE

Assis à son bureau, dans son cabinet de consultation, le Dr Thomas regardait Luke avec des yeux ronds.

– Extraordinaire, dit-il. Extraordinaire ! Vous êtes vraiment sérieux, Mr Fitzwilliam ?

– Tout à fait. Je suis convaincu qu'Ellsworthy est un fou dangereux.

– Je ne lui ai jamais accordé une attention particulière. Mais il n'est pas exclu qu'il ne soit pas tout à fait normal.

– J'irais beaucoup plus loin ! répliqua Luke d'un air sombre.

– Vous croyez sérieusement que ce Rivers a été assassiné ?

186

– Oui. Vous avez remarqué les grains de sable dans la plaie ?

Le Dr Thomas acquiesça.

– Comme vous m'aviez signalé ce détail, je les ai cherchés. Je dois reconnaître que vous aviez raison.

– Cela indique clairement, n'est-ce pas, que l'accident est une mise en scène et que le chauffeur a été tué – ou du moins assommé – d'un coup porté avec un sac de sable ?

– Pas nécessairement.

– Comment ça ?

Le médecin se renversa dans son fauteuil, le bout des doigts joints.

– Supposez que Rivers soit allé s'allonger dans une carrière de sable à un moment quelconque de la journée ? Il y en a plusieurs dans la région. Cela expliquerait la présence de ces grains de sable dans ses cheveux.

– Puisque je vous dis qu'il a été assassiné !

– Que vous le disiez ne constitue pas une preuve, rétorqua le Dr Thomas.

Luke maîtrisa son exaspération :

– Vous ne croyez pas un mot de ce que je vous raconte, n'est-ce pas ?

Le Dr Thomas sourit – un sourire où se lisait un brin de condescendance.

– Reconnaissez, Mr Fitzwilliam, que votre histoire est assez farfelue. Vous affirmez qu'Ellsworthy a tué successivement une bonne à tout faire, un sale gosse, un cafetier ivrogne, mon propre associé – et ce Rivers pour couronner le tout !

– Vous n'y croyez pas ?

Le Dr Thomas haussa les épaules :

– Je connais assez bien le cas Humbleby. Il me paraît exclu qu'Ellsworthy ait pu provoquer sa mort, et je ne vois pas que vous ayez la moindre preuve de sa culpabilité.

– J'ignore comment il s'y est pris, c'est vrai, avoua Luke. Mais tout concorde avec les propos de miss Pinkerton.

– Là encore, vous affirmez qu'Ellsworthy l'a suivie à Londres et lui est passé dessus avec sa voiture. Mais, là encore, vous n'avez pas l'ombre d'une preuve ! Tout cela, c'est... ma foi, c'est du roman !

– Maintenant que je sais à quoi m'en tenir, je vais m'employer à réunir des preuves, répliqua Luke. Demain, j'irai voir à Londres un de mes vieux copains. J'ai lu dans le journal d'avant-hier qu'il avait été promu à un poste éminent. Il me connaît et il m'écoutera. Une chose est sûre en tout cas : il ordonnera l'ouverture d'une enquête approfondie.

Le Dr Thomas se caressa le menton d'un air pensif :

– Ce serait sans doute une bonne solution. Et s'il s'avérait que vous faites fausse route...

Luke l'interrompit :

– Décidément, vous ne croyez pas un mot de tout ça !

– Une histoire de meurtres en série ? ironisa le Dr Thomas en haussant les sourcils. Très franchement, non, Mr Fitzwilliam. C'est trop tiré par les cheveux.

– Tiré par les cheveux, peut-être, mais cohérent. Pour peu qu'on se fie aux racontars de miss Pinkerton, reconnaissez que ça se tient !

Le Dr Thomas secoua la tête avec un petit sourire.

– Si vous connaissiez ces vieilles filles aussi bien que moi..., murmura-t-il.

Maîtrisant à grand-peine son irritation, Luke se leva.

– En tout cas, gronda-t-il, vous méritez bien votre nom ! Thomas l'incrédule, s'il en fût jamais !

– Apportez-moi quelques preuves, mon cher ami,

c'est tout ce que je demande ! répondit le médecin avec bonne humeur. Pas seulement un galimatias mélodramatique fondé sur ce qu'une vieille fille s'imagine avoir vu !

– Ce que les vieilles filles s'imaginent avoir vu est très souvent juste. Ma tante Mildred était quasiment extra-lucide. Avez-vous des tantes, Thomas ?

– Je... euh... non.

– C'est une erreur ! dit Luke. Tout homme devrait avoir des tantes. Elles illustrent le triomphe de l'intuition sur le raisonnement. Seules les tantes Mildred peuvent *savoir* que Mr X est un malfrat parce qu'il ressemble à un majordome malhonnête qu'elles ont eu jadis à leur service. Les autres soutiendront, non sans logique, qu'un homme aussi respectable que ce Mr X ne peut en aucun cas être un escroc. Mais les braves vieilles tantines ont raison à tous les coups !

Le Dr Thomas eut à nouveau son sourire supérieur.

Luke sentit son exaspération remonter d'un cran :

– Je ne suis pas tout à fait un amateur. Au cas où vous l'auriez oublié, j'ai été policier.

– Dans le détroit de Mayang ! murmura le Dr Thomas en souriant.

– Un crime est un crime, même à Mayang.

– Bien sûr, bien sûr...

Luke quitta le cabinet du Dr Thomas dans un état d'irritation contenue.

Il alla rejoindre Bridget.

– Alors, comment ça s'est passé ? s'enquit-elle.

– Il ne m'a pas cru, répondit-il. Ce qui n'est pas tellement étonnant, quand on y pense. C'est une histoire rocambolesque, sans preuves à l'appui. Le Dr Thomas n'est manifestement pas le genre de type à prendre des vessies pour des lanternes !

– Est-ce que quelqu'un vous croira ?

– Probablement pas. Mais demain, quand j'aurai craché le morceau à mon vieux copain Billy Bones, la machine se mettra en branle. La police enquêtera sur notre Ellsworthy aux cheveux longs, et elle finira bien par trouver quelque chose.

– Nous nous exposons beaucoup, non ? murmura Bridget d'un air songeur.

– Il le faut. Nous ne pouvons pas – nous ne pouvons en aucun cas permettre qu'il se commette d'autres meurtres.

Bridget frissonna :

– Soyez prudent, Luke, je vous en supplie !

– Je suis tout ce qu'il y a de prudent. Ne pas s'approcher des piliers surmontés d'un ananas tueur, éviter les bois déserts à la tombée de la nuit, se méfier de ce qu'on mange et de ce qu'on boit... Je connais toutes les ficelles du métier.

– C'est horrible de vous savoir menacé.

– Du moment que ce n'est pas vous qui l'êtes, mon cœur...

– Je le suis peut-être.

– Je ne pense pas. Mais je n'ai pas l'intention de prendre de risques ! Je veille sur vous comme les anges gardiens du bon vieux temps.

– À votre avis, ça servirait à quelque chose d'en parler à la police d'ici ?

Luke réfléchit un moment :

– Non, je ne crois pas... Mieux vaut s'adresser directement à Scotland Yard.

– C'est aussi ce que pensait miss Pinkerton, murmura Bridget.

– Oui, mais *moi* je serai sur mes gardes.

– Je sais ce que je vais faire demain, dit Bridget. Je vais traîner Gordon jusqu'à la boutique de ce monstre et lui faire faire quelques achats.

190

– Histoire de vous assurer que notre cher Mr Ells-worthy n'est pas en train de me tendre une embuscade sur les marches de Whitehall ?

– En gros, c'est l'idée.

– À propos de Whitfield..., commença Luke, embarrassé. Bridget l'interrompit :

– Attendons jusqu'à votre retour, demain soir. À ce moment-là, nous lui dirons tout.

– Vous pensez qu'il sera très affecté ?

– Eh bien... (Bridget réfléchit à la question.) Il en éprouvera de la contrariété.

– De la contrariété ? Mes aïeux ! Le mot n'est pas un peu faible ?

– Non. Parce que, voyez-vous, Gordon n'apprécie guère la contrariété. Ça le perturbe !

– J'avoue que la situation me perturbe pas mal moi aussi, dit Luke avec sobriété.

Cette sensation de malaise était à son comble quand, ce soir-là, il se prépara à écouter pour la vingtième fois lord Whitfield parler de lord Whitfield. Voler la fiancée de l'homme qui vous héberge était un comportement de goujat, il l'admettait bien volontiers. D'un autre côté, il continuait de penser qu'un cornichon pompeux et ventripotent comme lord Whitfield n'aurait jamais dû aspirer à épouser une Bridget !

Cependant, sa conscience le tracassa à tel point qu'il écouta son hôte avec une ferveur décuplée et, de ce fait, produisit sur lui une impression plus favorable que jamais.

Lord Whitfield était ce soir-là d'excellente humeur. La mort de son ci-devant chauffeur semblait plutôt le ravigoter que le déprimer.

– Je vous avais bien dit que ce garçon finirait mal, croassa-t-il en examinant son verre de porto à la lumière. Je ne vous l'avais pas dit, hier soir ?

– Mais si, bien sûr, cher monsieur.

– Et vous voyez, j'avais raison ! J'ai si souvent raison que ç'en est ahurissant !

– Ce doit être formidable pour vous, dit Luke.

– J'ai eu une vie merveilleuse... oui, merveilleuse ! Le chemin a été balisé devant moi. J'ai toujours eu foi en la Providence. Tout le secret est là, Fitzwilliam. Tout le secret est là !

– Oui ?

– Je suis un homme pieux. Je crois au bien, au mal et à la justice éternelle. La justice divine existe bel et bien, Fitzwilliam, ça ne fait aucun doute !

– Moi aussi, je crois en la justice, dit Luke.

Lord Whitfield ne s'intéressait pas plus que d'habitude à ce en quoi les autres pouvaient bien croire ou non.

– Montrez-vous juste aux yeux du Créateur et le Créateur se montrera juste envers vous ! J'ai toujours été un homme intègre. Je donne aux œuvres charitables et j'ai toujours gagné mon argent à la sueur de mon front. Je ne dois rien à personne ! Je n'ai de comptes à rendre à personne. Vous vous rappelez, dans la Bible, comment les patriarches deviennent prospères, reçoivent en offrande des troupeaux de bœufs et de moutons, et voient leurs ennemis écrasés !

Luke réprima un bâillement :

– Euh... oui... en effet.

– C'est extraordinaire... absolument extraordinaire, la manière dont sont terrassés les ennemis de l'homme juste ! Regardez ce qui s'est passé hier. Ce chauffeur m'insulte, va même jusqu'à essayer de lever la main sur moi. Et qu'arrive-t-il ? Où est-il aujourd'hui ?

Il fit une pause étudiée avant de répondre lui-même, d'une voix impressionnante, à sa question :

– Mort ! Foudroyé par le courroux divin !

Luke émergea de sa somnolence :

– Châtiment excessif, peut-être, pour quelques paroles malheureuses lancées après un verre de trop ?

Lord Whitfield secoua la tête :

– C'est toujours comme ça ! La punition arrive, prompte et terrible. Et je le tiens de bonne source. Rappelez-vous les enfants qui se moquaient d'Élie : les ours sont venus les dévorer. Voilà comment ça se passe, Fitzwilliam.

– J'ai toujours trouvé qu'il s'agissait là de vindicte excessive.

– Non, non ! Votre jugement est faussé. Élie était un grand, un saint homme. Nul ne pouvait se moquer de lui et continuer à vivre. Mon propre cas m'aide à le comprendre.

Intrigué, Luke écarquilla les yeux.

Lord Whitfield baissa la voix :

– Au début, j'ai eu du mal à y croire. *Mais ça arrivait à chaque fois !* Mes ennemis, mes détracteurs étaient jetés à terre et exterminés !

– Exterminés ?

Lord Whitfield hocha doucement la tête en buvant une gorgée de porto.

– Les uns après les autres. Tenez, un cas tout à fait semblable à celui d'Élie... un petit garçon insolent. Je le surprends dans les jardins, ici même... il travaillait pour moi, à l'époque. Et savez-vous ce qu'il était en train de faire ? Il m'imitait, Moi... MOI ! Il me *singeait* ! Il allait et venait en se pavanant, pour le bénéfice de quelques spectateurs. Il me tournait en dérision sur mes propres terres ! *Savez-vous ce qui lui est arrivé ?* Moins de dix jours plus tard, il se tuait en tombant d'une fenêtre !

» Ensuite, il y a eu ce voyou de Carter... un ivrogne et un grossier personnage. Il est venu ici m'injurier.

Que lui est-il arrivé ? Une semaine plus tard, il était mort. Noyé dans la vase. Et la petite bonne ! Elle avait haussé le ton et m'avait traité de tous les noms. Son châtiment n'a pas tardé. Elle a bu du poison par erreur ! Je pourrais vous multiplier les exemples. Humbleby a osé s'opposer à moi pour le projet d'adduction d'eau. Lui, il est mort d'un empoisonnement du sang. Oh ! et ça dure ainsi depuis des années : Mrs Horton, par exemple, était effroyablement impolie avec moi ; il n'a pas fallu longtemps pour qu'*elle* disparaisse à son tour.

Il s'interrompit pour passer le flacon de porto à Luke.

– Oui, reprit-il. Ils sont tous morts. Stupéfiant, n'est-ce pas ?

Luke le fixait, médusé. Un soupçon monstrueux, incroyable, avait envahi son esprit ! Il regardait d'un œil neuf ce petit bonhomme grassouillet qui, assis au bout de la table, hochait doucement la tête et dont les yeux protubérants croisaient ceux de Luke avec une souriante insouciance.

Un flot de souvenirs épars traversèrent rapidement le cerveau de Luke. Le major Horton disant : «Lord Whitfield a été très gentil. Il envoyait des raisins et des pêches de sa serre.» C'était lord Whitfield qui, dans son infinie bonté, avait permis qu'on emploie Tommy Pierce comme laveur de vitres à la bibliothèque. Lord Whitfield pérorant à propos de la visite qu'il avait faite, peu de temps avant la mort du Dr Humbleby, à l'Institut Wellerman Kreutz, spécialisé dans les sérums et les cultures de germes. Tous les indices convergeaient de façon évidente dans la même direction et Luke, idiot qu'il était, n'avait jamais soupçonné...

Lord Whitfield souriait toujours. D'un sourire paisible, heureux. Il regarda Luke en hochant doucement la tête.

— *Ils meurent tous*, dit-il.

18

CONFÉRENCE À LONDRES

Sir William Ossington, plus connu de ses camarades des jours anciens sous le sobriquet de Billy Bones, regarda son ami avec incrédulité.

— Tu n'as donc pas eu ton compte de meurtres à Mayang ? gémit-il. Il faut encore que tu reviennes ici pour faire le travail à notre place ?

— À Mayang, dit Luke, on ne s'adonne guère aux crimes en série. Tel que tu me vois, je suis à la recherche d'un homme qui a commis au bas mot une demi-douzaine de meurtres... et qui s'en est tiré jusqu'ici sans éveiller le moindre soupçon !

Sir William soupira.

— Ce sont des choses qui arrivent. Quelle est sa spécialité ? Les épouses ?

— Non, ce n'est pas son genre. Il ne se prend pas encore pour Dieu, mais ça ne saurait tarder.

— Un fou ?

— Oh, ça me paraît incontestable !

— Mais il ne l'est probablement pas du point de vue légal. Ça fait une différence, tu sais.

— D'après moi, il est conscient de la nature et des conséquences de ses actes.

— C'est bien ce que je dis, fit observer Billy Bones.

— Écoute, n'ergotons pas sur les détails juridiques.

195

Nous n'en sommes pas encore là et nous n'y serons peut-être jamais. Ce que je voudrais, mon vieux, c'est que tu me fournisses certains tuyaux. Il y a eu un accident de la circulation le jour du Derby entre 5 et 6 heures du soir. Une vieille demoiselle a été renversée à Whitehall par une voiture qui ne s'est pas arrêtée. Elle s'appelait Lavinia Pinkerton. Je voudrais que tu me dégotes le maximum de renseignements là-dessus.

Sir William soupira derechef :

— Je peux t'avoir ça rapidement. Vingt minutes devraient suffire.

Il ne s'était pas trop avancé. Avant même l'expiration du délai, Luke s'entretenait avec le policier qui s'était occupé de l'affaire.

— Oui, monsieur, je m'en souviens. J'ai noté tous les détails là-dessus, dit-il en désignant la feuille que Luke était en train d'examiner. Il y a eu une enquête... le coroner était Mr Satcherverell. Le conducteur de la voiture a été condamné par défaut.

— Vous n'avez pas réussi à l'épingler ?

— Non, monsieur.

— Quelle était la marque de la voiture ?

— Il semble établi qu'il s'agissait d'une Rolls – une grosse voiture conduite par un chauffeur. Les témoins sont unanimes sur ce point. La plupart des gens savent reconnaître une Rolls.

— Et le numéro d'immatriculation ?

— Malheureusement, personne n'a pensé à le regarder. Il a été question du numéro FZX 4498, mais c'était une erreur : la dame qui l'avait relevé l'avait communiqué à une autre, qui me l'a transmis. J'ignore si la seconde a mal compris, mais en tout cas ce n'était pas le bon.

— Qu'en savez-vous ? demanda vivement Luke.

Le jeune agent sourit :

– FZX 4498, c'est le numéro de la voiture de lord Whitfield. Au moment de l'accident, elle était garée devant Boomington House et le chauffeur prenait le thé. Il avait un alibi parfait : la voiture était restée en place jusqu'à 6 heures et demie, heure à laquelle lord Whitfield est sorti de l'immeuble.

– Je vois, dit Luke.

– C'est toujours la même chose, monsieur, soupira le policier. La moitié des témoins ont disparu avant qu'on vienne prendre les dépositions.

Sir William opina du bonnet.

– Nous sommes partis de l'hypothèse que le numéro ne devait pas être loin de FZX 4498 – sans doute un numéro commençant par deux 4. Nous avons fait de notre mieux sans rien trouver. Nous avons enquêté sur divers propriétaires de voitures ayant un numéro approchant, mais ils ont tous pu justifier d'un emploi du temps satisfaisant.

Sir William adressa à Luke une interrogation muette.

Luke secoua la tête.

– Merci, Bonner, dit sir William. Ce sera tout.

Après le départ du policier, Billy Bones regarda son ami d'un air interrogateur :

– Alors, Fitz ?

– Tout concorde. Lavinia Pinkerton s'apprêtait à vendre la mèche, à raconter aux brillants policiers de Scotland Yard tout ce qu'elle savait sur le vilain meurtrier. J'ignore si vous l'auriez écoutée ; sans doute pas...

– Peut-être que si, dit sir William. Les informations nous arrivent souvent de cette façon. Rumeurs, bouche à oreille... nous ne négligeons rien, je t'assure.

– C'est bien ce qu'a pensé le meurtrier. Il n'était pas disposé à courir le risque. Il a éliminé Lavinia

Pinkerton et, bien qu'une femme ait été assez maligne pour relever son numéro, personne ne l'a crue.

Billy Bones sauta sur son siège :

– Tu ne veux tout de même pas dire que... ?

– Si. Je te parie tout ce que tu voudras que c'est Whitfield qui l'a écrabouillée. Ce que je ne sais pas, c'est comment il s'est débrouillé. J'imagine qu'il a envoyé son chauffeur prendre le thé quelque part et qu'il a filé au volant après lui avoir emprunté sa veste et sa casquette. En tout cas, c'est *lui* qui a fait le coup, Billy !

– Impossible !

– Pas du tout. À ma connaissance, lord Whitfield a commis sept meurtres au bas mot et sans doute bien davantage !

– Impossible, répéta sir William.

– Mon cher ami, il s'en est pratiquement vanté devant moi hier soir !

– Il est donc fou à lier ?

– Pour être fou, il est fou, ça oui. Mais c'est un fin renard. Il faudra y aller prudemment. Ne pas lui laisser voir qu'on le soupçonne.

– Incroyable..., murmura Billy Bones.

– Mais vrai !

Luke posa une main sur l'épaule de son ami :

– Billy, vieille branche, il faut nous y mettre. Voici les faits...

Les deux hommes s'entretinrent longtemps et avec animation.

Le lendemain, Luke rentra à Wychwood. Il se mit en route au petit matin. Il aurait pu rentrer la veille au soir mais, compte tenu des circonstances, il répugnait à dormir sous le toit de lord Whitfield et à accepter son hospitalité.

Il traversa Wychwood et s'arrêta en chemin chez

miss Waynflete. La bonne qui lui ouvrit la porte le regarda avec étonnement mais l'introduisit dans la salle à manger où miss Waynflete était en train de prendre son petit déjeuner.

Surprise, elle se leva pour l'accueillir.

Il ne perdit pas de temps !

– Excusez-moi de vous importuner à une heure pareille.

Il tourna la tête. La bonne était sortie en refermant la porte derrière elle.

– Je vais vous poser une question, miss Waynflete. Une question assez personnelle, mais j'espère que vous me le pardonnerez.

– Je vous en prie, demandez-moi tout ce que vous voudrez. Je suis sûre que vous devez avoir une bonne raison de le faire.

– Merci.

Après un silence, il reprit :

– Je voudrais savoir exactement pourquoi vous avez rompu vos fiançailles avec lord Whitfield, autrefois.

Elle ne s'attendait pas à ça. Elle rougit et porta une main à sa poitrine :

– Il vous en a parlé ?

– Il m'a raconté une histoire d'oiseau... un oiseau dont on aurait tordu le cou...

– Il vous a dit ça ? s'exclama-t-elle, étonnée. Il a *admis* le fait ? Ça, c'est incroyable !

– Voulez-vous me dire de quoi il retourne ?

– Oui, je vais le faire. Mais je vous en conjure, n'abordez jamais ce sujet avec lui... avec Gordon. C'est du passé... c'est fini, oublié... je ne veux pas... qu'on revienne là-dessus.

Elle le regardait d'un air suppliant.

Luke acquiesça.

– C'est seulement pour ma gouverne personnelle, dit-il. Je n'en dirai rien à personne.

– Je vous remercie.

Elle avait recouvré son sang-froid. Et ce fut d'une voix ferme qu'elle poursuivit :

– Voilà l'histoire. J'avais un canari... je l'aimais beaucoup... j'étais peut-être... un peu stupide dans ce domaine... comme toutes les filles de mon temps. Nous avions toutes tendance à... à bêtifier avec nos animaux de prédilection. Ce devait être exaspérant pour un homme, je m'en rends bien compte.

– Oui ? l'encouragea Luke.

– Gordon était jaloux de cet oiseau. Un jour, très en colère, il m'a lancé : « C'est à croire que vous aimez mieux cet oiseau que moi ! » Et moi, avec ces manières un peu godiches qu'on inculquait aux filles à l'époque, j'ai gloussé de rire, j'ai posé le canari sur mon doigt et j'ai gazouillé : « Mais bien sûr, mon petit zoziau, que je t'aime bien mieux que ce grand benêt ! Bien sûr que oui ! » Alors... oh ! j'en frémis encore... Gordon m'a arraché l'oiseau des mains et lui a *tordu le cou*. Ça m'a fait un choc... un choc que je n'oublierai jamais !

Son visage était devenu très pâle.

– Sur quoi vous avez rompu vos fiançailles ? dit Luke.

– Oui. Je ne pouvais plus éprouver les mêmes sentiments. Voyez-vous, Mr Fitzwilliam... (Elle hésita.) Ce n'était pas tant le geste en soi : il aurait pu le faire dans un accès de jalousie ou de colère... c'était l'impression affreuse *qu'il y avait pris plaisir*... C'était *ça* qui m'effrayait !

– Il y a si longtemps..., murmura Luke. Et déjà à cette époque...

Elle posa la main sur son bras.

200

– Mr Fitzwilliam...

Il plongea son regard grave dans les yeux de miss Waynflete, remplis de supplication et d'effroi.

– C'est lord Whitfield qui a commis tous ces meurtres ! dit-il. Vous l'avez toujours su, n'est-ce pas ?

Elle secoua la tête avec vigueur :

– Je ne le *savais* pas ! Si je l'avais *su*, alors... alors j'aurais parlé, bien sûr... Mais non, c'était juste une *crainte*.

– Et vous ne m'avez même pas mis sur la voie ?

Elle joignit les mains, soudain au supplice :

– Comment l'aurais-je pu ? Comment l'aurais-je pu ? Je l'ai aimé, autrefois...

– Oui, dit Luke avec douceur. Je comprends.

Elle se détourna, fouilla dans son sac et en sortit un petit mouchoir de dentelle avec lequel elle se tamponna les paupières. Puis elle revint à Luke, digne, calme et l'œil sec.

– Je suis si contente que Bridget ait rompu ses fiançailles, dit-elle. C'est vous qu'elle va épouser, n'est-ce pas ?

– Oui.

– Vous serez beaucoup mieux assortis, déclara miss Waynflete d'un ton un peu pincé.

Luke ne put réprimer un léger sourire.

Mais l'expression de miss Waynflete était grave et anxieuse. De nouveau, elle posa la main sur le bras de Luke.

– Soyez très prudents, dit-elle. Il faut que vous soyez très prudents... Tous les deux.

– Vous voulez dire... avec lord Whitfield ?

– Oui. Mieux vaudrait ne pas le mettre au courant.

Luke fronça les sourcils.

– Cette idée ne me plaît guère, et je ne pense pas qu'elle plaise davantage à Bridget.

– Oh ! quelle importance ? Vous ne semblez pas vous rendre compte qu'il est *fou... fou* ! Il ne le supportera pas – pas une seconde ! S'il arrivait quelque chose à Bridget...

– Il ne lui arrivera rien !

– Non, je sais... mais comprenez bien que vous n'êtes pas de taille à lutter contre lui ! Il est terriblement rusé ! Emmenez-la tout de suite... c'est le seul espoir. Envoyez-la à l'étranger ! Tous les deux, vous devriez partir pour l'étranger !

– Il serait peut-être bon, en effet, qu'elle s'en aille, dit Luke d'une voix sans timbre. Mais moi, je reste.

– Je craignais que vous ne disiez cela. En tout cas, *qu'elle parte, elle* ! Et attention : *tout de suite* !

Luke hocha lentement la tête :

– Je crois que vous avez raison.

– Je sais que j'ai raison ! Qu'elle parte... *avant qu'il ne soit trop tard.*

19

FIANÇAILLES ROMPUES

Bridget entendit la voiture arriver. Elle sortit accueillir Luke sur le perron.

Sans préambule, elle lui lança :

– Je lui ai déjà annoncé la nouvelle.

– Quoi ? s'exclama Luke, stupéfait.

Sa consternation était si évidente que Bridget ne put se retenir de demander :

– Qu'y a-t-il, Luke ? Vous avez l'air bouleversé.

– Je croyais que nous étions convenus d'attendre mon retour, répondit-il avec lenteur.

– Je sais, mais j'ai pensé qu'il valait mieux en finir. Il faisait des projets... pour notre mariage... notre lune de miel... et tout ça ! J'ai été *obligée* de lui avouer la situation.

Elle ajouta, d'un ton de léger reproche :

– C'était la seule chose honnête à faire.

Il en convint.

– De votre point de vue, oui. Oh ! oui, je le comprends.

– De n'importe quel point de vue, il me semble.

– Il arrive qu'on ne puisse pas se permettre d'être... honnête !

– Que voulez-vous dire, Luke ?

Il fit un geste d'impatience :

– Ce n'est ni le moment ni le lieu d'en parler. Comment Whitfield a-t-il réagi ?

– Extraordinairement bien, répondit Bridget, pensive. Extraordinairement bien, vraiment. J'ai eu honte de moi. Je crois, Luke, que j'ai sous-estimé Gordon... tout ça parce qu'il est un peu pompeux et vaniteux parfois. Au fond, c'est plutôt un... grand petit bout d'homme !

Luke hocha la tête :

– Oui, c'est sans doute un grand bonhomme... sous certains aspects insoupçonnés. Écoutez, Bridget, vous devez quitter cette maison le plus vite possible.

– Bien sûr, je vais faire mes bagages et partir aujourd'hui même. Vous pourrez peut-être me conduire en ville. J'imagine que nous ne pouvons pas nous installer tous les deux au *Bells and Motley* ?... encore faudrait-il d'ailleurs que la troupe d'Ellsworthy ait libéré les lieux...

Luke secoua la tête.

— Non, il vaut mieux que vous rentriez à Londres. Je vous expliquerai plus tard pourquoi. Pour l'instant, je vais voir Whitfield.

— Oui, c'est la chose à faire... C'est plutôt moche, cette histoire, vous ne trouvez pas ? Je me fais l'effet d'une sale petite aventurière.

Luke lui sourit.

— Le marché était équitable. Vous avez joué franc-jeu avec lui. De toute façon, ça ne sert à rien de se lamenter sur ce qui est passé, révolu ! Bon... moi, je vais voir Whitfield.

Il trouva son hôte en train d'arpenter le salon. Extérieurement, lord Whitfield était calme et arborait même un léger sourire. Mais Luke remarqua qu'une veine de sa tempe battait furieusement.

Il se retourna en entendant Luke entrer :

— Ah ! vous voilà, Fitzwilliam.

— Il est inutile que je vous exprime mes regrets pour ce que j'ai fait, déclara Luke. Ce serait de l'hypocrisie ! Je reconnais que, de votre point de vue, j'ai très mal agi. Et je n'ai rien à faire valoir pour ma défense. Ce sont des choses qui arrivent, voilà tout.

Lord Whitfield se remit à marcher de long en large.

— Mais oui..., mais oui ! dit-il en agitant la main.

Luke poursuivit :

— Bridget et moi nous sommes conduits envers vous de façon indigne. Mais c'est ainsi ! Nous nous aimons, et nous n'y pouvons rien... sinon vous dire la vérité et disparaître.

Lord Whitfield s'arrêta et dévisagea Luke de ses yeux protubérants.

— Non, dit-il, vous n'y pouvez rien !

Sa voix avait une intonation étrange. Il regardait Luke en secouant la tête avec une sorte de commisération.

– Que voulez-vous dire ? demanda Luke d'un ton sec.

– Vous n'y pouvez rien ! répéta lord Whitfield. Il est trop tard !

Luke fit un pas vers lui :

– Expliquez-moi ce que vous entendez par là.

De façon inattendue, lord Whitfield répondit :

– Demandez à Honoria Waynflete. *Elle* comprendra. *Elle* sait ce qui se passe. Elle m'en a parlé un jour !

– Qu'est-ce qu'elle comprend ?

– *Le mal ne reste pas impuni*, déclara lord Whitfield. Justice doit être faite ! J'en suis désolé, parce que j'ai beaucoup d'affection pour Bridget. D'une certaine manière, j'en suis désolé pour vous deux !

– C'est une menace ? s'enquit Luke.

Lord Whitfield parut sincèrement choqué :

– Non, non, mon cher garçon ! Mes sentiments n'entrent pas en ligne de compte. Lorsque j'ai fait à Bridget l'honneur de la choisir pour épouse, elle a accepté certaines responsabilités. Elle les rejette aujourd'hui... *mais, en ce monde, il n'y a pas de retour en arrière*. Qui enfreint la loi, encourt la sanction...

Luke serra les poings.

– Vous insinuez qu'il va arriver quelque chose à Bridget ? Écoutez-moi bien, Whitfield : *il n'arrivera rien à Bridget*... ni à moi ! Si vous tentez quoi que ce soit de ce genre, vous êtes fichu. Prenez garde ! J'en sais long sur votre compte !

– Je ne suis pas en cause, dit lord Whitfield. Je ne suis que l'instrument d'une Puissance supérieure. Ce que décrète cette Puissance doit s'accomplir !

– Vous y croyez, apparemment.

– Parce que c'est la vérité ! Quiconque se dresse

contre moi encourt la sanction. Ni Bridget ni vous ne ferez exception à la règle.

— C'est là que vous vous trompez. On ne peut pas avoir indéfiniment la chance de son côté ; elle finit toujours par tourner. Dans votre cas, elle est tout près de tourner.

— Mon cher garçon, vous ne savez pas à qui vous parlez, répondit lord Whitfield d'une voix douce. Moi, rien ne peut m'atteindre.

— Vraiment ? C'est ce que nous verrons. Faites attention où vous mettez les pieds, Whitfield.

Lord Whitfield commença à s'agiter.

— J'ai fait preuve de beaucoup de patience, déclara-t-il d'une voix changée. N'en abusez pas. Sortez !

— Je m'en vais, dit Luke. Aussi vite que je peux. Mais je vous aurai prévenu, ne l'oubliez pas.

Il tourna les talons, sortit rapidement de la pièce et monta l'escalier quatre à quatre. Il trouva Bridget dans sa chambre, supervisant la confection de ses bagages.

— Bientôt prête ?

— Dans dix minutes.

Ses yeux lui posaient une question que la présence de la bonne l'empêchait de formuler.

Luke lui fit un bref signe de tête.

Il passa dans sa propre chambre et jeta rapidement ses affaires en vrac dans sa valise.

Dix minutes plus tard, il retrouvait Bridget.

— Nous y allons ?

— Je suis prête.

Dans l'escalier, ils rencontrèrent le maître d'hôtel qui montait :

— Miss Waynflete est ici, mademoiselle. Elle demande à vous voir.

— Miss Waynflete ? Où est-elle ?

— Au salon, avec Sa Seigneurie.

Suivie de près par Luke, Bridget gagna directement le salon.

Debout près de la fenêtre, lord Whitfield parlait avec miss Waynflete. Il tenait à la main un poignard... un long poignard à la lame effilée.

— Très bel objet artisanal, disait-il. Un de mes jeunes envoyés spéciaux me l'a rapporté du Maroc. C'est un poignard maure, un kandjar.

Il caressa amoureusement la lame du doigt :

— Quel tranchant !

— Rangez ça, Gordon, je vous en conjure ! dit miss Waynflete avec nervosité.

Il sourit et remit le poignard sur une table, parmi d'autres armes de collection.

— J'aime ce contact, dit-il à mi-voix.

Miss Waynflete avait perdu un peu de son calme habituel. Elle était pâle et agitée.

— Ah ! vous voici, ma chère Bridget ! dit-elle.

Lord Whitfield gloussa :

— Oui, voici Bridget. Profitez-en, Honoria. Elle n'est plus pour longtemps parmi nous.

— Qu'entendez-vous par là ? demanda vivement miss Waynflete.

— Ce que j'entends par là ? Qu'elle part pour Londres, tout simplement. C'est bien ça, n'est-ce pas ? Voilà tout ce que j'entends par là.

Il les regarda tour à tour.

— J'ai une nouvelle à vous annoncer, Honoria. En définitive, Bridget ne m'épousera pas. Elle préfère Fitzwilliam, ici présent. Drôle de chose, la vie... Bon, je vous laisse bavarder entre vous.

Il sortit en faisant tinter les pièces de monnaie qu'il avait dans ses poches.

— Oh ! mon Dieu..., murmura miss Waynflete. Mon Dieu...

Sa voix trahissait un tel désarroi que Bridget se sentit prise de court.

— Je suis désolée, balbutia-t-elle d'un ton gêné. Vraiment désolée.

— Il est en colère... très en colère..., répliqua miss Waynflete. Mon Dieu, c'est épouvantable ! Qu'allons-nous faire ?

Bridget la regarda sans comprendre.

— Faire ? Que voulez-vous dire ?

Miss Waynflete leur lança à tous les deux un regard de reproche.

— Vous n'auriez jamais dû le lui annoncer.

— Allons donc ! Que pouvions-nous faire d'autre ? riposta Bridget.

— Vous n'auriez pas dû le lui annoncer *maintenant*. Vous auriez dû attendre d'être loin d'ici.

— Chacun son opinion, répondit Bridget d'un ton bref. Je pense, moi, qu'il vaut mieux régler au plus vite les questions désagréables.

— Oh ! ma chère, s'il ne s'agissait que de cela...

Elle s'interrompit et interrogea Luke du regard.

Il secoua la tête. Ses lèvres formèrent les mots : « Pas encore. »

— Je vois, murmura miss Waynflete.

— Vous aviez quelque chose de particulier à me dire, miss Waynflete ? demanda Bridget avec un brin d'exaspération.

— Eh bien... oui. En fait, je voulais vous proposer de venir séjourner quelque temps chez moi. J'ai pensé que... euh... que vous seriez peut-être gênée de rester ici et que vous auriez sans doute besoin de quelques jours pour... euh... mûrir vos projets.

— Merci, miss Waynflete, c'est très gentil de votre part.

— Vous savez, vous seriez en sécurité chez moi et...

Bridget l'interrompit :

— *En sécurité ?*

— Je veux dire... confortablement installée, s'empressa de rectifier miss Waynflete, un peu troublée. Bien sûr, pas aussi luxueusement qu'ici, mais l'eau chaude est *vraiment* chaude et Émily, ma petite bonne, est un véritable cordon-bleu.

— Oh ! je suis bien sûre que tout serait parfait, miss Waynflete, répliqua machinalement Bridget.

— Mais évidemment, si vous allez en ville, ce sera encore beaucoup mieux...

— L'ennui, dit Bridget d'un ton soucieux, c'est que tante est partie ce matin de bonne heure pour une exposition florale. Je n'ai pas eu le temps de lui annoncer la nouvelle. Je vais lui laisser un mot pour la prévenir que je suis rentrée à l'appartement.

— Vous allez donc chez votre tante, à Londres ?

— Oui. Il n'y aura personne, mais je prendrai mes repas dehors.

— Vous serez seule dans cet appartement ? Mon Dieu, ne faites pas ça ! Ne restez surtout pas seule là-bas !

— On ne me mangera pas, dit Bridget agacée. De toute façon, ma tante doit rentrer demain.

Miss Waynflete secoua la tête d'un air soucieux.

— Mieux vaut aller à l'hôtel, dit Luke.

Bridget se tourna vivement vers lui.

— Pourquoi ? Qu'est-ce que vous avez, tous les deux ? Pourquoi me traitez-vous comme si j'étais une demeurée ?

— Ce n'est pas cela du tout, ma chère, protesta miss Waynflete. Nous vous demandons seulement d'être *prudente*... c'est tout !

— Mais pourquoi ? Pourquoi ? Que se passe-t-il, à la fin ?

– Écoutez, Bridget, dit Luke, il faut que je vous parle. Mais je ne peux pas le faire ici. Prenons ma voiture, et allons dans un coin tranquille.

Il se tourna vers miss Waynflete :

– Pouvons-nous venir chez vous dans une heure, environ ? J'aurai plusieurs choses à vous dire.

– Je vous en prie. Je vous attendrai.

Luke prit Bridget par le bras et remercia miss Waynflete d'un signe de tête.

– Nous passerons chercher les bagages plus tard, dit-il. Venez.

Ils sortirent de la pièce, traversèrent le hall et sortirent par la grand-porte. Luke ouvrit la portière de sa voiture. Bridget monta. Luke démarra et s'éloigna rapidement. Lorsqu'ils eurent franchi la grille, il poussa un soupir de soulagement.

– Dieu merci, dit-il, vous êtes sortie de là saine et sauve !

– Qu'est-ce qui vous prend, Luke ? Que signifient toutes ces cachotteries, ces « Chut ! je ne peux rien vous expliquer maintenant » ?

Mâchoires serrées, Luke répondit :

– Eh bien... il est assez difficile, voyez-vous, d'expliquer qu'un homme est un meurtrier quand on se trouve précisément sous son toit !

20

NOUS SOMMES DANS LE BAIN... ENSEMBLE !

Bridget resta un moment sans réaction.

– *Gordon* ? demanda-t-elle enfin.

Luke acquiesça de la tête.

– Gordon ? répéta-t-elle. *Gordon, un meurtrier ?*
Gordon, *le* meurtrier ? Je n'ai jamais rien entendu
d'aussi ridicule !

– C'est tout l'effet que ça vous fait ?

– Oui, vraiment. Gordon ne ferait pas de mal à une
mouche !

– C'est peut-être vrai, répliqua Luke d'un air
sombre. Je n'en sais rien. Mais ce qu'il y a de sûr,
c'est qu'il a tué un canari, et que je suis convaincu
qu'il a également tué un grand nombre d'êtres
humains.

– Mon cher Luke, je me refuse à croire ça !

– Je sais, ça paraît totalement invraisemblable. Jusqu'à avant-hier soir, il ne m'était jamais venu à l'esprit
qu'il pouvait être suspect.

– Mais voyons, je connais Gordon par cœur ! protesta Bridget. Je sais *comment* il est ! C'est un petit
bout d'homme charmant... pompeux, d'accord, mais
assez pitoyable en réalité.

Luke secoua la tête :

– Il va falloir réviser votre jugement sur lui, Bridget.

– C'est inutile, Luke, je ne peux pas croire une
chose pareille ! Qu'est-ce qui vous a mis une idée aussi
absurde dans la tête ? Avant-hier encore, vous étiez
convaincu de la culpabilité d'Ellsworthy !

Luke fit la grimace :

– Je sais, je sais. Vous pensez probablement que
demain je soupçonnerai Thomas et que, après-demain,
je serai convaincu de la culpabilité du major Horton !
Je ne suis pas versatile à ce point. Je reconnais que
l'idée peut sembler stupéfiante au premier abord, mais
si vous l'examinez d'un peu plus près, vous verrez que
tout colle à merveille. Pas étonnant que miss Pinkerton
n'ait pas osé s'adresser à la police locale ! Elle savait

qu'on lui rirait au nez ! Son seul espoir, c'était Scotland Yard.

— Mais enfin, pourquoi diable Gordon aurait-il commis tous ces meurtres ? Non, vraiment, ça ne tient pas debout !

— Je sais. Mais est-ce que vous vous rendez compte que Gordon Whitfield a une très haute opinion de lui-même ?

— Il fait semblant d'être quelqu'un de très remarquable et très important. Simple complexe d'infériorité, le pauvre chou !

— C'est peut-être la racine du mal. Je n'en sais rien. Mais réfléchissez, Bridget... *réfléchissez* deux minutes. Rappelez-vous les mots que vous avez employés vous-même pour le tourner en dérision : lèse-majesté, etc. Vous ne voyez pas qu'il est atteint d'égocentrisme suraigu ? Par-dessus le marché, le fanatisme religieux s'en mêle. Ma chère petite, cet homme est complètement timbré !

Bridget s'abîma un moment dans ses pensées.

— Je n'arrive toujours pas à y croire, dit-elle enfin. Quelles preuves avez-vous, Luke ?

— D'abord, ses propres paroles. Il m'a dit avant-hier, de façon parfaitement nette et distincte, que tous ceux qui s'opposaient à lui *mouraient systématiquement*.

— Et ensuite ?

— Je ne sais pas comment vous expliquer... c'est surtout la manière dont il a dit ça. Calme, satisfait et... comment dire ?... ayant l'air de trouver ça *normal* ! Il se souriait à lui-même... C'était troublant et assez horrible, Bridget !

— Et ensuite ?

— Eh bien... ensuite, il m'a cité une liste de gens qui étaient passés de vie à trépas parce qu'ils avaient encouru son souverain mécontentement ! Et écoutez ça, Bridget : *les personnes qu'il a mentionnées étaient Mrs Horton, Amy Gibbs, Tommy Pierce, Harry Carter, Humbleby et Rivers, le chauffeur !*

Bridget fut enfin ébranlée. Elle devint très pâle :

— Il a cité précisément ces gens-là ?

— Très précisément ces gens-là ! Vous me croyez, *maintenant* ?

— Seigneur, il le faut bien... Mais pourquoi a-t-il fait tout ça ? Pourquoi ?

— Pour des raisons absolument dérisoires... c'est ce qui rend la chose si effrayante ! Mrs Horton l'avait regardé de haut, Tommy Pierce avait fait rire les jardiniers en l'imitant, Harry Carter l'avait injurié, Amy Gibbs lui avait répondu avec insolence, Humbleby avait osé lui tenir tête en public, Rivers l'avait menacé devant miss Waynflete et moi...

Bridget porta les mains à ses yeux.

— C'est horrible... absolument horrible..., murmura-t-elle.

— Oui. Et puis, il y a une preuve venant de l'extérieur. La voiture qui a renversé miss Pinkerton à Londres était une Rolls, et *son numéro d'immatriculation était celui de la voiture de lord Whitfield.*

— Voilà qui tranche la question, dit Bridget d'une voix sourde.

— Oui. La police a pensé que la femme qui leur avait communiqué le numéro avait fait une erreur. Vous parlez d'une erreur !

— Je les comprends, dit Bridget. Quand un homme riche et puissant comme lord Whitfield est en cause, c'est naturellement lui qu'on croit !

— Oui. Ça donne une idée des problèmes rencontrés par miss Pinkerton !

— Une ou deux fois, elle m'a tenu des propos bizarres, remarqua Bridget, songeuse. Comme pour me mettre en garde contre quelque chose... Sur le moment, je n'y avais rien compris... À présent, j'y vois clair !

– Tout concorde, dit Luke. Il faut se rendre à l'évidence. Au début, on se dit comme vous : «Impossible !» ; puis, quand on en accepte l'idée, tout se met en place ! Les raisins qu'il envoyait à Mrs Horton... elle qui croyait que les infirmières l'empoisonnaient ! Et la visite qu'il a faite à l'Institut Wellerman Kreutz : il a dû se procurer une culture de germes et contaminer Humbleby.

– Là, je ne vois pas comment il s'y est pris.

– Moi non plus, *mais le lien existe*. Il n'y a pas à sortir de là.

– Non... Comme vous dites, tout *concorde*. D'autant qu'il pouvait se permettre des choses impossibles à d'autres ! Il était au-dessus de tout soupçon !

– Je pense que miss Waynflete le soupçonnait. Elle a fait allusion à cette visite à l'institut. Elle a amené ça tout naturellement dans la conversation... mais elle espérait sûrement que j'en tirerais des conclusions.

– Elle savait donc depuis le début ?

– Elle avait de graves présomptions. Mais elle était handicapée par le fait qu'elle avait été jadis amoureuse de lui.

Bridget hocha la tête :

– Oui, cela expliquerait bien des choses. Gordon m'a dit qu'ils avaient été fiancés autrefois.

– En fait, elle ne voulait pas croire que c'était lui. Mais d'un autre côté, elle en est devenue de plus en plus *sûre*. Elle a essayé de me mettre sur la voie, sans pouvoir se résoudre à l'accuser ouvertement ! Les femmes sont de bizarres créatures ! Je pense que, d'une certaine manière, elle l'aime encore...

– Bien qu'il l'ait plaquée ?

— C'est *elle* qui l'a plaqué. L'histoire est assez moche, d'ailleurs...

Il lui raconta ce bref mais déplaisant incident. Bridget le regarda, sidérée.

— Gordon a fait *ça* ?

— Oui. Même à l'époque, voyez-vous, il n'était déjà pas normal !

— Il y a si longtemps... si longtemps, murmura Bridget en frissonnant.

— Si ça se trouve, il a liquidé encore beaucoup plus de gens qu'on ne l'imagine ! C'est le rythme accéléré des décès, depuis quelque temps, qui a attiré l'attention sur lui ! Comme si le succès lui était monté à la tête !

Bridget demeura silencieuse une bonne minute, plongée dans ses réflexions. Enfin, elle demanda brusquement :

— Que vous a dit exactement miss Pinkerton, dans le train ? Comment a-t-elle abordé le sujet ?

Luke fit un effort de mémoire.

— Elle m'a dit qu'elle allait à Scotland Yard... elle a fait allusion au constable du village... elle a dit que c'était un brave garçon, mais qu'il n'était pas de taille à s'occuper de meurtres.

— C'était la première fois qu'elle prononçait le mot ?

— Oui.

— Et ensuite ?

— Après, elle a dit : « *Vous êtes surpris, à ce que je vois. Je l'ai été, moi aussi, au début. Je n'arrivais pas à y croire. Je pensais que je me faisais des idées.* »

— Et puis ?

— Je lui ai demandé si elle en était bien sûre – de ne pas se faire des idées, j'entends – et elle m'a répondu très placidement : « *Oh, certaine ! J'aurais pu me tromper la première fois, mais pas la deuxième, ni la troisième, ni la quatrième. À partir de ce moment-là, on sait à quoi s'en tenir. »*

— Extraordinaire ! commenta Bridget. Continuez.

— Moi, bien sûr, j'ai pris ça comme une plaisanterie, je lui ai dit qu'elle avait raison de faire ce qu'elle faisait. J'étais comme saint Thomas ; incrédule s'il en fut !

— Je vous comprends. C'est si facile d'y voir clair après coup ! Moi aussi, j'aurais été gentiment condescendante avec cette pauvre vieille demoiselle ! Et ensuite, que vous a-t-elle dit ?

— Attendez... Ah ! oui : elle a parlé d'Abercrombie... l'empoisonneur gallois, vous vous souvenez ? Elle a dit qu'elle n'avait pas cru, à l'époque, la fable selon laquelle il aurait été doté d'un regard « spécial » dont il aurait quasiment foudroyé ses futures victimes. Mais que, maintenant, elle y croyait parce qu'elle avait constaté elle-même un fait similaire.

— Quels ont été ses mots exacts ?

Luke réfléchit, le front plissé :

— De sa voix douce de vieille fille bien élevée, elle a murmuré : *« Quand j'ai lu ça dans les journaux, je n'y ai pas vraiment cru... et pourtant, c'est vrai ! »* Sur quoi je lui ai demandé : « Qu'est-ce qui est vrai ? » Et elle m'a répondu : *« Qu'il existe, ce regard spécial qu'on peut poser sur quelqu'un... »* Et je vous jure, Bridget, que la façon dont elle a dit ça m'a *glacé* ! Sa voix posée, l'expression de son visage... comme si elle avait vraiment vu quelque chose de trop horrible pour pouvoir l'exprimer.

— Continuez, Luke. Racontez-moi tout.

— Ensuite, elle a énuméré les victimes... Amy Gibbs, Carter et Tommy Pierce... et elle a précisé que Tommy était un gosse infernal et Carter un ivrogne. Et puis elle a dit : *« Et cette fois – hier –, le phénomène s'est*

216

reproduit avec le Dr Humbleby... lui qui est un si brave homme... un homme vraiment bien. » Et elle a dit que si elle allait trouver Humbleby pour le mettre en garde, il ne la croirait pas, il lui rirait au nez !

Bridget poussa un profond soupir.

– Je vois, dit-elle. Je vois.

Luke la regarda.

– Qu'y a-t-il, Bridget ? À quoi pensez-vous ?

– À ce que Mrs Humbleby a dit un jour. Je me demande... mais non, ça ne fait rien, continuez. Que vous a-t-elle dit, tout à la fin ?

Luke répéta les paroles de miss Pinkerton telles qu'il les avait entendues. Elles l'avaient marqué ; il n'était pas près de les oublier.

– Comme je lui disais qu'il était difficile de commettre impunément toute une série de meurtres, elle m'a répondu : « *Non, non, mon garçon, détrompez-vous. Tant qu'on ne vous soupçonne pas, c'est très facile de tuer. Et en l'occurrence, la personne en question est bien la dernière que l'on songerait à soupçonner...* »

Il se tut.

– Facile de tuer ? murmura Bridget en frissonnant. Horriblement facile, ça c'est bien vrai ! Pas étonnant que vous ayez été marqué par ces paroles, Luke. Elles vont me marquer moi aussi... pour la vie ! Un homme comme Gordon Whitfield... oh ! oui, c'est très facile.

– Mais ce qui est moins facile, c'est de le confondre, dit Luke.

– Vous croyez ça ? J'ai idée que, sur ce point, je peux me rendre utile.

– Bridget, je vous interdis...

– Pas question. On ne peut pas se contenter de rester les bras croisés. Je suis dans le bain, Luke. Ça risque d'être dangereux – oui, j'en conviens – mais je dois tenir mon rôle.

– Bridget...

– Je *suis* dans le bain, Luke ! Je vais accepter l'invitation de miss Waynflete et rester ici.

– Ma chérie, je vous en supplie...

– C'est dangereux pour nous deux. J'en suis consciente. Mais nous sommes dans le bain tous les deux, Luke... nous sommes dans le bain... ensemble !

21

« POURQUOI METS-TU DES GANTS POUR T'EN ALLER AUX CHAMPS ? »

Le calme qui régnait dans la maison de miss Waynflete leur parut presque fade après le moment de tension qu'ils venaient de vivre dans la voiture.

Miss Waynflete accueillit d'un air un peu sceptique la décision de Bridget. Elle s'empressa néanmoins de renouveler son invitation, pour bien montrer que ses doutes avaient une tout autre cause qu'un manque d'envie de la recevoir.

– Puisque vous avez la gentillesse de lui offrir l'hospitalité, miss Waynflete, je crois vraiment que c'est la meilleure solution, déclara Luke. Pour ma part, je vais m'installer au *Bells and Motley*. Je préfère avoir Bridget sous les yeux plutôt que de la savoir à Londres. Après tout, rappelez-vous ce qui s'est déjà passé là-bas.

– Vous pensez à... Lavinia Pinkerton ? demanda miss Waynflete.

– Oui. J'aurais pourtant été prêt à jurer que, dans

une grande ville grouillante de monde, n'importe qui serait en sécurité.

— Si je vous comprends bien, répliqua miss Waynflete, pour qu'un individu soit en sécurité, la condition première est que nul ne cherche à le tuer ?

— Exactement. Nous en sommes arrivés à dépendre de ce qu'il est convenu d'appeler le bon vouloir de l'homme civilisé.

Miss Waynflete hocha la tête d'un air songeur.

— Depuis combien de temps savez-vous que... que Gordon est l'assassin, miss Waynflete ? demanda Bridget.

La vieille demoiselle soupira :

— Il est difficile de répondre à cette question, mon enfant. Je dois en avoir la conviction, tout au fond de moi-même, depuis un certain temps déjà... Mais je faisais l'impossible pour ne pas me l'avouer ! Je ne *voulais* pas y croire et, par voie de conséquence, j'essayais de me persuader que c'était une idée monstrueuse de ma part.

— N'avez-vous jamais eu peur... pour vous-même ? demanda Luke sans détours.

Miss Waynflete réfléchit :

— Vous voulez dire que si Gordon s'était douté que je savais, il aurait pu trouver un moyen de se débarrasser de *moi* ?

— Oui.

Miss Waynflete répondit d'une voix douce :

— Je n'ai jamais, bien évidemment, négligé ce risque... Je me suis efforcée de... de me tenir sur mes gardes. Mais je ne crois pas que Gordon me considère comme une véritable menace.

— Pourquoi ?

Miss Waynflete rougit légèrement :

— Pas un instant Gordon n'irait m'imaginer capable

de faire quoi que ce soit qui puisse... qui puisse lui causer du tort.

— Vous êtes allée jusqu'à le mettre en garde, n'est-ce pas ? dit brusquement Luke.

— Oui. Du moins, je lui ai fait comprendre à quel point je trouvais bizarre que quiconque venait à lui déplaire soit aussitôt victime d'un accident.

— Et qu'a-t-il répondu à ça ? demanda Bridget.

Un froncement soucieux assombrit le visage de miss Waynflete :

— Il n'a pas eu du tout la réaction que j'attendais. Il a semblé... — c'est vraiment très extraordinaire ! —, il a semblé *ravi*... Il m'a dit : « Ainsi, *vous* l'avez remarqué ? » Il... il buvait du petit lait, si vous me passez l'expression.

— Il est fou, c'est évident, dit Luke.

Miss Waynflete renchérit avec force :

— Oui, c'est la seule explication possible. Il n'est pas responsable de ses actes. (Elle posa la main sur le bras de Luke :) On... On ne va pas le pendre, dites, Mr Fitzwilliam ?

— Non, non. On l'internera sans doute à Broadmoor.

Avec un soupir, miss Waynflete s'abandonna dans son fauteuil :

— J'en suis soulagée.

Elle fixa son regard sur Bridget, qui contemplait le tapis, sourcils froncés.

— Mais nous n'en sommes pas encore là, dit Luke. J'ai averti les autorités, et tout ce que je peux vous assurer, c'est qu'elles sont disposées à mener une enquête sérieuse. Toutefois, il faut bien admettre que nous avons extrêmement peu de preuves.

— Des preuves, nous en aurons ! décréta Bridget.

Miss Waynflete leva les yeux vers elle. Son expression rappela à Luke quelqu'un ou quelque chose qu'il avait vu tout récemment. Il essaya de saisir ce souvenir fuyant, mais en vain.

— Je vous trouve bien optimiste, ma chère petite, dit miss Waynflete, sceptique. Enfin, peut-être avez-vous raison.

— Je vais aller chercher vos bagages au manoir, Bridget, annonça Luke.

— Je vous accompagne ! répondit-elle aussitôt.

— J'aimerais mieux pas.

— Oui, mais moi, j'aimerais mieux.

— Ne jouez pas les mères poules avec moi, Bridget ! riposta Luke, agacé. Je refuse de me laisser protéger par vous.

— Franchement, Bridget, murmura miss Waynflete, je ne vois pas quel danger il pourrait y avoir... en voiture... et en plein jour.

Bridget émit un petit rire penaud :

— Je suis idiote. Remarquez, une histoire comme ça aurait de quoi mettre les nerfs de n'importe qui en pelote.

— L'autre soir, c'est miss Waynflete qui m'a escorté jusqu'à Ashe Manor pour me protéger, dit Luke. Allons, miss Waynflete, avouez-le ! C'est bien la vérité, n'est-ce pas ?

Elle l'admit en souriant :

— Vous étiez tellement loin de soupçonner le danger, Mr Fitzwilliam ! Je me suis dit que si Gordon Whitfield avait deviné que vous étiez venu ici dans le seul et unique dessein de fouiner dans ses affaires... alors, vous n'étiez pas en sécurité. D'autant que ce sentier est très écarté... et qu'il aurait pu vous y arriver *n'importe quoi* !

— Maintenant, je suis bel et bien conscient du danger, répliqua Luke d'un air farouche. On ne m'aura pas par surprise, je vous le garantis !

– N'oubliez pas qu'il est très rusé, dit miss Waynflete d'un ton anxieux. Et beaucoup plus intelligent que vous ne l'imaginez ! C'est un esprit particulièrement ingénieux, vraiment.

– Je suis averti.

– Les hommes ont du courage, chacun sait cela, dit miss Waynflete, mais ils sont plus faciles à duper que les femmes.

– Ça, c'est vrai, admit Bridget.

– Vous pensez sérieusement, miss Waynflete, dit Luke, que je cours un danger quelconque ? Vous pensez vraiment, pour parler comme dans les films noirs, que lord Whitfield ait l'intention de *me faire la peau* ?

Miss Waynflete hésita avant de répondre :

– Selon moi, c'est Bridget qui est la plus menacée. C'est *elle* qui, en le rejetant, lui a infligé l'insulte suprême ! Je pense que, *après* s'être occupé de Bridget, il se retournera contre *vous*. Mais je suis persuadée qu'il s'attaquera à *elle* d'abord.

Luke laissa échapper un gémissement :

– Je vous en supplie, Bridget, quittez le pays... tout de suite... sur-le-champ !

Bridget serra les lèvres :

– Je ne partirai pas.

Miss Waynflete soupira :

– Vous êtes brave, Bridget. Je vous admire.

– Vous feriez la même chose à ma place.

– Ma foi, peut-être bien.

– Luke et moi, nous sommes dans le bain ensemble ! dit Bridget d'une voix basse et vibrante.

Et elle le raccompagna à la porte.

– Je vous appellerai du *Bells and Motley* dès que je serai sorti sain et sauf de la gueule du loup, lui dit-il.

– Oh, *oui* !

– Ne nous mettons pas martel en tête, mon amour !
Même les meurtriers les plus habiles ont besoin d'un
minimum de temps pour mûrir leurs plans ! À mon
avis, nous avons un ou deux jours de répit devant nous.
Le superintendant Battle arrive de Londres aujour-
d'hui. Dès qu'il débarquera, Whitfield sera sous sur-
veillance.

– En résumé, tout est O.K. et nous cessons de nous
faire du mouron !

Posant une main sur l'épaule de la jeune fille, Luke
lui dit avec gravité :

– Je vous saurais gré, mon amour, de ne pas
commettre *d'imprudences* !

– Et réciproquement, mon chéri.

Il lui étreignit l'épaule, sauta dans la voiture et
démarra.

Bridget regagna le salon. Miss Waynflete se montra
aux petits soins pour elle, en charmante vieille fille un
peu maniaque qu'elle était.

– Ma chère petite, votre chambre n'est pas encore
tout à fait prête. Émily s'en occupe. Vous savez ce
que je vais faire ? Je vais vous préparer une bonne
tasse de thé ! Après toutes ces émotions, c'est exactement ce qu'il vous faut.

– Vous êtes trop gentille, miss Waynflete, mais je
n'en ai vraiment pas envie.

Bridget aurait préféré de beaucoup un cocktail bien
tassé, à base de gin, mais elle estimait fort improbable
– à juste titre – que son hôtesse lui propose ce genre
de rafraîchissement. Elle avait horreur du thé, qui lui
donnait généralement mal à l'estomac. Seulement
voilà : miss Waynflete avait décidé que ce qu'il fallait
à sa jeune invitée, c'était du thé. Elle sortit vivement
de la pièce et réapparut cinq minutes plus tard, le
visage rayonnant, avec un plateau sur lequel étaient

posées deux délicates tasses en porcelaine de Dresde remplies d'un breuvage odorant.

— Du véritable Lapsang Souchong ! annonça-t-elle avec fierté.

Bridget, qui détestait le thé de Chine plus encore que le thé des Indes, la remercia d'un pâle sourire.

À cet instant, Émily, une petite jeune fille empruntée et qui souffrait des végétations, apparut sur le seuil :

— S'il vous blaît, badeboiselle... vous avez bien dit les daies d'oreiller à volants ?

Miss Waynflete sortit précipitamment du salon. Bridget en profita pour vider son thé par la fenêtre — manquant de peu d'ébouillanter Wonky Pooh, qui lézardait sur la plate-bande, juste en dessous.

Wonky Pooh accepta ses excuses, bondit sur l'appui de la fenêtre et se lova autour des épaules de Bridget, en ronronnant avec affection.

— Que tu es beau ! dit Bridget en lui caressant l'échine.

Wonky Pooh arqua la queue et se mit à ronronner de plus belle.

— C'est un gentil chat, ça ! gazouilla Bridget en lui chatouillant les oreilles.

Miss Waynflete revint sur ces entrefaites.

— Ma parole ! s'exclama-t-elle. Wonky Pooh vous a bel et bien adoptée ! Lui qui est si *distant*, d'habitude ! Attention à son oreille, ma chère enfant, elle est blessée et lui fait encore très mal.

L'avertissement était venu trop tard. Bridget avait déjà pincé l'oreille douloureuse. Wonky Pooh émit un feulement rauque et se retira, drapé dans sa dignité offensée.

— Mon Dieu, il vous a griffée ? s'alarma miss Wayn-flete.

— Rien de grave, dit Bridget en suçant l'égratignure qui lui barrait la main.

— Voulez-vous que je vous mette un peu de teinture d'iode ?

— Oh ! non, ça va très bien. Inutile d'en faire une histoire.

Miss Waynflete parut un peu désappointée. Consciente de n'avoir pas été très aimable, Bridget s'empressa de changer de sujet :

— Je me demande si Luke en aura pour longtemps ?

— Voyons, ma chère enfant, ne vous faites pas de souci. Mr Fitzwilliam est tout à fait capable de se défendre.

— Oh ! c'est vrai qu'il est coriace !

À cet instant, le téléphone sonna. Bridget se précipita pour répondre. C'était la voix de Luke :

— Allô ? C'est vous, Bridget ? Je vous appelle du *Bells and Motley*. Est-ce que ça ira si je vous apporte vos affaires après le déjeuner seulement ? Parce que Battle est arrivé... vous savez qui je veux dire...

— Le superintendant de Scotland Yard ?

— Oui. Et il voudrait s'entretenir avec moi dès maintenant.

— Aucun problème de mon côté. Vous m'apporterez mes bagages après et vous me raconterez ce qu'il aura dit de tout ça.

— Entendu. Au revoir, mon amour.

— Au revoir.

Bridget raccrocha et rapporta la conversation à miss Waynflete. Soudain, elle bâilla. Son excitation avait cédé la place à un sentiment de lassitude.

Miss Waynflete s'en aperçut.

— Vous êtes épuisée, mon enfant ! Vous feriez mieux de vous allonger... non, juste avant le déjeuner, ce n'est peut-être pas très indiqué. Je m'apprêtais à porter quelques vieux vêtements à une femme qui habite non loin d'ici... À travers champs, c'est une charmante promenade. Cela vous tenterait de m'accompagner ? Nous avons juste le temps avant de passer à table.

Bridget accepta sans se faire prier.

Elles sortirent par la porte de derrière. Miss Waynflete était coiffée d'un chapeau de paille et Bridget, amusée, constata qu'elle avait mis des gants.

« Comme si nous allions faire du lèche-vitrines à Bond Street ! » pensa-t-elle.

Tandis qu'elles cheminaient côte à côte, miss Waynflete devisa de choses et d'autres. Elles traversèrent deux champs, puis longèrent un chemin de terre avant d'emprunter un sentier qui s'enfonçait dans un hallier. Bridget apprécia l'ombre des arbres, car la chaleur était étouffante.

Miss Waynflete proposa de s'asseoir, histoire de se reposer un peu.

– Il fait lourd, vous ne trouvez pas ? Il y aurait de *l'orage* dans l'air que ça ne m'étonnerait pas !

Bridget acquiesça d'un air somnolent. Elle s'adossa au talus, les yeux mi-clos, tandis que les vers d'un poème trottaient dans son esprit :

« *Pourquoi mets-tu des gants pour t'en aller aux champs, Grosse femme à cheveux blancs qui jamais n'eut d'amant ?* »

Non, ce n'était pas tout à fait adéquat ! Miss Waynflete n'était pas grosse. Bridget rectifia le texte pour l'adapter à la situation :

« *Pourquoi mets-tu des gants pour t'en aller aux champs, Mince femme à cheveux gris qui jamais n'eut d'amant ?* »

La voix de miss Waynflete fit irruption dans ses pensées :

– Vous avez très sommeil, n'est-ce pas, ma chère ?

C'était dit sur un ton normal, avec gentillesse, et cependant quelque chose poussa Bridget à ouvrir brusquement les yeux.

Miss Waynflete était penchée sur elle. Les yeux ardents, elle se passait doucement la langue sur les lèvres. Elle répéta sa question :

– Vous avez *très* sommeil, n'est-ce pas ?

Cette fois, on ne pouvait plus se méprendre sur la qualité de l'intonation. Un éclair traversa le cerveau de Bridget... un éclair de compréhension, suivi d'un réflexe de mépris pour l'aveuglement dont elle avait fait preuve !

Elle soupçonnait depuis peu la vérité – mais ce n'était guère qu'un vague soupçon. Elle avait voulu, par des manœuvres discrètes, acquérir une certitude. Mais pas un instant elle ne s'était doutée que sa vie fût en danger ! Elle pensait avoir parfaitement camouflé ses soupçons. Et elle n'aurait jamais imaginé que les événements se précipiteraient ainsi. Idiote... triple idiote !

Soudain, elle pensa :

« Le thé... elle a mis quelque chose dans le thé. *Elle ne sait pas que je ne l'ai pas bu.* Voilà ma chance ! Il faut que je joue la comédie ! Quel produit a-t-elle utilisé ? Du poison ? Ou juste un somnifère ? Oui, c'est évident, elle s'attend à ce que je m'endorme... »

Elle laissa retomber ses paupières.

– Oui... terriblement..., répondit-elle d'une voix ensommeillée qu'elle espérait naturelle. C'est bizarre ! Ça fait longtemps... bien longtemps... que je n'ai pas eu si sommeil...

Miss Waynflete hocha doucement la tête.

Bridget l'épiait à travers ses paupières presque closes :

« En tout cas, je suis de taille à lui résister ! Moi, j'ai de bons muscles, tandis qu'elle, c'est un petit bout de femme maigrichonne. Mais il faut que je la fasse *parler*... oui, c'est ça... il faut que je la fasse *parler* ! »

Miss Waynflete souriait. D'un sourire qui n'avait rien de plaisant. Un rictus sournois, pas tout à fait humain.

« On dirait une chèvre, se dit Bridget. Dieu, ce qu'elle peut ressembler à une chèvre ! La chèvre a toujours été un symbole maléfique ! Je comprends pourquoi, maintenant ! J'avais vu juste... mon idée folle était juste ! *Il n'est aux enfers pire furie qu'une femme dédaignée...* C'est l'origine de tout... oui, tout est là ! »

Avec un accent d'appréhension cette fois, elle murmura :

– Je ne comprends pas ce qui m'arrive... Je me sens bizarre... *tellement* bizarre !

Miss Waynflete jeta un rapide coup d'œil autour d'elle. L'endroit était désert. Le village était trop éloigné pour qu'on y entende un cri. Il n'y avait aucune habitation à proximité. Elle se mit à déballer fébrilement le paquet qu'elle portait... le paquet qui était censé contenir de vieux vêtements. Apparemment, c'était bien le cas : du papier elle sortit un cardigan de laine. Ses mains gantées continuèrent néanmoins à s'activer, à s'activer...

« *Pourquoi mets-tu des gants pour t'en aller aux champs ?* »

Oui, pourquoi ? Pourquoi des gants ?

Mais oui ! Bien sûr ! Le plan était merveilleusement combiné !

De l'emballage, miss Waynflete sortit un poignard, qu'elle tint avec précaution, de façon à ne pas effacer les empreintes qui s'y trouvaient déjà : celles qu'y avaient laissées les petits doigts boudinés de lord Whitfield, le matin même, dans le salon d'Ashe Manor.

Le poignard maure à la lame effilée.

Bridget sentit une vague nausée l'envahir. Il fallait qu'elle gagne du temps... oui, et il fallait qu'elle la fasse parler, cette femme... cette mince femme aux cheveux gris qui jamais n'avait eu d'amant... Ce ne devrait pas être trop difficile. Pas vraiment. Parce qu'elle devait avoir envie – oh ! tellement envie de parler... et qu'elle ne pouvait le faire que devant quelqu'un comme Bridget... quelqu'un qu'elle allait à jamais réduire au silence.

D'une voix épaisse, étouffée, Bridget demanda :

– C'est quoi... ce... ce couteau ?

Alors miss Waynflete éclata de rire.

D'un rire horrible... doux, musical, de bonne compagnie... et parfaitement inhumain :

– C'est pour vous, Bridget. Pour vous ! Je vous hais depuis bien longtemps, vous savez.

– Parce que j'allais épouser Gordon Whitfield ? demanda Bridget.

Miss Waynflete hocha la tête :

– Vous êtes maligne. Très maligne ! Ceci, voyez-vous, ce sera la preuve décisive contre lui. On va trouver votre cadavre ici, la gorge tranchée... tranchée avec... *son* poignard. Et il y aura *ses* empreintes sur le poignard ! Astucieuse, la manière dont je lui ai demandé à le voir, ce matin ! Après ça je n'ai eu qu'à le glisser dans mon sac, enveloppé dans un mouchoir, pendant que vous étiez en haut. Tellement facile ! Mais tout a été si facile ! Je ne l'aurais jamais cru.

De la même voix pâteuse et étouffée de quelqu'un qui est assommé par un somnifère, Bridget balbutia :

– C'est... parce que... vous êtes... d'une intelligence... diabolique...

De nouveau, miss Waynflete émit son petit rire de femme bien élevée. Avec une sorte d'orgueil monstrueux, elle dit :

– Oui, j'ai toujours été intelligente, même quand j'étais enfant ! Mais on ne me laissait rien faire... je devais rester à la maison – à me tourner les pouces. Et puis il y a eu Gordon... le fils d'un vulgaire cordonnier, mais il avait de l'ambition, je le savais. Je savais qu'il irait loin. Et il m'a plaquée... Il m'a plaquée, *moi* ! Tout ça à cause de cette ridicule histoire de canari !

Ses mains esquissèrent un geste bizarre, comme si elle tordait quelque chose.

Une vague de nausée submergea de nouveau Bridget.

– Gordon Ragg osait *me* plaquer, moi, la fille du colonel Waynflete ! Je me suis juré de le lui faire payer ! J'ai passé des nuits et des nuits à méditer ma vengeance... Et puis nous sommes devenus de plus en plus pauvres. Il a fallu vendre la maison. Et c'est *lui* qui l'a achetée ! Et il est venu me trouver, plein de condescendance, pour *me* proposer un emploi dans la demeure de mes ancêtres ! Ce que j'ai pu le haïr, à ce moment-là ! Mais je n'ai jamais montré mes sentiments. On nous enseignait ça, dans ma jeunesse... précieuse formation ! C'est à cela, je le pense aujourd'hui encore, qu'on reconnaît la bonne éducation.

Elle demeura silencieuse une minute. Bridget l'observait, osant à peine respirer de peur d'endiguer le flot de ses paroles.

– Je n'arrêtais pas d'y penser, à toute heure du jour et de la nuit, reprit miss Waynflete d'une voix douce. Dans un premier temps, j'ai simplement envisagé de le tuer. Je me suis mise à lire – discrètement – des ouvrages de criminologie à la bibliothèque. Ces lectures m'ont d'ailleurs été plus d'une fois très utiles par la suite. La porte de la chambre d'Amy, par exemple : quand j'ai tourné la clef dans la serrure de l'extérieur avec des pinces après avoir fait l'échange des flacons sur sa table de chevet. Ce qu'elle pouvait ronfler, cette petite ! C'était d'une parfaite vulgarité.

Elle s'interrompit.

– Voyons... où en étais-je ?

Ce don que Bridget avait cultivé et qui avait charmé lord Whitfield – le don de savoir écouter – lui était bien utile en la circonstance. Honoria Waynflete avait beau être une meurtrière et une folle, elle n'en possédait pas moins d'autres traits de caractère beaucoup plus répandus. C'était quelqu'un qui avait besoin de parler de soi. Et, avec ces gens-là, Bridget savait s'y prendre.

Avec juste ce qu'il fallait d'encouragement dans le ton, elle murmura :

– Au départ, vous aviez envisagé de le tuer...

– Oui, mais cette solution ne me satisfaisait pas. Beaucoup trop banale. Il me fallait mieux qu'un simple meurtre. Et tout à coup l'idée m'est venue. Ç'a été une sorte de déclic. J'ai décidé que Gordon serait puni pour une série de crimes qu'il n'aurait pas commis. Il serait considéré comme un assassin ! Il serait pendu, *lui*, pour *mes* crimes ! Ou alors, il serait déclaré fou et interné à vie... Ce qui vaudrait peut-être encore mieux !

Elle gloussait, à présent. Un petit gloussement horrible... Elle avait le regard fixe, les pupilles étrangement dilatées.

– Comme je vous l'ai dit, j'avais lu bon nombre d'ouvrages de criminologie. J'ai choisi mes victimes avec soin : il ne fallait pas trop éveiller les soupçons au départ. Vous savez... (Sa voix se fit grave.) j'ai pris *plaisir* à tuer... Cette femme revêche, Lydia Horton...

elle me traitait de haut... Un jour, dans une conversation, elle a parlé de moi en m'appelant « la vieille fille ». J'ai été ravie quand Gordon s'est querellé avec elle. D'une pierre deux coups, me suis-je dit ! Ce que j'ai pu *m'amuser* pendant ces visites où assise à son chevet, je versais de l'arsenic dans son thé... pour aller dire ensuite à l'infirmière, en partant, que Mrs Horton s'était plainte du goût amer des raisins de lord Whitfield ! Cette idiote ne l'a jamais répété, c'est bien dommage.

» Et les autres ! Dès que j'apprenais que Gordon avait une dent contre quelqu'un, je combinais un accident. C'était si facile ! Il est stupide... incroyablement stupide ! Je lui ai fourré dans la tête qu'il était au-dessus du commun des mortels ! Que tous ceux qui s'opposaient à lui étaient condamnés ! Il l'a toujours cru sans difficulté. Pauvre cher Gordon, il croirait n'importe quoi. Il est tellement jobard !

Elle-même, Bridget, n'avait-elle pas dit à Luke, non sans dédain : « Gordon ? On lui ferait gober n'importe quoi ! »

Facile ? Ô combien ! Pauvre Gordon, pauvre petit bout d'homme pompeux et crédule...

Mais il fallait qu'elle en apprenne davantage ! Facile ? Ça aussi, c'était facile ! Pendant des années, quand elle était secrétaire, elle s'était livrée à cet exercice. Elle encourageait discrètement ses employeurs à parler d'eux. Or, cette femme mourait d'envie de parler, de se vanter de son intelligence.

– Mais comment vous y êtes-vous prise ? murmura Bridget. Je ne vois pas comment vous avez pu arriver à un tel résultat.

– Oh, c'était d'une simplicité enfantine ! Ça ne demandait rien de plus qu'un minimum d'organisation ! Quand Amy a été renvoyée d'Ashe Manor, je l'ai aussitôt engagée. L'idée de la peinture pour cha-peaux était à mon avis *très* astucieuse... et la porte fermée à clef *de l'intérieur* me mettait automatique-ment hors de cause. D'ailleurs, je n'ai jamais cessé d'être hors de cause, pour la bonne raison que je n'avais pas de *mobile*. Qui irait soupçonner de meurtre quelqu'un qui n'a pas de mobile ? Carter aussi, ç'a été très facile : il titubait dans le brouillard, je l'ai rattrapé sur la passerelle et je l'ai poussé un bon coup. Sans en avoir l'air, j'ai beaucoup de force, vous savez.

Elle s'interrompit et l'horrible petit gloussement sortit à nouveau de ses lèvres.

— C'était si *amusant*, tout ça ! Jamais je n'oublierai la tête de Tommy quand je l'ai poussé par la fenêtre. Il était bien loin de se douter...

Elle se pencha vers Bridget comme pour lui faire une confidence :

— Les gens sont vraiment stupides, vous savez. Je ne m'en étais jamais rendu compte.

— Ça tient, murmura Bridget dans un souffle, à ce que vous êtes d'une intelligence rare.

— Oui... oui... vous avez peut-être raison.

— Et le Dr Humbleby ? demanda Bridget. Ça a dû être une autre paire de manches ?

— Oui. Et j'avoue que je ne m'attendais pas à ce que ça réussisse aussi bien. Ç'aurait très bien pu être un fiasco. Mais Gordon avait raconté à tout le monde sa visite à l'Institut Wellerman Kreutz, et je me suis dit que je pouvais m'arranger de manière à ce que les gens établissent par la suite un lien entre cette visite et la mort du docteur. Wonky Pooh avait alors l'oreille très mal en point, pleine de pus. J'ai trouvé le moyen d'enfoncer la pointe de mes ciseaux dans la paume du docteur, et cela m'a plongée dans une *telle* consterna-tion que j'ai insisté pour lui mettre moi-même un pansement et lui bander la main. Ce qu'il ignorait, c'est que j'avais au préalable infecté le pansement avec le pus de Wonky Pooh. Encore une fois, ça aurait *pu* ne pas marcher... c'était juste un coup d'essai, à tout hasard. J'ai été ravie que ça réussisse... d'autant que Wonky Pooh était le chat de Lavinia !

Son visage s'assombrit :

– Lavinia Pinkerton ! *Elle*, elle avait deviné... C'est elle qui a découvert le corps de Tommy. Et puis, quand Gordon et le Dr Humbleby ont eu leur prise de bec, elle m'a surprise en train de regarder Humbleby. Je n'étais pas sur mes gardes. Je me demandais justement comment j'allais m'y prendre... Et elle a compris ! En me retournant, je l'ai vue qui m'observait, et... je me suis trahie. J'ai vu qu'elle savait. Naturellement, elle ne pouvait rien prouver. Ça, j'en étais sûre. Mais je craignais tout de même qu'on ne la croie. Je craignais que les policiers de Scotland Yard ne la croient. J'ai eu la conviction que c'était là-bas qu'elle allait, ce jour-là. J'ai pris le même train qu'elle et je l'ai suivie.

» Tout a été très facile. Elle était sur un refuge pour piétons, en face de Whitehall. Moi, j'étais juste derrière. Elle ne m'a même pas vue. Une grosse voiture est arrivée, j'ai poussé Lavinia aussi violemment que j'ai pu. C'est étonnant ce que je peux être forte ! Elle s'est affalée juste sous les roues. J'ai dit à la femme qui était à côté de moi que j'avais noté le numéro de la voiture... et je lui ai donné le numéro de la Rolls de Gordon ! J'espérais bien qu'elle le répéterait à la police.

» J'ai eu de la chance que la voiture ne s'arrête pas. Sans doute un chauffeur qui s'offrait une petite balade sans l'autorisation de son maître... Oui, *là*, j'ai eu de la chance ! J'ai toujours de la chance. Prenez la scène avec Rivers, l'autre jour, en présence de Luke Fitzwilliam. Celui-là, je me suis bien amusée à le mener par le bout du nez ! Incroyable, le mal que j'ai eu à lui faire soupçonner Gordon ! Mais après la mort de Rivers, il ne pouvait qu'être convaincu. Forcément !

» Et maintenant... reste à apporter la touche finale.

Elle se leva et s'approcha de Bridget. D'une voix douce, elle dit :

– Gordon m'a plaquée ! Il allait vous épouser. Toute ma vie, je n'ai eu que des déceptions. Mon existence ne m'a rien apporté – rien du tout...

« *Mince femme à cheveux gris qui jamais n'eut d'amant...* »

Elle était penchée sur Bridget, le sourire aux lèvres, une lueur de folie dans les yeux... Le poignard brilla...

Avec toute la vigueur de sa jeunesse, Bridget bondit. Telle une tigresse, elle se jeta de tout son poids sur la vieille demoiselle et, lui faisant perdre l'équilibre, lui saisit le poignet droit.

Surprise au moment où elle s'y attendait le moins, Honoria Waynflete battit en retraite. Mais, après un moment de flottement, elle contre-attaqua. Du point de vue force, il n'y avait pas de comparaison entre les deux femmes. Bridget était jeune, en pleine santé, musclée par le sport. Honoria Waynflete, elle, était une créature mince et frêle.

Mais il y avait un facteur que Bridget avait négligé. *Honoria Waynflete était folle.* Sa force était celle de la démence. Elle se battit comme une diablesse, et sa force insane se révéla plus puissante que la saine force musculaire de Bridget. Elles se colletèrent en titubant, et plus Bridget se démenait pour lui arracher le poignard, plus Honoria Waynflete s'y cramponnait.

Et puis, petit à petit, la force de la folle commença à prendre le dessus.

– *Luke... Au secours !... Au secours !...*, cria Bridget.

Mais elle n'avait aucun espoir d'être secourue. Elle était seule avec Honoria Waynflete. Seule dans un monde mort. Dans un suprême effort, elle tordit le poignet de son adversaire et entendit enfin tomber le poignard.

Aussitôt, les mains de Honoria Waynflete se nouèrent autour de son cou et serrèrent convulsivement, de plus en plus fort. Bridget poussa un dernier cri étranglé...

22

MRS HUMBLEBY PARLE

Luke fut favorablement impressionné par le superintendant Battle. C'était un homme robuste, placide, au large visage rougeaud orné d'une magnifique moustache. Il ne donnait pas, à première vue, l'impression d'être très brillant, mais un examen plus poussé ne pouvait manquer de faire réfléchir un observateur avisé, car le superintendant Battle avait l'œil extraordinairement pénétrant.

Luke ne commit pas l'erreur de le sous-estimer. Des hommes comme Battle, il en avait déjà rencontré. Il savait qu'on pouvait leur faire confiance, qu'ils obtenaient toujours des résultats. Il n'aurait pu rêver mieux pour mener l'enquête.

Lorsqu'ils se retrouvèrent en tête à tête, Luke lui demanda :

– Vous n'êtes pas un bien gros bonnet pour qu'on vous envoie sur une affaire comme celle-ci ?

Le superintendant Battle sourit :

– Elle peut se révéler épineuse, Mr Fitzwilliam. Quand un homme comme lord Whitfield est impliqué, nous préférons éviter les bavures.

– Je comprends ça. Vous êtes seul ?

– Non. J'ai un sergent avec moi. Il est à l'autre pub, le *Seven Stars*, et il a pour mission de tenir Sa Seigneurie à l'œil.

– Bien.

Battle s'enquit :

– Dans votre esprit, Mr Fitzwilliam, il n'y a pas l'ombre d'un doute ? Vous êtes sûr de votre coup ?

– Les choses étant ce qu'elles sont, je ne vois pas d'autre hypothèse possible. Voulez-vous que je vous expose les faits ?

– Sir William l'a déjà fait, merci.

– Alors, qu'est-ce que vous en pensez ? J'imagine qu'il vous paraît hautement improbable qu'un personnage aussi important que lord Whitfield puisse être un fou homicide ?

– Très peu de choses me paraissent improbables, répondit le superintendant Battle. En matière criminelle, on peut s'attendre à tout. C'est ce que je dis toujours. Vous m'affirmeriez qu'une vieille demoiselle charmante, un archevêque, ou une petite écolière sont de dangereux assassins, je ne vous enverrais pas sur les roses. Je creuserais la question.

– Puisque sir William vous a mis au courant, je me bornerai à vous raconter ce qui s'est passé ce matin, dit Luke.

Il rapporta brièvement les grandes lignes de son entrevue avec lord Whitfield. Le superintendant Battle l'écouta avec un vif intérêt.

– Vous dites qu'il tripotait un poignard... Avait-il une intention particulière, Mr Fitzwilliam ? Était-ce un geste menaçant ?

– Pas ostensiblement. Il caressait le fil de la lame d'une manière assez déplaisante... avec une sorte de plaisir esthétique qui ne m'a pas plu. Miss Waynflete a eu la même impression, je crois.

– C'est la vieille demoiselle dont vous m'avez parlé ? Celle qui connaît lord Whitfield depuis toujours et qui a été fiancée avec lui autrefois ?

– C'est bien ça.

– Je crois que vous ne devriez pas vous inquiéter outre mesure au sujet de la jeune femme, Mr Fitzwilliam, déclara le superintendant. Je vais la faire surveiller de très près. Et avec Jackson qui file Sa Seigneurie, il ne devrait rien lui arriver.

– Vous me soulagez d'un grand poids.

Le superintendant hocha la tête avec sympathie :

– C'est une situation bien désagréable pour vous, Mr Fitzwilliam. Vous vous faites du souci pour miss Conway. Remarquez, l'affaire ne va pas être facile ! Lord Whitfield doit être joliment malin. Il va probablement faire le mort un bon bout de temps. À moins, bien entendu, qu'il n'en soit déjà au stade ultime.

– Qu'appelez-vous le stade ultime ?

– Une espèce d'orgueil démesuré qui saisit le criminel : il se persuade qu'il ne *peut* pas être démasqué ! Il est trop intelligent et les autres sont tous trop bêtes ! À ce moment-là, nous le tenons !

Luke se leva.

– Eh bien ! dit-il, je vous souhaite bonne chance. N'hésitez surtout pas à me mettre à contribution.

– Comptez sur moi.

– Vous n'avez rien à me suggérer ?

Battle retourna la question dans son esprit :

– Je ne vois pas, non. Pas pour l'instant. Je voudrais déjà me faire une idée de la situation sur place. Mais nous pourrions en reparler dans la soirée, si vous voulez ?

– Et comment !

– J'y verrai plus clair à ce moment-là.

Luke se sentit vaguement réconforté et apaisé. Comme beaucoup de gens après un entretien avec le superintendant Battle.

Il consulta sa montre. Devait-il passer voir Bridget avant le déjeuner ?

Non, il valait mieux pas. Miss Waynflete se croirait obligée de l'inviter à déjeuner, et cela risquait de lui compliquer la vie. Les demoiselles d'un certain âge – Luke le savait d'expérience avec ses tantes – avaient tendance à se faire des montagnes des problèmes domestiques. Miss Waynflete avait-elle des neveux ? se demanda-t-il. Probablement.

Comme il sortait de l'auberge, une silhouette tout de noir vêtue, qui descendait rapidement la rue, s'arrêta net en le voyant :

– Mr Fitzwilliam !

– Mrs Humbleby !

Il lui serra la main.

– Je croyais que vous étiez parti ? dit-elle.

– Non... seulement installé ailleurs. Je suis maintenant à l'auberge.

– Et Bridget ? Elle a quitté Ashe Manor, paraît-il ?

– Oui, en effet.

Mrs Humbleby soupira :

– Je suis contente... vraiment très contente qu'elle ait quitté Wychwood sans attendre !

– Mais elle est encore là ! En fait, elle est chez miss Waynflete.

Mrs Humbleby recula d'un pas. Son visage, nota Luke avec surprise, exprimait une indicible angoisse :

– Chez Honoria Waynflete ? Oh, mais *pourquoi* ?

– Miss Waynflete lui a très aimablement proposé de passer quelques jours chez elle.

Mrs Humbleby frissonna. Se rapprochant de Luke, elle lui posa la main sur le bras.

– Mr Fitzwilliam, je sais que je n'ai pas le droit de parler ainsi... absolument pas le droit. Je viens de traverser une terrible épreuve, et peut-être cela me rend-il... trop imaginative ! Peut-être ma conviction n'est-elle que le fruit de mes idées morbides...

– Quelle conviction ? demanda Luke avec douceur.

– La conviction que... que le *mal* est parmi nous !

Elle regarda timidement Luke. Puis, voyant qu'il se bornait à incliner la tête avec gravité, sans paraître contester son affirmation, elle enchaîna :

– *Tant de méchanceté...* voilà la pensée qui ne me quitte pas... tant de méchanceté, ici même, à Wychwood ! Et cette femme en est à l'origine. J'en suis sûre !

Luke demeura interdit.

– Quelle femme ?

– Honoria Waynflete, répondit Mrs Humbleby. C'est une très mauvaise femme, j'en suis sûre ! Oh, je vois bien que vous ne me croyez pas ! Lavinia Pinkerton non plus, personne ne l'a crue. *Mais nous avions senti la même chose, toutes les deux.* Elle en savait plus que moi, je pense... Dites-vous bien, Mr Fitzwilliam, qu'une femme qui n'est pas heureuse est capable du pire.

– C'est possible... oui, répliqua Luke, conciliant.

Mrs Humbleby reprit vivement :

– Vous ne me croyez pas ? Ma foi, pourquoi me croiriez-vous ? Mais jamais je n'oublierai le jour où John est rentré de chez elle, la main bandée. Il a eu beau prendre ça à la légère et affirmer que c'était une simple égratignure...

Elle se détourna :

— Au revoir. Je vous en prie, oubliez ce que je viens de vous dire. Je... je ne suis pas dans mon état normal ces temps-ci.

Luke la regarda s'éloigner. Pourquoi Mrs Humbleby avait-elle traité Honoria Waynflete de « mauvaise femme » ? Le Dr Humbleby et Honoria Waynflete avaient-ils été amis, et la femme du médecin en concevait-elle de la jalousie ?

Qu'avait-elle dit ? « Lavinia Pinkerton non plus, personne ne l'a crue. » Lavinia Pinkerton avait donc dû plus ou moins faire part de ses soupçons à Mrs Humbleby.

En un éclair, il se remémora le compartiment de chemin de fer et le visage soucieux de la délicieuse vieille demoiselle. Il entendit de nouveau sa voix pressante qui disait : « *Il existe, ce regard spécial qu'on peut poser sur quelqu'un...* » En disant cela, elle avait elle-même changé d'expression, comme si elle voyait par la pensée une image très distincte. L'espace d'un instant, son visage s'était transformé : un rictus lui avait retroussé les lèvres, lui découvrant les dents, et une lueur étrange – presque malveillante – s'était allumée dans ses yeux.

Il pensa brusquement : *ce regard-là, je l'ai vu dans les yeux de quelqu'un... Tout récemment. Mais quand ?* Ah, oui ! Ce matin ! Miss Waynflete... quand elle regardait Bridget dans le salon d'Ashe Manor.

Soudain, un autre souvenir lui revint. Un souvenir qui remontait à bien des années. Sa tante Mildred déclarant : « Voyez-vous, ma chère, elle avait l'air complètement *demeuré* ! » ...et, un bref instant, son visage agréable avait affiché un air de débilité profonde.

Lavinia Pinkerton avait parlé de l'expression qu'elle avait vue sur le visage d'un homme... non, d'une *per-*

sonne. Se pouvait-il que, l'espace d'une seconde, son esprit ait *reproduit ce qu'elle avait vu – l'expression d'une meurtrière regardant sa prochaine victime...* ?

Luke, qui se dirigeait vers la maison de miss Waynflete, pressa le pas sans même s'en rendre compte.

Dans son cerveau, une voix répétait :

« Il ne s'agit pas d'un *homme*... elle n'a jamais parlé d'un *homme*... *Toi*, tu es parti du principe qu'il s'agissait d'un homme parce que tu avais cette idée en tête, mais *elle*, elle n'a jamais prononcé ce mot... Seigneur, je deviens fou ! Ce n'est pas possible, ce que je pense... non, ce n'est pas *possible*... ça ne tient pas debout... En tout cas, je *dois* rejoindre Bridget. Je *dois* m'assurer qu'il ne lui est rien arrivé... Ces yeux... ces yeux bizarres, ambrés... Non, je suis fou ! Je dois être fou ! Le meurtrier, c'est Whitfield ! C'est *forcément* lui. Il l'a pratiquement *avoué* ! »

Et pourtant, comme dans un cauchemar, il voyait le visage de miss Pinkerton refléter de manière fugitive quelque chose d'horrible et de pas tout à fait normal.

La petite bonne chétive lui ouvrit la porte. Un peu décontenancée par la véhémence de Luke, elle expliqua :

– La jeune dame est sortie. Miss Waynflete me l'a dit. Je vais voir si la patronne est là.

Il l'écarta, entra dans le salon. Émily se précipita à l'étage. Elle redescendit, hors d'haleine.

– Miss Waynflete est sortie aussi.

Luke la secoua par les épaules.

– De quel côté sont-elles parties ? Où sont-elles allées ?

Elle le regarda, bouche bée.

– Elles ont dû sortir par derrière. Sinon, je les aurais vues parce que la cuisine donne sur le devant.

Suivi de la bonne, il partit comme une flèche et

traversa en courant le minuscule jardin. Un peu plus loin, un homme taillait une haie. Luke l'aborda pour lui poser une question, en s'efforçant de parler d'une voix normale.

L'homme répondit lentement :

— Deux dames ? Oui. Ça fait déjà un moment. Je prenais mon déjeuner sous la haie. Elles n'ont même pas dû me voir.

— *De quel côté sont-elles allées ?*

Il s'efforçait désespérément de contrôler sa voix. Cependant l'homme ouvrit un peu plus grand les yeux avant de répondre, toujours aussi lentement :

— À travers champs... Par là. Après ça, j'en sais trop rien.

Luke le remercia et se mit à courir. L'urgence de la situation lui apparaissait avec encore plus de force. Il *fallait* qu'il les rattrape, il le *fallait* ! Si ça se trouvait, il était complètement fou. Selon toute vraisemblance, elles faisaient juste une petite promenade amicale... néanmoins, une voix intérieure l'exhortait à faire vite. Plus vite !

Il traversa les deux champs, se retrouva sur un chemin de terre, hésita. De quel côté, maintenant ?

Il entendit alors un cri : faible, lointain, mais aisément reconnaissable...

— *Luke, au secours !* (Puis, de nouveau :) *Luke...*

Plongeant à corps perdu dans les bois, il courut dans la direction d'où lui était parvenu le cri. Il entendait d'autres sons, à présent : des bruits de lutte... des halètements... une plainte étranglée.

Il émergea des arbres juste à temps pour forcer la démente à lâcher la gorge de sa victime et pour la ceinturer. Elle se débattit, écuma, jura, jusqu'au moment où, dans un frisson convulsif qui la secoua toute, elle se raidit enfin sous la poigne de Luke.

23

RECOMMENCEMENT

— Mais je ne comprends pas..., répétait lord Whitfield. Je ne comprends pas.

Il s'efforçait de conserver sa dignité mais, sous ses
dehors pompeux, perçait une stupeur pathétique. Il
n'arrivait pas à croire les choses extravagantes qu'on
lui racontait.

— C'est comme ça, lord Whitfield, dit patiemment
Battle. Pour commencer, il y a toujours eu un grain de
folie chez les Waynflete. C'est un fait établi. Dans ces
vieilles familles, le cas n'est pas rare. Nous dirons donc
qu'elle avait une prédisposition. D'autre part, c'était
une femme ambitieuse... et on avait contrarié ses projets. D'abord sa carrière, ensuite sa vie amoureuse. (Il
toussota.) Je crois savoir que c'est *vous* qui l'avez
plaquée ?

Lord Whitfield déclara avec raideur :

— Je n'aime pas le terme « plaquer ».

Le superintendant Battle tourna sa phrase autrement :

— C'est vous qui avez rompu les fiançailles ?

— Euh... oui.

— Racontez-nous pourquoi, Gordon, dit Bridget.

Lord Whitfield rougit. Il dit :

— Bon, s'il le faut vraiment... Voilà : Honoria avait
un canari. Elle l'aimait beaucoup. Elle lui avait appris
à picorer un sucre qu'elle tenait entre ses lèvres. Un
jour, par inadvertance, il lui a donné un violent coup
de bec. Furieuse, elle l'a saisi et... et elle lui a tordu
le cou ! Après cet incident, je... je n'ai plus éprouvé

les mêmes sentiments à son égard. Je lui ai dit que nous allions tous deux commettre une erreur.

Battle acquiesça :

– C'est là que tout a commencé ! Comme elle l'a expliqué à miss Conway, elle a alors consacré toutes ses pensées, toute son intelligence sur un seul et unique objectif.

– *Me* faire condamner pour meurtre ? s'écria lord Whitfield d'un ton incrédule. Je ne peux pas y croire !

– C'est pourtant vrai, Gordon, dit Bridget. Vous étiez vous-même surpris, rappelez-vous, par la façon dont tous ceux qui vous contrariaient étaient instantanément foudroyés.

– Il y avait une raison à cela.

– La raison, c'était Honoria Waynflete, continua Bridget. Enfoncez-vous bien dans le crâne, Gordon, que ce n'est pas la Providence qui a poussé Tommy Pierce par la fenêtre et supprimé tous les autres. C'est Honoria !

Lord Whitfield secoua la tête :

– Tout cela paraît tellement incroyable !

Battle intervint :

– Vous disiez tout à l'heure avoir reçu un coup de téléphone ce matin ?

– Oui... vers midi. On me demandait d'aller immédiatement au bois de Shaw car Bridget avait quelque chose à me dire. Je ne devais pas venir en voiture mais à pied.

Battle hocha la tête :

– Et voilà ! Ç'aurait été le coup de grâce. On aurait retrouvé miss Conway la gorge tranchée – et, près d'elle, *votre* poignard portant *vos* empreintes digitales ! *Et* des témoins vous auraient vu dans les parages à l'heure du crime ! Vous n'aviez pas une chance de vous en tirer. N'importe quel jury vous aurait condamné !

– Moi ? s'exclama lord Whitfield, bouleversé. On m'aurait cru capable d'une chose pareille, Moi ?

– Moi, je ne l'ai pas cru, Gordon, dit Bridget avec douceur. Je ne l'ai pas cru une seconde.

Lord Whitfield la regarda froidement, puis déclara avec raideur :

– Compte tenu de ma personnalité et de ma situation dans le comté, personne n'aurait ajouté foi un seul instant à une accusation aussi monstrueuse !

Il sortit avec dignité, fermant la porte derrière lui.

– Il ne se rendra jamais compte du danger auquel il a échappé ! soupira Luke.

Après un silence, il reprit :

– Allez-y, Bridget, racontez-moi comment vous en êtes arrivée à soupçonner miss Waynflete.

– C'est quand vous m'avez affirmé que Gordon était le meurtrier, expliqua Bridget. Je ne pouvais pas le croire ! Je le connais tellement bien, vous comprenez. J'ai été sa secrétaire pendant deux ans ! Je le connais sur le bout des doigts ! Je sais qu'il est prétentieux, intolérant et totalement égocentrique, mais je sais aussi qu'il est bon et qu'il a le cœur presque trop tendre. Tuer ne serait-ce qu'une abeille, ça le bouleverse ! Alors, cette histoire de canari étranglé... ça ne collait pas du tout. Il était tout bonnement incapable d'avoir fait ça. Il m'avait dit un jour qu'il avait plaqué miss Waynflete. Et voilà que vous veniez me dire, vous, que *c'était le contraire*... Bon, ça, c'était encore *possible* ! Sa fierté aurait pu l'empêcher d'admettre qu'elle l'avait laissé tomber. Mais l'histoire du canari, non ! Ça ne ressemblait pas du tout à Gordon ! Il ne va même pas à la chasse parce que ça le rend malade de voir tuer des animaux !

» J'étais donc sûre et certaine que cette partie de l'histoire était fausse. Mais alors, dans ce cas, *miss Waynflete devait avoir menti*. Et, quand on y réfléchissait, *il s'agissait d'un mensonge bien surprenant* ! Soudain, je me suis demandé si elle n'avait pas menti sur d'autres points. C'était une femme très orgueilleuse, ça se voyait. Et cet orgueil avait dû être profondément blessé quand elle s'était vu rejeter. Je me suis dit que, dans sa colère, elle avait probablement éprouvé le désir de se venger de lord Whitfield – surtout quand elle l'avait vu réapparaître plus tard, riche, prospère et triomphant : « Oui, elle n'aurait probablement pas été mécontente de lui coller un crime sur le dos... » Au moment où je pensais ça, mon esprit a chaviré et je me suis demandé : « Et si *tout* ce qu'elle dit n'était que mensonge ? » Et soudain, je me suis aperçue qu'une femme comme elle pouvait très facilement mener un homme en bateau ! Et j'ai pensé : « C'est rocambolesque, mais si c'était *elle* qui avait tué tous ces gens et fourré dans la tête de Gordon qu'il s'agissait d'un châtiment divin ? » Elle n'aurait eu aucun mal à lui faire avaler ça. Comme je vous l'ai dit l'autre jour, Gordon goberait n'importe quoi ! Je me suis alors posé la question : « Aurait-elle *pu* commettre tous ces meurtres ? » Et j'ai constaté que oui ! Elle pouvait, d'une bourrade, expédier un ivrogne dans la rivière... pousser un gamin par la fenêtre... et Amy Gibbs était morte sous son toit. Quant à Mrs Horton, Honoria Waynflete allait régulièrement la voir quand elle était malade. Pour le Dr Humbleby, c'était plus épineux. J'ignorais à ce moment-là que Wonky Pooh avait une oreille purulente et qu'elle avait infecté le pansement qu'elle lui avait mis sur la main. La mort de miss Pinkerton, c'était encore plus difficile. Je voyais mal miss Waynflete, déguisée en chauffeur, au volant d'une Rolls.

» Et puis, brusquement, je me suis rendu compte que c'était le meurtre le plus simple de tous ! La bonne vieille poussée dans le dos... quoi de plus facile, en pleine foule ! La voiture ne s'étant pas arrêtée, elle voit là une nouvelle occasion en or : elle raconte à une autre femme qu'elle a relevé le numéro du véhicule, et elle donne le numéro de la Rolls de lord Whitfield.

» Naturellement, tout cela était encore très confus dans ma tête. Mais si on partait du principe que ce n'était *pas* Gordon qui avait commis les meurtres... et je savais – oui, je *savais* – qu'il ne les avait pas commis, alors *qui* était-ce ? La réponse semblait limpide : « *Quelqu'un qui déteste Gordon !* » Et qui détestait Gordon ? Honoria Waynflete, bien sûr...

» Là-dessus, je me suis souvenue que miss Pinkerton avait parlé d'un *homme*. Voilà qui flanquait par terre toute ma belle théorie car, *si miss Pinkerton avait été tuée, c'était parce qu'elle avait vu juste*... Je vous ai donc fait répéter exactement les paroles de miss Pinkerton, et je n'ai pas tardé à m'apercevoir qu'elle n'avait pas prononcé une seule fois le mot « *homme* ». J'ai alors compris que j'étais bel et bien sur la bonne piste ! Et j'ai décidé d'accepter l'invitation de miss Waynflete pour tenter de découvrir la vérité.

– Sans m'en toucher un mot ? dit Luke avec colère.

– Mais, mon chéri, vous étiez si *sûr* de vous... tandis que moi, je n'étais sûre de rien ! Tout cela était très vague et très aléatoire. Mais je n'ai pas imaginé un instant que je courais un danger quelconque. J'étais persuadée d'avoir tout le temps...

Elle frissonna :

– Oh ! Luke, c'était horrible... Ses yeux... Et son rire ! Si atroce, si bien élevé, si inhumain...

– Jamais je n'oublierai que j'ai bien failli arriver trop tard, déclara Luke en frissonnant lui aussi.

Il se tourna vers Battle :

– Dans quel état est-elle, maintenant ?

– Elle a définitivement perdu l'esprit. Avec les assassins de sa catégorie, c'est fréquent, vous savez. Ils ne supportent pas le choc de constater qu'ils n'ont pas été aussi intelligents qu'ils le croyaient.

Luke prit un air piteux :

– En tout cas, dans le genre policier minable, je me pose un peu là ! Pas une seule fois je n'ai soupçonné Honoria Waynflete. Vous auriez fait mieux, Battle.

– Peut-être bien que oui, monsieur, et peut-être bien que non. Rappelez-vous : je vous ai dit que rien n'était impossible en matière criminelle ! Je crois même avoir cité, à titre d'exemple, une vieille demoiselle...

– Vous avez mentionné également un archevêque et une écolière ! Dois-je comprendre que vous considérez ces gens-là comme des meurtriers en puissance ?

Le sourire de Battle s'élargit :

– Ce que je voulais dire, monsieur, c'est que n'importe qui peut devenir un assassin.

– Sauf Gordon, intervint Bridget. Venez, Luke, allons le rejoindre.

Ils trouvèrent lord Whitfield dans son cabinet de travail, très affairé à prendre des notes.

– Gordon, dit Bridget d'une toute petite voix, maintenant que vous savez tout, est-ce que vous voulez bien nous pardonner ?

Lord Whitfield la regarda avec bienveillance :

– Certainement, ma chère enfant, certainement. J'y vois clair, à présent. La vérité, c'est que j'étais trop occupé. Je vous ai négligée. Comme l'a si bien écrit Kipling : « Il voyage le plus vite, celui qui voyage seul. Mon chemin ici-bas est un chemin solitaire. » (Il carra les épaules.) Je porte une lourde responsabilité. Je dois la porter seul. Il n'est pas question pour moi d'avoir une compagne, de partager mon fardeau... je dois avancer seul dans la vie... jusqu'à ce que je tombe au bord de la route.

– Cher Gordon ! dit Bridget. Vous êtes vraiment adorable !

Lord Whitfield fronça les sourcils :

– Le problème n'est pas de savoir si je suis adorable ou non. Oublions toutes ces sottises. Je suis un homme très occupé.

– Je le sais.

– Je m'apprête à lancer une série d'articles : « Les Femmes et le Crime au cours des siècles ».

Bridget le regarda avec admiration :

– C'est une idée formidable, Gordon !

Lord Whitfield se rengorgea :

– Par conséquent, veuillez me laisser. Je ne veux pas être dérangé. J'ai beaucoup de travail en perspective.

Luke et Bridget sortirent sur la pointe des pieds.

– N'empêche qu'il est *vraiment* adorable ! dit Bridget.

– Je commence à me demander si vous n'aviez pas un faible pour cet homme, Bridget !

– Au fond, Luke, je crois bien que oui.

Luke regarda par la fenêtre.

– Je serai content de quitter Wychwood. Je n'aime pas cet endroit. Comme dirait Mrs Humbleby, il y a beaucoup de méchanceté par ici. Je n'aime pas cette corniche d'Ashe Ridge qui plane au-dessus du village comme une menace.

– À propos d'Ashe Ridge, qu'en est-il d'Ellsworthy ?

Luke eut un rire un peu jaune :

– Vous parlez du sang sur ses mains ?

– Oui.

– Apparemment, ils avaient sacrifié un coq blanc !

– C'est répugnant !

– Je crois que notre Mr Ellsworthy va avoir quelques ennuis. Battle lui réserve une petite surprise.

– Quant au pauvre major Horton, dit Bridget, il n'a jamais tenté de tuer sa femme, et Mr Abbot a simplement reçu – je suppose – une lettre compromettante d'une dame, et le Dr Thomas n'est qu'un jeune médecin gentil et modeste.

– Un imbécile de première, oui !

– Vous dites ça parce que vous êtes jaloux de son mariage avec Rose Humbleby.

– Elle est beaucoup trop bien pour lui.

– J'ai toujours eu le sentiment que vous aimiez cette fille plus que moi !

– Ma chérie, vous ne croyez pas que vous dites des bêtises ?

– Non, pas vraiment.

Après un silence, elle reprit :

– Luke, est-ce que vous avez un peu d'estime et d'affection pour moi ?

Il fit un mouvement vers elle mais, d'un geste, elle le retint :

– J'ai demandé si vous aviez pour moi estime et affection, Luke... pas si vous *m'aimiez*.

– Ah ! je comprends... Oui, Bridget... j'ai énormément d'estime pour vous, et des tonnes d'affection, et il se trouve aussi que je vous aime de tout mon cœur.

– J'ai de l'affection pour vous, Luke...

Ils échangèrent un sourire timide, comme deux enfants qui deviennent inséparables au cours d'un goûter.

– L'affection, c'est plus important que l'amour, dit Bridget. Ça dure. Notre union, je veux qu'elle dure, Luke. S'aimer, se marier, puis se lasser l'un de l'autre et désirer épouser quelqu'un d'autre... je ne veux pas de ça pour nous, Luke.

— Oh ! mon amour, je le sais. Ce que vous voulez, c'est un sentiment authentique. Moi aussi. Notre union durera à jamais, car elle est fondée sur un sentiment authentique.

— C'est vrai, Luke ?

— C'est vrai, mon cœur. Et c'est sans doute pourquoi j'avais si peur de vous aimer.

— Moi aussi, j'avais peur de vous aimer.

— Vous avez encore peur ?

— Non.

— Nous avons longtemps côtoyé la mort, dit Luke. Maintenant, c'est fini ! Maintenant, nous allons commencer à Vivre...

Romans d'Agatha Christie

(Masque et Club des Masques)

	Masque	Club des masques
A.B.C. contre Poirot	263	296
L'affaire Protheroe	114	36
À l'hôtel Bertram	951	104
Allô ! Hercule Poirot ?	1175	284
Associés contre le crime	1219	244
Le bal de la victoire	1655	561
Cartes sur table	275	364
Le chat et les pigeons	684	26
Le cheval à bascule	1509	514
Le cheval pâle	774	64
Christmas Pudding		42
(Dans le Masque : Le retour d'Hercule Poirot)		
Cinq heures vingt-cinq	190	168
Cinq petits cochons	346	66
Le club du mardi continue	938	48
Le couteau sur la nuque	197	135
Le crime de l'Orient-Express	169	337
Le crime du golf	118	265
Le crime est notre affaire	1221	288
La dernière énigme	1591	530
Destination inconnue	526	58
Dix brèves rencontres	1723	578
Dix petits nègres	299	402
Drame en trois actes	366	192
Les écuries d'Augias	913	72
Les enquêtes d'Hercule Poirot	1014	96
La fête du potiron	1151	174
Le flambeau	1882	584
Le flux et le reflux	385	235
L'heure zéro	349	439
L'homme au complet marron	69	124
Les indiscrétions d'Hercule Poirot	475	142
Je ne suis pas coupable	328	22
Jeux de glaces	442	78
La maison biscornue	394	16
La maison du péril	157	152
Le major parlait trop	889	108
Marple, Poirot, Pyne et les autres	1832	583
Meurtre au champagne	342	449
Le meurtre de Roger Ackroyd	1	415
Meurtre en Mésopotamie	283	28
Le miroir du mort		94
(dans le Masque : Poirot résout trois énigmes)		

Les Reines du Crime

Nouvelles venues ou spécialistes incontestées, les grandes dames du roman policier dans leurs meilleures œuvres.

IMPRIMÉ EN FRANCE PAR BRODARD ET TAUPIN
Usine de La Flèche (Sarthe).
ISBN : 2 - 7024 - 2484 - 8
ISSN : 0768 - 1070

H 52/0655/2